KB243133

무아지경

無我之境

무아지경 5
이화영 新무협 판타지 소설

초판 1쇄 찍은 날 § 2003년 11월 1일
초판 1쇄 펴낸 날 § 2003년 11월 10일

지은이 § 이화영
펴낸이 § 서경석

편집장 § 문혜영
편집 § 장상수 · 권민정 · 유경화 · 김민정
마케팅 § 정필 · 강양원 · 이선구 · 김규진 · 홍현경

펴낸곳 § 도서출판 청어람
등록번호 § 제1081-1-89호
등록일자 § 1999. 5. 31
어람번호 § 제2-0275호

주소 § 경기도 부천시 원미구 심곡1동 350-1 남성B/D 3F (우) 420-011
전화 § 032-656-4452 팩스 § 032-656-4453
http://www.chungeoram.com
E-mail § eoram99@chollian.net

ⓒ 이화영, 2003

값 8,000원

ISBN 89-5505-874-8 04810
ISBN 89-5505-690-7 (SET)

이화영 新무협 판타지 소설

무아지경

無我之境

5

명매생야(明每生也)

도서출판 청어람

마음의 때는
물로도 씻기 어렵고

곤륜산(崑崙山).

천상의 신들이 산다는 곤륜산을 전설에서는 다음과
같이 묘사하고 있다.

산의 꼭대기에는 네모난 광장이 있고, 주위에는 경
옥(硬玉)의 난간이 둘러져 있으며, 사방의 구석마다 아
홉 개의 우물과 아홉 개의 문이 있다. 이 아홉 개의 문
을 지나 들어가면 바로 천제(天帝)가 있다는 궁전이 보
이는데, 다섯 개의 성곽에 둘러싸여 있으며 열두 개의
높은 누각으로 꾸며져 있다.

누각의 오른쪽에는 새의 깃털도 가라앉는다는 약수(弱
水)가 있고, 그 왼쪽에는 요지가 있다. 누각의 동서남북
에는 주수(珠樹), 문옥수(文玉樹), 선수(璇樹)가 자라고 있

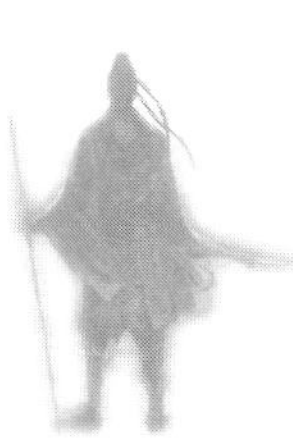

고, 봉황새와 난조(鸞鳥)가 노닐고 있다. 또 사당수(沙棠樹)와 옥기수(玗琪樹)가 있는데, 옥기수는 진주와 같은 예쁜 구슬을 열매로 맺는 귀중한 나무이다. 문옥수(文玉樹)에는 오색이 영롱한 아름다운 구슬이 영글었다. 또한 열매를 먹으면 장생불사한다는 불사수(不死樹)도 있다. 그곳에 흐르는 예천(醴泉)은 맑고 차고 맛이 감미로우며, 강가에는 진기하고 묘한 화초들이 우거져 더없이 아름답다.

많은 사람들이 중원 삼십팔만 리를 헤매었으나 전설의 곤륜산을 보았다는 자는 아무도 없었다. 그래서 사람들은 자달목분지(紫達木盆地)의 끝자락, 북으로 아미금산(阿彌金山)과 천산(天山)을 마주 본 채 중원을 향해 길게 뻗고 있는 웅대한 준령에 곤륜산이라는 이름을 붙였다.

그 한가운데 도가의 성지라 불리우는 곤륜파가 있었다. 비록 전설에 나오는 것과는 달랐으나 곤륜파는 수많은 도인들이 득도한 곳이었고, 그것은 광명정(光明亭)이 곤륜에 세워진 것만 보아도 알 수 있었다.

그러나 지금 곤륜파는 평상시 적막함과는 대조적으로 소란스럽고 암울한 기운이 가득하였다. 그것은 곤륜산을 오르는 기이한 외모의 여섯 사람에게서 풍겨 나오고 있는 흑운 때문이었다. 여섯 그림자는 놀라울 만큼 빠른 속도로 정상을 향해 오르고 있었다.

"키키키, 우리가 곤륜을 멸하면 림주나 령주도 우리를 다시 보게 될 것이 틀림없어."

머리와 수염이 하얗고 신선의 풍모를 가진 노인이 음침하게 웃었다. 그자의 등에는 키를 훌쩍 넘는 옥궁(玉弓)이 비스듬히 걸려 있었다.

"이령 말대로 오긴 했지만 정말 괜찮을까?"

얼굴이 타는 듯이 붉고 어깨에 쥐처럼 생긴 동물을 얹은 뚱뚱한 사내는 잔뜩 걱정스러운 표정이었다.

"육령, 넌 항상 겁부터 내더라. 네가 그러니 일령이 우리를 우습게 보는 거야."

입이 뾰족하니 새부리처럼 생기고 머리를 닭 벼슬처럼 세운 여자가 높은 목소리로 말했다.

"오령의 말이 맞아. 림주가 폐관한 지금이 적기라고. 생기맥이 흘러나오는 곤륜을 차지하면 중원을 차지하는 것은 식은 죽 먹기라구."

온몸이 푸르딩딩하고 군데군데 나뭇가지를 꽂은 사내가 지나가자 나뭇잎들이 소용돌이치며 뿌려졌다.

"제기랄, 더럽게 멀잖아. 이럴 줄 알았으면 귀마전주에게 파토진언부를 몇 장 얻어올걸. 다리가 아파 죽겠어."

그렇게 말한 자는 다리가 하나뿐이었다. 껑충대며 뛰는 폼이 다른 사람보다 힘들어 보였다.

"귀마전주는 성도에 가고 없으니 하는 수 없지. 사령, 마수소환술을 펼쳐서 그놈을 불러낸 뒤 업고 가라고 하지 그래?"

선장을 짚은 민대머리의 중이 비웃었다. 그러나 다리가 하나뿐인 사내는 웃지 않았다.

"마수소환술은 마력 소모가 너무 커. 거기다 부적도 없으니 훨씬 더 힘들 거야. 곤륜의 말코도사들을 상대하려면 힘을 비축해야지. 킬킬, 모처럼 신선한 피를 마실 수 있을 거야."

이들이야말로 마림의 팔령 중 육 인이었다.

앞서거니 뒤서거니 하며 곤륜에 오른 육령은 살겁을 전개하였다.

곤한 잠에 빠져 있던 도사들은 천지가 뒤집어지고 불 바람이 밀려드는 것을 보고는 우왕좌왕하였다. 급작스러운 공격에 변변한 대항도 하지 못하고 속수무책으로 당해야 했다. 더구나 나타난 육 인은 생김새만 괴상한 것이 아니라 무공과 술법마저도 기이하여 도무지 적수가 되지 않았다.

피 튀기는 일대 혈전이 벌어졌다. 곤륜사성은 있는 힘을 다해 이들을 막았으나 점차 밀릴 뿐이었다.

"킬킬. 이거, 말코도사들도 별 볼일 없잖아. 괜한 걱정을 하였군."

다리가 하나뿐인 거대한 체구의 사내가 쿵쿵 뛰어 움직일 때마다 곤륜제자 서넛이 그 자리에서 비명을 지르며 쓰러졌다.

"장문인, 대체 저들이 누구란 말이오?"

곤륜사성 중 하나인 현오 진인(玄奧眞人)은 안색이 새하얗게 변하였다.

"마림이 틀림없소."

현기 상인은 끄응 신음 소리를 내었다. 성질이 불 같은 현현 진인은 불 바람과 채찍에 맞서 상첨무상검도를 펼치고 있었으나 아무리 베어내도 불 채찍은 끈질기게 달려들었다.

쉬이익!

어디선가 날아온 검 한 자루가 불 채찍을 끊어내었다.

곤륜사성이 보니 이남일녀가 바람처럼 나타나 육령을 상대하고 있었다.

현기 상인은 그들 중 여자가 바로 아랑이라는 것을 알고는 기쁨을 감추지 못하였다.

아랑은 새부리 같은 입술을 한 오령과 상대하고 있었다. 오령은 닭벼슬처럼 세운 머리에서 깃털 같은 것을 뽑아내어 암기로 썼는데, 독이 묻어 있는지 곤륜의 도사들은 깃털에 스치기만 해도 입에 거품을 물고 쓰러졌다.

“이 못된 것! 어디 와서 행패를 부리는 것이냐!”

아랑이 여환검을 휘두르며 오령에게 달려들었다. 오령은 수십 개의 깃털을 날렸으나 여환검에 부딪치는 족족 새하얀 불꽃을 내며 타버리자 아연실색하였다.

“저, 저년이 예사롭지가 않다.”

오령이 말했으나 다른 자들도 이미 최호와 패악의 검을 막느라 정신이 없었다. 패악의 청운적하검이 스칠 때마다 불 채찍이 찢겨져 나갔다. 아까와는 달리 끊어진 불 채찍은 다시 이어지지 않았다.

“이자들은 마력을 봉쇄하는 힘이 있다. 본신의 힘만으로는 상대가 되지 않겠어.”

비 오듯 화살을 날리며 뒷걸음질치던 이령이 모두에게 말했다.

“마수소환술을 펼치는 것이 어때?”

육령들은 서로를 쳐다보았다.

“령주의 명령 없이 마수소환술을 펼쳐도 될까?”

“지금 그런 거 따지게 됐어?”

육령들이 서로 궁시렁대는 사이 최호와 패악, 아랑의 검은 그들을 곤륜산 밑으로 밀어내고 있었다. 아랑이 마침내 여섯 장의 부적을 꺼내어 하늘로 뿌리며 여환검으로 이상한 모양을 그렸다.

“명부사령 이종율령 마력 봉쇄.”

그러자 여섯 장의 종이는 일렬로 여환검에 꽂혀져 불이 화르륵 붙더니 일제히 육령에게로 날아갔다.

“으악! 마력봉쇄주를 쓰다니⋯⋯. 저기에 닿았다간 돌아가지도 못한다! 다들 알아서 피하라구!”

가장 먼저 소리치며 달아난 자는 기세 좋게 말하던 이령이었다.

"이령, 네가 오자고 하곤 가장 먼저 달아나다니! 어디 두고 보자!"

육령들은 이령이 사라지자마자 입술을 깨물며 삽시간에 모습을 감추었다. 마력 봉쇄의 주문이 걸린 여섯 장의 종이 역시 어디로 갔는지 사라져 버렸다.

곤륜은 언제 그런 일이 있었나 싶게 다시 조용해졌다.

"아랑 소문주가 아니었으면 큰일 날 뻔하였구려. 번번이 폐를 끼쳐 면목이 없소."

현기 상인이 감사의 뜻을 전했다.

"아니에요. 지금 도력으로 부적을 그릴 수 있는 사람이 화령 언니밖에 없으니 어쩔 수 없는 일이죠. 하지만 이번에 중원에 갔다가 좋은 소식을 갖고 왔어요."

아랑의 뒤에서 최호와 패악이 앞으로 나왔다.

"이분들은 바로 황궁과 용호산 천사도에서 곤륜과 마림의 일을 의논코자 오신 분들이에요."

아랑의 말에 현기 상인의 눈이 날카롭게 빛났다.

*   *   *

그곳에는 모두 여덟 개의 기둥이 서 있었다.

―그 연놈들이 그렇게 셀 줄은 몰랐어.

여덟 개의 기둥 중 세 번째 기둥이 말했다.

―이령의 말만 듣고 곤륜을 친 것은 어리석었어. 덕분에 이 꼴이잖아. 오십 년 만에 세상에 나가게 되니 너무 좋아서 혹하고 만 거야. 그렇다 해도 소환술을 펼쳐 보지도 못하고 마력봉쇄주에 당하다니… 입

이 열 개라도 할 말이 없지. 마력의 대부분을 잃어서 일령이 올 때까지는 힘을 쓸 수가 없을 거야. 그가 와서 피를 나누어줘야 해. 그렇지 않으면 마도사들을 먹는 수밖에 없는데 그랬다가는 령주가 우릴 죽이려들 거야.

여섯 번째 기둥이 침울하게 말했다.

―앗! 계집이 들어왔다.

다섯 번째 기둥이 소리쳤다.

―히히, 예쁜데!

네 번째 기둥이 능글맞게 웃었다.

―흥! 예쁜 것이 다 얼어죽었나 보지, 목말라 죽은 화백(花魄)도 저것보다는 예뻐. 사령 넌 눈알이 하나밖에 없으니 그렇게 보이는 거야.

다섯 번째 기둥이 몸을 부르르 떨었다.

―크크, 오령도 여자라고 질투를 하는군. 저 계집은 천비의 환생자가 좋아하는 계집이야. 아랑이라는 년은 바로 곤륜에서 마력봉쇄주를 펼쳤던 그년일 거야.

여섯 번째 기둥이 이를 갈았다.

―저 계집의 피라도 마시자. 죽여도 되지?

네 번째 기둥이 다시 말했다.

―계집을 죽이는 건 계집한테나 물어봐.

여섯 번째 기둥이 다시 대답했다.

―일령도 반녀(半女)이고 오령도 반녀이니 팔령에는 계집이 하나밖에 없어. 오령, 언제 죽일 거지?

네 번째 기둥이 입맛을 다셨다.

―죽일 수 없어. 죽이지 않아. 저 계집은 따로 쓸 데가 있어 잡아온

거야.

　다섯 번째 기둥이 아쉬운 듯이 말했다.

　―그게 뭔데?

　세 번째 기둥이 궁금한 듯이 물었다.

　―그건 나도 몰라. 팔령이 잡아온 계집이니 팔령이 다시 살아나면 물어보라구.

　기둥들은 일제히 여덟 번째의 기둥 쪽으로 기울어졌다. 하지만 여덟 번째 기둥은 아무 말도 하지 않았다.

　―팔령은 아직도야. 그런데 왜 인간들의 멸망을 꼭 인간의 손으로 해야 하지?

　일곱 번째 기둥이 궁금한 듯이 물었다.

　―호호, 그건 천존과의 약속 때문이야. 인간들의 일은 인간들에게, 마귀들의 일은 마귀들에게 맡겨라. 상호 불가침 조약이라는 거야.

　다섯 번째 기둥이 말했다.

　―제길, 그럼 우리들은 언제 마도천하를 이룰 수 있다는 거지? 마림주는 곧이라고 했잖아?

　일곱 번째 기둥이 투덜거렸다.

　―우리야 시키는 대로 할 수밖에 없으니. 그런데 일령은 어딜 가서 보이지 않는 거지?

　여섯 번째 기둥이 궁금한 듯이 물었다.

　여섯 개의 기둥이 모두 첫 번째 기둥 쪽으로 기울어졌다.

　―없다!

　―없어!

　여섯 개의 기둥이 모두 똑같이 수군거렸다.

―난 어디에 있는지 알지.

여덟 번째 기둥이 처음으로 말했다.

―팔령이 드디어 깨어났다.

여섯 기둥은 또다시 여덟 번째의 기둥 쪽으로 기울어졌다.

―죽을 때 기분이 어떻던가?

일곱 번째 기둥의 말이었다.

―빌어먹을, 방심한 탓이야. 마림주가 생령이혼대법(生靈移魂大法)으로 내 혼을 미리 마모충에 이식시켜 놓지 않았더라면 정말 꼼짝없이 죽을 뻔하였지. 그 두 노괴물들은 정말 살아 있는 마귀들처럼 무섭더군.

여덟 번째 기둥이 좌우로 흔들렸다.

―키키, 우리 목숨이 하나가 아니라는 걸 그 노괴물들이 몰랐군.

네 번째 기둥이 말하자 일곱 기둥은 다들 웃음을 터뜨렸다. 이자오가 들었다면 펄쩍 뛰며 기뻐했을 이야기였다. 기둥들이 몸을 흔들자 천장에서 돌 가루가 우수수 떨어졌다.

―근데 왜 팔령주의 목숨은 한 개지?

여섯 번째 기둥이 웃음을 멈추고 물었다.

―어째서 너희들은 그렇게 멍청한 거냐? 마림주가 말할 때는 다들 어디 갔었어. 팔령주는 생령이혼대법을 하지 않았잖아. 그는 영원히 살고 싶지 않다고 했어.

다섯 번째 기둥이 뾰족한 소리를 내었다.

―팔령주는 이상해. 왜 영원히 살고 싶지 않을까?

일곱 번째 기둥의 말에 다들 할 말이 없는 듯 조용했다. 한동안 실내에는 정적이 흘렀다.

―팔령주는 마수 전부를 소환할 수 있는 능력이 있으니 우리보다 오래 살지도 몰라.

다섯 번째 기둥이 다시 말했다.

―제길, 난 왜 두 개의 목숨밖에 없는 거지? 억울해. 한 번만 더 죽으면 난 다시 살아날 수 없어.

여덟 번째 기둥은 불만스러운 어조였다.

―캬캬캬, 그거야 네가 가장 나중에 팔령이 되었으니 그렇지. 남은 게 두 개밖에 없었잖아. 그러니 다음번에는 조심하라구. 다음에 죽으면 그대로 소멸이야.

일곱 번째 기둥이 위로하였다.

―그런데 일령은 어디 갔다고 했나?

다들 또 말이 없었다. 여섯 기둥은 다시 여덟 번째의 기둥 쪽으로 모여들었다.

―일령은 무의전주가 소환했어. 무의전주가 정(情) 때문에 미쳤거든. 수옥을 빼앗아 오라는 림주의 말도 무시한 채 어떤 놈과 정분이 났지. 맨날 배를 맞추고 히히덕거리는 걸 내가 봤어. 그렇지만 난 저 계집을 데려오라는 명령만 받았기 때문에 어쩔 수 없었어.

여덟 번째 기둥이 비웃었다.

―무의전주가 멋대로 행동하는데 림주는 왜 가만히 있는 거지?

다섯 번째 기둥이 물었다.

―무의전주는 특별 대우야. 우리와는 달라. 왜 그런지는 묻지 마. 그걸 물었다간 목숨 하나씩은 전부 내놓아야 할 거야. 제기랄, 전에 내가 물었다가 목숨 하나를 잃었어.

지금까지 말하지 않던 두 번째 기둥의 말이었다.

―이령, 넌 말하지 말라고 했잖아. 우리가 이 꼴이 된 게 모두 너 때문이란 걸 잊지는 않았겠지? 거기다 넌 이미 두 번이나 죽었잖아.

세 번째 기둥이 빈정거렸다.

―한 번은 내 탓이 아니야. 팔령주가 소환했었는데 마력이 부족해서 당했어. 나라면 절대 그렇게 시시하게는 안 당해.

두 번째 기둥의 목소리가 점점 작아졌다.

―그런데 우린 언제까지 움직일 수 없는 거야?

네 번째 기둥이 다시 물었다.

―아아! 다시 세상으로 나가고 싶어. 우린 너무 오래 쉬었어. 림주는 우릴 언제나 되어야 내보내 줄 작정이지?

일곱 번째 기둥이 말했다.

―팔령주는 어디에 가 있는 거지? 일령은 언제 돌아올까?

여덟 번째 기둥이 말하자 다들 다시 첫 번째의 빈 기둥을 들여다보았다.

*　　　　*　　　　*

눈앞이 모두 새하얗다. 어느 곳을 보아도 똑같은 풍경이었다. 문도, 창문도 보이지 않았다. 납치범들은 대나무 바구니를 이곳에 놓고는 사라졌다.

시간이 흐르자 팽소연은 저절로 몸을 움직일 수 있게 되었다. 바구니 윗부분을 살짝 밀어보았다. 아까와는 달리 힘들이지 않고도 쉽게 밖으로 나올 수 있었다. 몹시 추운 곳이었다. 팽소연은 손을 비비며 추위를 몰아내려 하였다.

"여기가 대체 어디람?"

어떻게 이곳까지 온 것일까? 바구니 틈새로 볼 수 있었던 것은 희뿌연 어둠뿐이었다. 얼마나 오랜 시간 온 것인지, 하루 같기도 하고 한 달 같기도 하였다. 바구니 속은 시간의 흐름조차 멈추어진 것처럼 느껴졌다. 몇 번을 자다 깼으나 여전히 걷고 있었다.

이상한 것은 허기가 느껴지지 않는다는 것이었다.

"배가 고프지 않다는 것은 아직 하루가 지나지 않았다는 거야. 내가 삼시 세끼를 굶고도 이렇게 멀쩡할 리는 없으니까. 그럼 이곳은 성도에서 그다지 멀리 떨어진 곳이 아니라는 거지."

그녀는 자신의 결론이 만족스러웠는지 방긋 웃었다.

"반드시 탈출하겠어. 그래서 문주님과 함께 돌아와 네놈들을 혼내주고 말 거야. 감히 나 팽소연님을 납치하다니… 사람 잘못 골랐다구. 여기 이대로 있을 수는 없어. 벽을 따라가다 보면 문이 나오겠지."

결정을 내리자마자 냉큼 일어나 벽을 따라 걷기 시작했다. 그러나 그녀는 곧 자신의 생각이 잘못되었다는 것을 알게 되었다. 걸어도 걸어도 벽은 끝나지 않았다. 그리고 정신이 들었을 때는 다시 그 자리였다.

여덟 개의 기둥과 마왕상이 있던 곳!

그녀가 바구니 속에서 나온 자리였다. 바구니는 이미 보이지 않았다. 그렇다는 것은 분명히 누군가가 들어와 바구니를 치웠다는 얘기가 된다.

"흥! 그럼 그렇지. 이건 무슨 속임수가 틀림없어. 어딘가에 문이 분명히 있을 거라고. 두고 봐, 내가 반드시 찾아내고 말 테니까."

오른손을 꼭 쥐고 왼 손바닥을 내려치는 그녀의 표정은 비장했다.

언제 어느 상황에서나 기죽지 않는 그녀의 천성이 지금 찬란한 빛을 발휘하고 있었다.

"혹시 황궁과 같은 곳이 아닐까? 최 공자님의 집에서도 비도를 통해 황궁으로 갔으니 이곳도 비슷할지 몰라. 유랑극단이 그토록 무서운 집단인 줄 알았다면 절대로 백희공연 따위는 보러 가지 않았을 텐데……."

팽소연은 천천히 걸음을 옮겼다. 세 걸음째 옮겼을 때 그녀는 문득 이상한 점을 느꼈다. 발 밑은 분명 대리석 바닥인데 걸을 때는 마치 양탄자 위를 걸어가는 것처럼 푹신하게 느껴졌던 것이다.

그녀는 바닥을 손으로 두드렸다. 손끝에서 딱딱 경쾌한 소리가 울려 퍼졌다.

"내가 너무 긴장한 탓일 거야."

숙였던 고개를 들어 위를 보았다. 끝이 보이지 않을 정도로 높고 둥근 천장과 그 둘레로 천장을 받치고 있는 여덟 개의 기둥이 보였다. 그리고 기둥들의 중앙, 팽소연의 정면에 놓인 제단 위에는 거대한 마왕상(魔王像)이 있었다.

팽소연은 계단을 올라 마왕상 가까이 다가갔다. 목을 한참 꺾고서야 볼 수 있는 마왕의 머리는 모두 세 개였는데, 그중 하나는 부서졌는지 목만 남아 있었다. 머리에는 각각 두 개씩 뿔이 달려 있었다. 다른 두 개의 머리 중 왼쪽의 것은 눈까풀이 반쯤 열려 있었는데 그 안으로 붉게 채색된 눈동자가 선명하였다. 그녀는 순간적으로 마왕의 눈이 깜빡인 것처럼 느껴져 소스라치게 놀랐다.

"휴우, 깜짝이야. 내가 정신이 어떻게 되었나 봐. 동상 따위를 보고 놀라다니… 하지만 정말 잘 만들었네. 호호호!"

팽소연은 가슴속을 짓누르는 두려움을 털어버리려는 듯 큰 소리로 웃었다.

오른쪽의 머리는 눈을 꼭 감고 있어 그다지 무섭지 않았다. 단지 입술 사이로 두 개의 이빨이 코끼리의 상아처럼 삐죽 솟아나 있어 험악해 보였다.

푸른빛이 도는 몸통에는 날개가 달린 검은 용 한 마리가 친친 감겨 있었다. 용의 날개 위에는 꼬리가 아홉 개인 새하얀 여우가 오도카니 앉아 사이한 표정으로 팽소연을 내려다보고 있었다. 팽소연은 여우의 눈빛이 섬뜩하여 얼른 고개를 돌렸다.

"망할 놈의 여우! 살아 있었다면 가죽을 벗겨내 또 한 번 문주님을 놀라게 해드렸을 텐데 아깝구나."

몸통에 붙어 있는 여덟 개의 팔에는 각기 다른 여덟 개의 무기가 들려 있었다.

첫 번째 팔에는 백옥으로 만들어진 길쭉한 봉이 들려 있었다. 자세히 보니 검처럼 생겼다. 검신(劍身)에는 거무튀튀한 얼룩이 많이 묻어 있었으나 검병(劍柄)과 가까운 부분은 상아빛이었다. 검배(劍背)와 검봉(劍鋒)은 무디고 뭉툭하여 검이라기보다는 오히려 몽둥이처럼 보였다.

"핏! 이건 오채보룡검보다도 더 쓸모가 없어 보이는구나. 하긴 이런 걸 정말로 휘두를 수 있을 리가 없지."

그러나 두 번째 팔에 있는 무기부터는 흉내만 낸 것이 아님이 분명했다.

두 번째 팔에는 활과 화살이 들려 있었는데, 화살 끝에는 다섯 개의 꽃잎을 가진 꽃 모양의 화살촉이 달려 있었다. 화살의 뒷부분인 전우(箭

羽)에도 다섯 개의 깃털이 붙어 있었는데, 깃털마다 색깔이 모두 달랐다. 화살촉은 금방이라도 살을 꿰뚫을 것처럼 날카롭게 빛나고 있었다.

세 번째 팔과 네 번째 팔에는 길다란 삽처럼 생긴 것과 손잡이가 달린 지팡이 같은 것이 들려 있었다. 창은 가지가 달린 나무 끝에 날카로운 창끝을 달아놓은 것으로 얼핏 보기에는 그냥 나뭇가지처럼 보였다.

다섯 번째와 여섯 번째 팔에는 새의 깃털이 달린 불진과 채찍이, 일곱 번째와 여덟 번째 팔에는 지팡이와 기다란 장대가 각각 들려 있었는데 지팡이는 가지가 많은 나무를 그냥 잘라 만든 것이었고 장대는 중간 부분이 부러져 있었다.

팽소연은 거미 같은 동상의 모습에 어깨를 으쓱하였다.

"무슨 귀신인지 도통 알 수가 없네. 이토록 괴기하니 필경 악신이 틀림없을 테지. 아마 가장 흉악한 마신일 거야."

마왕상의 세 개나 달린 발 아래는 수많은 사람들이 고통에 신음하는 표정으로 깔려 있어 팽소연은 눈살을 찌푸렸다. 마왕상이 올려져 있는 단의 사면에는 세세한 그림과 글들이 빼곡하니 그려져 있었다.

팽소연은 흥미가 생겨 단에 쓰여진 글들과 그림을 하나하나 찬찬히 살펴보기 시작하였다.

그것은 천비가 수옥에 갇히게 되는 탁록대전의 내용을 설명한 것으로 팽소연은 오랜 시간 동안 그림을 들여다본 후에야 내용을 알 수 있었다.

수옥득자 불로불사 송옥득자 천광지귀
불로불사 등활무구 천광지귀 중합규환
水玉得子 不老不死 訟獄得子 天光至貴

不老不死 等活無救 天光至貴 衆合叫喚

　그녀는 가장 마지막에 쓰여진 서른두 글자를 꼼꼼히 읽은 후에야 허리를 폈다.

　"아하, 그 노래가 이렇게 끝나는 것이었구나. 알려진 것은 앞의 열여섯 글자뿐이야. 문주님이나 사람들도 모두 그것만 알고 있었어. 그럼 이 뒤의 여덟 글자는 뭐지? 불로불사 등활무구 천광지귀 중합규환이라. 등활과 무구, 중합이나 규환, 이 여덟 글자는 모두 지옥을 말하는 건데… 이게 무슨 뜻이지? 수옥과 송옥을 얻는 자는 영원히 죽지 않고 세상에서 가장 존귀한 자가 될 것이나… 그것은 곧 지옥이다……. 지옥이라구?"

　되풀이해서 말하던 그녀는 자기가 낸 목소리에 스스로 놀랐다. 서둘러 제단을 내려오다가 그만 발이 걸려 바닥에 콰당 넘어지고 말았다.

　"아이쿠! 아야야, 지옥이라는 말에 놀라서 두 계단씩 내려오다니… 팽소연, 겁내지 말라구. 여긴 너밖에 없어."

　그녀는 무릎을 문지르며 다른 쪽으로 다가갔다. 마왕상을 둘러싼 여덟 개의 기둥에도 그림이 가득하였던 것이다.

　"여기 쓰여 있는 글과 그림에는 분명히 무슨 뜻이 있을 거야. 내가 잘 알아두지 않으면 문주님께서 곤란해지실지도 몰라. 팽소연, 정신 차려!"

　어쩌면 기둥 속에 나가는 통로가 있을지도 모르는 일이었다. 그녀는 혼잣말을 중얼거리며 첫 번째 기둥으로 다가갔다. 똑같이 생긴 여덟 개의 기둥에는 각기 다른 그림들이 새겨져 있었는데 이곳에 있는 것은 여우였다.

"가만있자, 이건 어디서 본 듯한 건데……."

여우의 그림 아래 일남일녀의 모습이 그려져 있고 그중 여인의 엉덩이에는 아홉 개의 꼬리가 달려 있었다. 일남일녀는 술을 마시며 즐거워하였고 그 옆에는 궁녀와 신하들이 불구덩이 속에서 비명을 지르고 있었다. 팽소연은 불타고 있는 기둥을 오르다 떨어지는 사람들의 모습을 보며 인상을 찡그렸다.

"이건 포락(炮烙)! 그 렇다면 여기 이 일남일녀는 상(商)의 주왕(紂王)과 달기(妲己)로구나. 그림으로 설명이 되어 있어 알아보기가 쉽구나."

팽소연은 손가락으로 기둥의 표면을 하나하나 짚어가며 이야기 속으로 빠져들었다.

주(周) 무왕(武王)과 강자아(姜子牙)가 멸망시킨 상(商)의 주왕(紂王) 제신(帝辛)은 상의 27대 왕인 무을(武乙)의 손자였다. 원래 고대 사람들은 거북의 등이나 짐승의 뼈를 이용하여 점을 쳐 천신에게 나라의 큰일을 물었다.

그러나 무을의 대에 와서는 도인들이 스스로를 천신이 인간 세상으로 내려보낸 사자라고 했으며, 그 권력이 날로 팽창하여 왕권과 맞서는 국면이 형성되고 있었다.

신권과 왕권이 맞서게 되자 황제인 무을은 분노를 느꼈다. 그는 천신을 믿지 않는다고 선포하였다. 매사에 자신이 천신보다 우월하다는 것을 증명해 보이려 하였다.

어느 날은 진흙과 나무로 천신의 형상을 한 인형을 하나 만들었다.

그리고 소매를 걷어 올리고 천신을 후려치기 시작했다. 이른바 천신과 결투를 했던 것이다. 당연히 진흙과 나무로 만들어진 인형이 무을을 당해내지 못하고 산산이 부서졌다. 그러나 그것만으로는 성이 차지 않았는지 부하 한 사람을 천신으로 분장시켜 자신 앞에 무릎을 끓고 빌도록 했고 무예를 겨루어 죽이기를 일삼았다.

그 다음에는 날짐승들의 피를 가죽으로 만든 주머니에 담고는 나무에 높이 매달게 했다. 그런 뒤에 활을 당겨 가죽 주머니를 쏘며 그것을 천신이라 하였다. 무을은 결국 사냥을 하다가 번개를 맞아 죽었다.

천신을 시기하고 질투하였던 무을의 광포함과 포악함은 그대로 손자인 주왕에게 전해졌다.

주의 무왕이 즉위할 무렵 주왕은 이미 자신의 나라를 형편없이 망가뜨려 놓고 있었다. 그는 집권 초기에는 동이(東夷)를 공격하는 등 영토 확장에 힘쓰기도 하고 나라를 잘 다스렸으나 어느 순간부터 광기를 부리기 시작했다.

기둥에 있는 그림의 한 장면은 무을의 사악한 영혼이 주왕의 몸으로 들어갔다고 말하고 있었다. 그 뒤부터 주왕은 포악하고 잔인한 성격으로 변했던 것이다.

주왕은 평소에 입던 옷을 각종 옥석(玉石)과 보물들로 장식하게 했고, 왕궁의 문을 옥으로 만드는가 하면 궁원(宮苑) 안에 높이가 십여 장에 달하는 적성루(摘星樓)와 녹대(鹿臺)를 세워 화려하게 치장해 놓음으로써 자신의 위세를 과시하였다.

또한 하(夏)의 걸왕(桀王)과 매희(妹喜)를 본떠 녹대 아래 주지육림을 설치하여 애첩인 달기(妲己)와 함께 때를 가리지 않고 취음(醉淫)에 빠졌다. 달기는 익주(益州) 유소후라는 자의 딸로 미모가 뛰어나 일대에 소문이 자자하였다.

팽소연은 맨 처음에 본 그림에서 무을의 콧구멍 속으로 뱀처럼 생긴 길고 검은 연기 같은 것이 들어가는 걸 보았다. 검은 뱀은 무을의 영혼과 함께 주왕의 가슴 한복판에도 그려져 있었다.

"이 뱀이 무슨 뜻이지? 그러고 보니 한두 마리가 아니네."

달기가 주왕에게 오는 장면에도 검은 뱀의 모습이 보였다.

"이 여자는 분명 달기 같은데 저 위쪽의 여자와는 다른 모습이구나."

그림의 처음에 서 있는 여자는 온화하며 부드러운 모습이었으나 마지막에 있는 여자는 주둥이가 튀어나오고 눈꼬리가 길게 치켜 올라갔으며 꼬리가 있는 여우의 모습이었다.

달기를 주왕께 데려가던 일행은 며칠 밤을 노숙하며 은주역(恩州驛)에 들렀다. 모두들 피곤에 지쳐 잠이 들었는데, 자시(子時) 무렵 스산한 바람이 불어오더니 어디선가 '캥캥' 하고 여우 우는 소리가 들렸다.

마침 잠이 오지 않았던 군졸 하나가 잠을 설치고 있었는데 멀리서 들리던 여우 울음소리가 갑자기 가까운 곳에서 들렸다.

희미한 초롱불이 비치는 가운데 호리호리한 체격의 그림자가 길게 드리워지는 것이 보였다. 군졸은 두려움을 참고 문틈으로 살며시 내다보았다.

구름 사이로 얼굴을 내민 조각달 아래 드러난 여자의 얼굴은 두 눈이 가로로 쭉 찢어지고 분을 바른 듯 하얀 얼굴에 새빨간 입술을 가졌는데 치마 아래 아홉 갈래로 갈라진 흰 꼬리가 넘실거렸다.

여자가 달기의 방으로 들어가자마자 섬뜩한 비명 소리가 천지를 뒤흔들었다. 군졸이 벌떡 일어나 무기를 빼어 들고 달려가 보니 달기의 방은 이미 촛불이 꺼져 있었다.

다른 사람들을 깨워 사방에 불을 밝히고 달기의 방으로 들어가니 달기는 아무 일도 없다는 듯이 잠에서 깬 듯한 표정으로 요염하게 웃고 있었다.

"무사하십니까? 비명 소리가 들려서……."

"그래요? 나는 곤하게 잠이 들어 있던 터라 듣지 못한 모양이군요."

달기는 새빨간 입술을 오므리며 깔깔거렸다. 전에는 들어보지 못한 사이한 웃음소리였다. 방 안 가득히 비릿한 피 냄새가 감돌았고 섬뜩한 기운이 사람들의 모골을 송연하게 하였다.

별일이 없다는 달기의 말에 사람들은 그대로 돌아갔고 잠이 들지 않았던 군졸은 자신이 꿈을 꾸었다고 생각했다.

"뭐야! 여우가 달기를 죽이고 달기 행세를 했다는 거잖아."

팽소연은 그림이 말하려고 하는 것이 무엇인지 점점 궁금해졌다.

여우가 변한 달기는 주왕의 후궁이 된 뒤 포락(炮烙)이라는 잔혹한 형벌을 제안하여 자신을 반대하는 사람들을 잔인하게 죽여 버렸다.

포락은 포격(砲擊)이라고도 하며, 기름을 바른 구리 기둥을 숯불로 달궈놓고 죄인으로 하여금 그 위로 기어 올라가게 하여 미끄러져 떨어지면 그 밑에 있는 화로에 타서 죽게 만드는 혹형(酷刑)이었다.

또한 적성루 밑에 둘레가 이십사 장, 깊이가 오 장이나 되는 큰 구덩이를 파고 그 속에 독사, 구렁이, 도마뱀, 전갈 따위의 온갖 독충들을 집어넣고 사람들을 뜯어 먹게 하였는데, 그것을 만분(萬分)이라 하였다.

드디어 만분이 만들어지고 달기의 눈에서 벗어난 궁녀들이 발가벗겨져 구덩이에 밀어 넣어졌다. 칠십여 명의 궁녀들은 모두 만분 속으로 떠밀려 들어갔다. 독물들은 궁녀들의 알몸을 물어뜯었고 뱃속을 뚫고 들어가 피를 빨았다.

주왕과 달기는 이를 말리는 신하 비간(比干)의 배를 갈라 심장을 꺼내 보며 즐거워하였다.

달기는 또한 주왕의 황후인 강씨에게 누명을 씌워 눈알을 빼낸 후 포락으로 죽여 버리는가 하면 지나가던 임산부의 뱃속에 든 아이가 남아인지 여아인지를 알기 위해 배를 갈라 확인하는 잔인함까지 보였다.

온 나라 안 집집마다 곡소리가 그치질 않았고 이를 참지 못한 백성들은 지치고 병든 몸을 이끌고 사방으로 도망치기 시작했다.

마침내 주의 무왕은 병거(兵車) 삼백 대와 사관(士官) 삼천 명, 무장한 병사 오만 명을 이끌고 동쪽으로 출병하였다.

달기와 녹대 위에 앉아 음주가무를 즐기던 주왕은 노예와 포로들을 군대에 편입시켜 칠십만의 대병력을 이끌고 목야(牧野)로 나가 주나라 군대의 공격에 대항했다.

목야지전(牧野之戰)은 탁록전 이후로 가장 규모가 컸던 전쟁으로 동원된 병력만 팔십만에 달하는 대전쟁이었다.

그러나 상군의 병사들은 주군에 대항하지 않았고 오히려 투항하여 상군을 상대로 싸웠다.

주왕은 대세가 불리해지자 왕궁으로 도망친 뒤 옥의를 입고 녹대 위에 올라가 잔치를 벌인 다음 불구덩이로 떨어져 자분(自焚)했다.

그림의 마지막은 달기의 가죽 속에서 나온 여우와 주왕의 몸속에서 나온 검은 뱀이 함께 달아나는 장면이었다.

"세상이 지옥으로 변하는 것도 순식간이구나. 지옥이 죽어서 가는 곳만은 아닌 거야. 살아서도 얼마든지 지옥이라고 생각할 수 있지. 그런데 달기가 정말 여우였을까?"

팽소연은 자신을 천 년 묵은 여우라 생각하고 무서워하던 유천복의 모습이 떠올랐다.

"바보 같은 사람이 지금쯤 얼마나 내 걱정을 하고 있을까?"

그녀는 한숨을 내쉬며 두 번째 기둥 쪽으로 다가갔다.

＊　　　　＊　　　　＊

팽소연의 말은 반은 맞고 반은 틀린 것이었다.

유천복은 팽소연의 걱정을 하고 있긴 했으나 갑자기 들이닥친 능초영 때문에 지금은 그녀 생각을 할 겨를이 없었다. 봉호문 사람들과 독같은 능초영과 동행할 수 없다 하고 능초영은 같이 간다고 우기는 바람에 며칠째 길을 떠나지 못하고 있었던 것이다.

"팽 소저는 정말 어디에 있을까?"

그러다 문득 밤하늘을 가로지르는 유성을 보며 중얼거렸다.

"그녀가 그렇게 걱정이 되나요?"

등 뒤에서 들려온 소리는 바로 능초영이었다. 유천복은 그녀를 보는 것이 편치 않았다.

"능 소저, 여러 가지 일로 경황이 없어 제대로 말을 나눌 기회도 없었소."

　능초영은 유천복이 자신을 대하는 태도가 예전과 달라진 것에 대하여 아쉬운 생각이 들었다.

　"왜 당신을 두고 그를 택했는지 후회가 돼요."

　그녀는 유천복의 곁에 나란히 섰다. 가까이에서 보자 얼굴 살이 많이 야윈 것이 눈에 띄었다. 유천복은 그녀에게 위로의 말 한 번 제대로 건네지 않은 것이 마음에 걸렸다.

　"능 소저, 미안하오."

　우물쭈물 말을 꺼내는 유천복의 말에 능초영은 알 듯 말 듯한 미소를 지었다.

　"유 공자님께서 미안해할 필요는 없어요. 세상일이란 언제나 그런 법이니까요. 사실을 아는 것은 항상 너무 늦거나 너무 빠르죠. 저는 이제야 철이 들었는데 부모님은 이미 두 분 다 돌아가셨어요. 아마, 도비……."

　능초영은 도비류의 이름을 말하려다 멈추었다.

　"그자의 검이 빠르다는 걸 아버지는 너무 늦게 아셨겠지요. 그자가 절 버렸다는 걸 제가 나중에야 깨달은 것처럼요. 하지만 유 공자님은 그자보다 빨리 왔는데… 알아보지 못했으니 저의 운명이 박복하다고 할 수밖에 없군요."

　가벼운 한숨 소리가 밤바람을 타고 흘러내렸다.

　"그렇지 않소. 도 형님은 분명히……."

　유천복은 그 뒷말을 할 수가 없었다. 진정한 사내라면 자신의 여자를 지켜주어야 함이 마땅하다. 도비류에게 어떤 사정이 있는지 모르는 지금 섣불리 그를 변호할 만한 말주변이 그에게는 없었다.

　"그러니까 내 말은……."

능초영은 유천복의 심사를 눈치 챘는지 피식 웃었다.

"무슨 사정이 있다고 말하고 싶으신 거겠지요? 하지만 어떤 사정이든 간에 그자가 내 원수라는 것만은 변함없어요."

능초영은 이를 악물고 말했다. 능운겸의 무공을 잘 아는 그녀로서는 모든 것이 자신의 탓이라 여겨졌다. 어리석은 자식으로 인해 심마에 들지만 않았어도 어찌 그자에게 그토록 쉽게 당할 수가 있었겠는가! 그 생각을 하자 가슴이 터질 듯이 아파왔다. 그녀는 손을 들어 붕붕 벌처럼 소리 내는 가슴 언저리를 지그시 눌렀다.

"후회는 아무리 빨라도 늦은 법이라지요. 난 반드시 수옥과 송옥을 찾아내어 그자에게 복수할 거예요."

능초영이 입술을 꼭 깨물었다. 약선의 도움을 얻어 그를 함정에 빠뜨릴 수도 있다. 하지만 능초영은 그보다는 천왕문의 이름으로 그를 단죄하고 싶었다. 그러기 위해서는 수옥과 송옥의 힘이 반드시 필요하다.

"능 소저, 그건……."

유천복은 수옥과 송옥에 얽힌 비화를 말해 줄까 망설였다. 두 구슬을 마주 부딪치면 천비와 마존이 동시에 튀어나올 것이다. 천비로부터는 불로불사를, 마존으로부터는 세상에서 가장 강한 힘을 얻게 될 것이다. 그러나 수옥과 송옥을 깨뜨린 자의 심성에 따라 그자는 선인이 될 수도, 악마가 될 수도 있었다.

모든 세상 사람들의 마음속에는 원초적인 어둠이 있다. 그것은 황제가 마존의 힘을 빌려 이 세상을 세웠기 때문이었다. 마존은 그 어둠을 지배하는 자였다.

"수옥과 송옥에 어떤 비밀이 있는지도 모르잖소?"

유천복은 말을 돌려 능초영에게 물었다. 수옥과 송옥 속에 갇힌 두 개의 혼 중에 어느 쪽이 천비이고 어느 쪽이 마존인지는 알 수 없으나 둘 다 세상에 나오면 안 된다고 말해 주고 싶었다.

"약선이 두 개를 다 얻으면 자연히 알게 된다고 했어요. 세상에서 가장 강한 힘을 가진 자… 난 그렇게 될 거예요."

"난… 난 그걸 막을 거요."

유천복이 능초영의 눈을 똑바로 보았다. 평소 그의 모습과는 달리 단호한 어조였다.

"그것들은 원래 세상에 나오면 안 되는 것이오. 영원히 사람들의 기억 속에 묻혀 있어야 하는 것인데… 무지자가 그랬소. 수옥과 송옥을 원래의 자리로 가져다 놓는 것이 내가 할 일이라고 말이오. 능 소저, 난 그대가 예전의 모습으로 돌아가길 바라오. 날 도와주시오."

능초영은 새삼스럽다는 듯이 유천복을 보았다. 예전에는 잘 몰랐던 그의 일면을 보았던 것이다. 신념에 찬 표정과 눈빛, 확고한 말투, 그는 변했고 그녀 또한 변했다.

"세상에 변하지 않는 것은 아무것도 없어요. 유 공자님도 변했군요. 훗! 하지만 여전히 말을 잘하진 못하는군요. 무슨 뜻인지는 알겠어요. 어쩐지 입장이 바뀐 것 같지만, 난 그 말을 들을 수 없어요. 내 목숨을 걸었다구요. 수옥과 송옥의 비밀을 반드시 풀어내고 그 힘을 내 것으로 하고 말겠어요. 당신을 설득하여 북해로 가고자 했는데 어쩔 수 없을 것 같군요."

능초영은 몸을 빙글 돌려 그 자리를 떠났다. 유천복을 설득시키는 것은 좀 더 시간이 필요하다고 생각하였다. 유천복은 호리호리한 능초영의 뒷모습이 애처로웠다.

"무지자, 그녀는 정말 도 형님을 사랑하는 거야. 말은 저렇게 해도 막상 도 형님을 뵈면 달라지겠지. 아버지께서 말씀하시길 여자는 남자 하기 나름이라고 하셨는데……."

아버지에 대해 생각이 미치자 불현듯 눈시울이 붉어졌다. 무지자에게 말을 거는 버릇과 함께 유장추의 죽음을 현실로 받아들이면서 생긴 버릇 하나가 '아버지께서 말씀하시길'이었다. 무지자에게 말을 걸면 그가 옆에 있는 듯이 느껴지고 아버지를 찾으면 유장추가 지켜주는 듯이 생각되었다.

또 다른 손님이 찾아온 것은 바로 그때였다. 유천복이 몸을 돌려 안쪽으로 들어가려는 순간 창문으로 커다란 새 같은 것이 날아들었다.

"헉!"

놀란 유천복이 저도 모르게 손을 뿌리자 손끝에서 작은 불꽃이 화르르 타오르며 작은 새를 향하여 날아갔다. 그러나 원래 사람에게 해를 끼칠 줄 모르는 유천복인지라 불꽃은 그자에게 도달하기도 전에 사그라들었다.

"화양공을 제대로 사용할 줄 알게 되었구나."

봄바람처럼 부드러운 목소리!

유천복은 뒤를 홱 돌아보았다.

"소 형님!"

뭉개진 얼굴과 비틀린 입술, 괴물처럼 추한 외모를 가진 그는 바로 소양이었다. 유천복은 크게 반가워하며 달려가 소양의 손을 움켜잡았다.

"평생 동안 다시는 보지 못할 줄 알았어요. 정말 이렇게 다시 만나게 되다니……."

눈물을 글썽이는 유천복에게 소양은 아무 말 없이 불에 타버린 서신 한 통을 내밀었다.

"처음으로 그녀가 내게 남긴 서신이다."

소양의 얼굴에는 급한 기색이 역력하게 나타나 있었다.

"소취란! 그 요녀가요?"

유천복은 소취란을 요녀라 말해 놓고 아차 싶었다.

"정말 소 누님이 보내신 서신이에요?"

유천복은 재빨리 서신을 펼쳐 읽었다. 아삼과 함께 있을 때의 소취란은 행복해 보였다. 소진과 같이 있을 때의 추월보다도 더욱 아름다웠다. 어째서 아삼과 함께 있는 것인지 묻고 싶었으나 여러 가지 일들이 생겨 그럴 수 없었다. 서신을 다 읽고 나서야 어찌 된 일인지 알 수 있었다.

소양이 부연하여 설명을 하였다.

"그녀는 상처가 위중하여 나로 변하지 않을 수 없었다. 아마 죽는 순간까지 그에게 내 모습을 보이고 싶지 않았을 것이다. 그런데도 스스로 변하려 하였다는 것은 그만큼 그자를 생각하였기 때문이지."

소양은 소취란의 서신을 읽었을 때의 감동과 충격을 잊지 못하였다. '오라버니' 라는 말로 시작되는 그 서신의 끝 부분은 불에 타 제대로 읽을 수 없었지만 앞의 내용만으로도 그녀가 말하려는 것을 짐작할 수 있었다.

그녀와 그! 하나이면서 둘이기도 한 그들 중 누구 한 사람이라도 행복할 수 있게 된다면 다른 한 사람의 존재는 사라지는 것이 당연했다. 소양은 행복한 사람이 누이인 소취란이어서, 자신이 그녀를 위해 사라질 수 있어서 감사할 지경이었다.

그런데 아삼이 사라진 것이다.

"성도를 모두 뒤졌으나 그자의 흔적은 찾을 수가 없다. 하늘로 솟았는지 땅으로 꺼졌는지 도저히 알아낼 수가 없구나. 그자와 같이 있던 여자가 이곳으로 오는 것을 보았다."

소양이 말하는 것은 능초영이었다.

"그녀라면 알고 있을 것이다. 나는 반드시 아삼이 어디로 갔는지 알아야 한다. 누이를 위해서 그를 반드시 데려올 것이다."

유천복은 다시 능초영을 찾았다.

능초영은 약선이 찾던 소양이 제 발로 찾아오자 놀라움을 금치 못했다.

그녀는 원래 약선과 함께 북해로 갈 계획이었다. 그러나 약선은 소취란과 소양의 흔적을 찾는 것에 정신이 팔려 능초영의 일을 자꾸만 미루었다. 그는 아삼이 소취란과 같이 있었던 것을 알고 아삼을 어서 치료해 소취란에 대한 것을 묻고자 하였다.

"어디 계시는지는 알지만, 할아버지는 방해받는 것을 아주 싫어하시는데 어떠실지……."

"내가 가면 그렇지 않을 거요."

소양이 벌떡 일어섰다. 더 이상 기다릴 수 없다는 듯이 그는 방 안을 초조하게 맴돌았다.

"하지만 당신이 그 사람인지 어찌 알지요? 만일 다른 사람을 데려가면 할아버지는 저마저도 죽이고 말 거예요."

능초영은 유천복에게 그가 소양이라는 사실을 미리 들었으나 추한 외모를 보고 고개를 갸웃거렸다. 소양은 망설임없이 인피면구를 벗었다. 달빛에 드러난 수려한 외모는 과연 능초영이 보았던 사람이었다.

“할 수 없군요.”

능초영은 할 수 없다는 듯이 일어섰다.

“능 소저, 한시가 급하니 어서 앞장서시오. 서둘러 아삼을 찾아야 하오.”

유천복이 소양을 대신해 말하였다.

“독왕자 말이군요.”

능초영은 의미심장한 눈길로 소양을 보았다. 소취란과 소양의 관계, 소취란과 아삼에 대한 것은 그녀도 이미 알고 있었다.

“유 공자마저도 그렇게 말한다니 할 수 없군요. 아들이 아비를 찾는다는데 내가 어쩌겠어요. 하지만 어쩌면 그대들은 내게 감사해야 할 거예요.”

그녀는 뜻 모를 말을 중얼거렸다. 유천복은 능초영이 무슨 말을 하는지 모른 채 소양과 함께 능초영을 따라나섰다.

약선의 음양각은 소나무 숲 깊은 곳에 위치해 아는 사람이 아니면 찾을 수 없었다.

소양은 음양각의 입구에 이르자 능초영을 힐끔 돌아보았다.

“나는 그자를 죽일 것이다. 너는 가서 그자로 하여금 미리 방비토록 하거라.”

“흥. 고양이가 쥐 생각 해주는군요. 할아버지는 무공을 전혀 못하세요. 설령 내가 알려 드린다 해도 당신을 막을 수 있을까요?”

능초영이 냉소하였다.

“무공이 아니고도 사람을 죽일 수 있는 방법은 많다.”

소양은 약선이 비록 무공은 모르지만 의술과 독술만으로도 많은 사람들을 살상하였다는 것을 넌지시 돌려 말하였다.

"맘대로 하세요. 하지만 내가 그걸 알리면 오히려 불리할 거 아니에요? 이대로 기습하는 편이 더 좋을 텐데요?"

소양의 싸늘한 눈이 더욱 차가워졌다.

"나는 한 번도 비겁하게 상대를 암습한 적이 없었고 앞으로도 그럴 것이다. 그자는 내가 온다는 것을 알아야 한다. 그것이 정당한 방법이다."

"퍽이나 정의로운 생각이군요. 하지만 약선도 그럴지는 의문이군요."

두 사람은 능초영이 더 이상 약선을 할아버지라 부르지 않는다는 것을 깨닫지 못하였다.

유천복은 소양의 말을 듣고 자신도 능초영처럼 생각하였음을 부끄러워했다. 어찌 되었든 약선은 소양의 친부가 아닌가! 아들이 아버지를 암습하여 살해한다는 것은 패륜적인 행동이 분명한 것이다. 아무리 인정하지 않으려 해도 부자지간은 천륜으로 맺어진 사이였다. 유천복은 잠시 갈등하였다. 소양을 이대로 보고 있는 것이 옳은 일일까?

"아버지께서 말씀하시길, 군자는 모름지기 남이 보지 않는 곳에서도 부끄럽지 않게 행동해야 한다고 말씀하셨지."

유천복의 혼잣말에 소양이 하얗게 웃어 보였다.

"맞는 말이다. 군자는 싸우지 않는다고 하였으나 반드시 지켜야 하는 것도 있는 것이다. 너는 이것을 잊지 말아야 한다. 여자는 소견이 좁고 편협하여 왕왕 그릇된 사견을 내놓을 수 있으니 여기에 현혹되었다가는 옳은 일을 그르치고 만다. 이것도 명심하거라."

소양이 능초영을 쏘아보며 말하였다. 그는 능초영이 교활한 심성을 숨기고 있다 생각하여 유천복에게 주의를 주는 것이다.

능초영은 약선에게 소양이 온다는 걸 미리 알려주고 싶지 않았다. 그러나 소양의 눈초리는 매서웠다.

그녀는 등을 떠밀린 사람처럼 천천히 움직여 음양각 쪽으로 걸어갔다.

"너는 내가 싸우는 틈을 노려 아삼을 데려가거라."

능초영이 걸어가는 동안 소양은 유천복을 돌아보았다. 짧은 말이었지만 거기에는 결연한 의지가 담겨 있었다.

"반드시 아삼을 구해내겠어요. 그래서 소 형님과 소 누님의 오랜 염원이 이루어지도록 돕겠어요."

유천복도 힘주어 말했다.

음양각 근처에 다다른 능초영은 입술을 잘근잘근 씹으며 여러 가지 궁리를 하였다. 그녀는 음양각으로 들어가고 싶지 않았다. 그 안에 있는 어떤 사실은 그녀만이 알고 있는 편이 좋았기 때문이었다.

그러나 소양과 유천복이 자신을 보고 있으니 어쩔 수 없었다. 그녀는 천천히 음양각의 문을 열었다.

문을 열자 심한 악취가 풍겨 나왔다. 능초영은 크게 심호흡을 한 뒤 등 뒤에 있는 문을 닫고 천천히 안으로 들어갔다.

음양각 안은 그녀가 나갔을 때와 별반 달라진 것이 없어 보였다.

"할아버지, 저예요. 추아예요."

능초영은 탁자에 죽은 듯이 엎드려 있는 약선에게 천천히 다가갔다. 약선은 마치 자고 있는 것처럼 보였다. 그가 엎어져 있는 탁자 위로 수십 마리의 벌레들이 우글거렸다.

"윽! 빨리도 썩었네."

능초영은 코를 틀어쥐며 약선의 옆으로 돌아갔다. 그러자 약선의 뇌

호혈(腦戶穴) 깊숙이 박혀 있는 한 자루의 비수가 눈에 들어왔다. 자신이 직접 박은 것이다.

자신이 저지른 일임에도 불구하고 그녀는 가슴이 심하게 떨려왔다. 비록 복수 때문이라고는 하지만 약선은 그녀에게 친절히 대해주었다. 또한 능초영에게 살인은 익숙한 일이 아니었다.

약선은 아삼의 모습에 흥미를 느꼈다. 아삼이 회생할 기미를 보이지 않자 아삼의 배를 갈라 독이 치료된 원인을 찾고자 했던 것이다. 아무렇지도 않게 살아 있는 아삼의 팔다리를 잘라내려는 것을 보며 능초영은 몸서리를 쳤다. 그리고 저도 모르게 비수를 날렸던 것이다. 왜 그랬는지는 자신도 알 수 없었다. 어쩌면 소취란의 일을 알게 되면서부터 약선을 사람이 아니라고 생각했는지도 모를 일이었다.

각양각색의 벌레들은 약선의 온몸에 새까맣게 붙어 있었다. 탁자를 흠뻑 적시고 바닥으로 떨어져 고인 피는 살아 있는 것처럼 꿈틀거렸다.

그녀의 미간이 살짝 찌푸려졌다.

"할아버지, 내가 너무 심했다고 말하지 마세요. 심한 건 할아버지예요. 저는 독왕자처럼 되기는 싫었어요. 그러게 왜 북해로 같이 가시지 않는다고 하셨어요. 추아는 정말 할아버지를 좋아했는데……."

능초영은 멈추었던 숨을 서서히 들이키며 뒷문 쪽으로 향했다. 그녀는 약선의 의술이 신통하다는 것을 알고 있어 혹시나 되살아나지 않을까 걱정하고 있던 자신이 우스워졌다.

"죽은 사람은 살아날 수 없어."

그러나 그녀가 간과한 사실이 있었다. 약선이 죽은 지 반나절도 되지 않았는데 썩은 냄새가 난다는 것이었다. 게다가 아삼이 없다는 것도 미처 알아채지 못하였다. 하지만 그걸 알았다 하더라도 상관은 없었다. 어쩌면 아삼은 구사일생으로 정신을 차려 이곳을 떠났을 수도 있었다. 그녀는 뒷문에 이르자 잠시 멈추어 섰다.

"참! 수옥은 제가 가져갔어요. 수옥이 어디 있는지 말씀해 주신 것은 정말 고맙게 생각해요. 덕분에 한 가지 일을 덜었지 뭐예요. 하지만 사람들은 모두 수옥을 할아버지께서 가져갔다 생각하고 있을 테니 제가 할아버지를 죽인 줄 알면 큰일 나겠죠?"

능초영은 뒷문의 손잡이를 막 돌리려 하였다.

"큭큭."

그때 나직한 웃음소리가 들려왔다. 능초영은 뒷덜미에 소름이 좌악 끼쳤다. 재빨리 채찍을 꺼내 들며 뒤를 홱 돌아보았다. 그러나 거기에는 약선의 시신 외에는 아무것도 없었다. 아마 신경이 너무 곤두서 있어 잘못 들었을 것이다. 능초영은 주위를 둘러보았다. 갖가지 기기묘묘한 장치들과 괴상한 약재들, 동물과 곤충 말린 것들이 여기저기 흩어져 있어 괴기스럽기 짝이 없었다. 능초영은 서둘러 문을 빠져나갔다.

"할아버지, 송옥을 꼭 찾아서 멋지게 복수해 보일게요. 할아버지도 제가 그러길 바라셨으니까요. 참, 반가운 손님이 와 있어요. 조금 일찍 왔더라면 감격적인 부자 상봉이 이루어졌을 텐데 안타깝네요. 아드님이 아버지의 죽음에 그리 충격받을 것 같지 않지만 어쨌든 죄송해요. 사실 전 별로 같이 오고 싶지 않았지만 할 수 없었어요. 저 두 사람은 저보다 훨씬 강한 데다 저는 아직까지 유 공자가 필요하거든요."

뒷문이 끼익 소리를 내며 닫히고 나서야 능초영이 비로소 안도의 한숨을 내쉬었다. 손바닥에 배인 끈적끈적한 땀은 그녀가 얼마나 긴장하고 있었나를 말해 주는 것이었다.

"나도 참 우습지 뭐야. 죽은 시체 따위를 두려워하다니."

음양각의 바깥쪽에는 소나무 숲이 있어 그 뒤로 몸을 잠시 숨기면 유천복과 소양의 눈에 띄지 않을 것이다.

그녀는 그곳에 숨어 두 사람이 어쩌는지를 보고자 하였다. 이대로 뛰쳐나가 약선이 죽었다고 말해도 상관없었으나 그러면 자신이 의심을 받기 쉬웠다.

소양이 아무리 아버지를 죽이고 싶어해도 그녀가 약선을 죽인 것을 알게 되면 맘이 달라질 것이다. 예기(禮記)에도 부모를 죽인 자와는 한 하늘을 이고 살 수 없다고 하지 않았던가. 아무리 원망하고 있던 부모라 하더라도 죽인 자를 알면 복수하고자 하는 마음이 드는 것이 자식 된 도리인 것이다. 일부러 고난을 자초할 필요가 없었다.

능초영은 마음을 정하고 얼른 소나무 뒤로 돌아갔다.

"쉿!"

쉿 소리와 함께 능초영의 입을 틀어막는 손이 있었다.

"헉! 누……?!"

능초영은 순간적으로 심장이 멎을 뻔하였다. 그러나 손의 임자는 그녀도 이미 아는 사람이었다.

'두공!'

인피면구를 벗은 그의 얼굴은 눈처럼 희었다. 눈에서 뺨으로 이어지는 희미한 칼자국만 없다면 절세미남이라고 할 만한 얼굴이었다. 지렁이처럼 흉하게 솟아오른 흉터가 씰룩거리자 마치 지렁이가 기어가는 듯이 보였다.

"능 소저, 손을 놓을 테니 소리는 지르지 마시오. 지금은 유 공자와 마주치고 싶지 않으니."

솜털같이 간지러운 느낌이 능초영의 귓전을 스쳤다. 그녀가 고개를 끄덕이자 두공은 손의 힘을 풀었다.

"삼천교에서 죽지 않았었군요."

두공이 죽지 않아 아쉽다는 듯한 어조였다.

"약선과 그대도 살아 있는데 내가 죽을 리가 없지 않소?"

그는 능글맞게 웃었다. 인피면구 속에서 항상 짓고 있던 웃음이었다.

"다행이네요."

능초영이 쌀쌀맞게 말했다.

"그러고 보니 정신이 돌아왔군요?"

두공은 능초영이 예전의 모습으로 돌아온 것을 보자 사뭇 즐거웠다. 천왕문에서 그녀를 보았을 때처럼 생기발랄한 모습이었다. 아름다운 것은 모두 흥미로웠다. 양씨 모자가 죽고 난 이래 두공은 자신의 취향이 양황에 못지않다는 것을 새롭게 깨닫고 있었다.

"언제는 제가 미쳤었나요?"

두공의 말에 능초영의 표정은 얼음처럼 차가워졌다. 그녀는 잊지 않았다. 아니, 잊을 수 없었다. 이 모든 일이 시작된 지점! 바로 천왕문으로 두공이 찾아왔던 그날이었다. 아니, 따지고 보면 유천복과 얽혀들면서 모든 게 꼬이기 시작했다.

"두공이 무사한 걸 보니 내 마음이 다 기쁘군요. 이로써 복수할 상대가 또 한 명 늘어났네요."

능초영은 한기를 풀풀 날리며 두공을 쏘아보았다.

"복수라고? 정말 그렇게 생각하오?"

두공은 능초영의 냉담한 반응이 뜻밖이라는 듯한 태도였다.

"내가 당신에게 잡혀 황궁으로 가지만 않았던들……."

그녀의 뒷말은 듣지 않아도 뻔한 것이었다. 두공의 흉터가 다시 씰룩거렸다.

"하하, 두 연놈을 보지 못했겠지. 도비류와 백리향 말이오."

두공은 그녀가 차마 입에 올리지 못한 말들을 서슴없이 내뱉었다. 능초영은 참지 못하고 그를 때릴 듯이 손을 번쩍 쳐들었다.

"이런, 나는 중요한 일을 알려주러 온 것인데 이러면 곤란하오."

두공이 무섭다는 듯이 고개를 숙이며 말했다. 능초영은 손을 멈칫하더니 그대로 내렸다.

"중요한 일이 뭔지 들어볼까요? 기대에 어긋나지 않는다면 좋겠군요."

능초영의 눈이 반짝거렸다.

"분명 그대의 기대를 저버리지 않을 것이오. 그런데 어째서 저자들과 함께 온 것이오?"

두공은 유천복과 소양이 숨어 있는 곳을 보았다.

"저곳에 약선의 아들이 있어요."

능초영의 말에 두공의 눈이 커졌다.

"아들? 약선에게 아들이 있었던가?"

두공이 약선을 찾아 이곳에 나타난 것은 우연이 아니었다. 그는 삼천교의 실질적인 힘이 약선에게서 비롯되었다는 것을 알고 있었다. 양황의 놀라운 무공이나 자신의 환술이 모두 약선으로부터 나온 것이다. 약선이 사라지자 두공의 무공과 환술은 유명무실한 것이 되고 말았다. 본신의 무공만으로는 무림에서 살아남을 수 없을 것이 뻔했다.

두공은 야심가였으며 원하는 것을 손에 넣기 위해서 해야 될 일을 명확히 알고 있었다. 때문에 약선이 가지고 있는 음양현독과 여타의 무공비급을 얻거나 훔치러 온 것이다. 물론 수옥이 가장 중요한 목표

임은 말할 필요도 없었다. 자신을 아들처럼 생각하던 약선이었으니 어쩌면 의외로 쉽게 그것들을 손에 넣을 수 있으리라 생각했다.

그런데 약선에게 아들이 있다니 그것은 예상치 못한 변수였다.

"정말 약선의 아들이 맞소?"

"몰랐어요? 약선에게는 딸도 있고 아들도 있죠. 자세한 이야기는 할 수 없어요. 그자의 무공이 만만치 않거든요. 분명 우리가 하는 얘기를 들을 거예요. 뭐, 그래도 상관없지만요."

그녀의 말대로 유천복과 소양은 두공과 능초영의 인기척을 느낄 수 있었다. 그러나 말소리를 듣기에는 거리가 너무 멀었다.

두공은 능초영을 이끌고 숲 속으로 들어갔다.

"좀 더 자세히 말해 보시오. 약선이 아들에게 수옥을 주었소?"

두공이 마침내 궁금한 것을 물었다. 능초영은 웃기만 하며 뜸을 들였다.

"저들 부자지간은 원수보다도 못한 사이니 걱정할 것은 없어요. 두 사람이 이곳에 온 이유는 바로 독왕자 때문이에요. 독왕자가 바로 약선의 사위랍니다. 호호호."

능초영은 웃음을 참을 수가 없었는지 이야기를 하다 말고 한참 동안 웃기만 했다. 두공은 멍청히 서서 그녀가 파안대소하는 것을 지켜볼 뿐이었다.

소양과 소취란, 아삼에 얽힌 이야기는 너무 복잡하여 설명하기가 애매했다.

"그게 무슨 소리요? 독왕자가 그대와 혼례를 올리기라도 했다는 거요?"

능초영이 더욱 까르륵 웃으며 허리를 굽혔다.

"무슨 그런 말도 안 되는 소리를 하고 있어요. 저들 부자간의 일은 간단히 말할 수 있는 문제가 아니에요. 후에 천천히 이야기할 것이니 지금은 중요한 일이 무엇인지 당신이 먼저 말해 봐요."

간신히 웃음을 멈춘 능초영은 손끝으로 눈물 한 방울을 훔쳐 내며 물었다.

두공은 그제야 자신이 무엇 때문에 이곳에 왔는가를 떠올렸다.

"다른 곳으로 가면서 얘기합시다."

"왜죠? 이곳에 숨어 저들을 지켜봐야 하지 않나요?"

"그럴 필요 없소. 약선은 이미 죽었소."

"뭐라구요?"

능초영은 시치미를 떼며 깜짝 놀라는 체하였다. 두공은 그녀가 음양각에서 나오는 것은 보지 못하고 다만 그녀가 숲 속으로 들어오는 것만을 보았다.

"들은 대로요. 내가 왔을 때는 이미 죽어 있었소. 나는 수옥을 찾기 위해 왔으나 수옥은 보이지 않았고 독왕자 또한 없었소. 아무래도 그 자가 죽인 모양이군."

능초영은 잠시 생각하는 듯하더니 고개를 끄덕였다.

"그렇군요, 독왕자가 죽였군요. 잘되었네요."

두공은 능초영이 태도가 의외라는 듯 물었다.

"약선은 그대를 손녀처럼 대해주었소. 마땅히 슬퍼해야 하지 않겠소?"

"슬프다구요?"

능초영이 깔깔 웃었다.

"애당초 그가 아니었다면 도… 그 파렴치한 자가 어찌 백리향의 마수에 걸려들었겠어요?"

　백리향의 섭혼술은 그리 강한 것이 아니었다. 문제는 도영을 못 잊는 도비류에게 있었던 것인데, 능초영은 그 모든 것을 다른 사람의 탓으로 돌리려 하였다. 약선이 백리향에게 음양현독을 사용하게 해 도비류를 조종하도록 했다는 것이 그녀가 내린 결론이었다.

　더구나 약선은 도비류와 능초영을 치료할 수 있었다. 하지만 약선은 그렇게 하지 않았고 그로 인해 능초영은 약선을 원망하는 마음이 생기게 되었다. 능운겸을 죽인 것은 도비류였으나 일이 그렇게 된 것은 주위의 책임이 크다고 생각했다. 그중에는 유천복과 두공, 그리고 약선도 포함되어 있었다.

　"음양현독만 아니었으면……."

　제정신이 돌아오고 나서 그녀는 매일같이 복수에 대해서만 생각하였다. 처음에는 도비류에게 자신과 같은 고통을 안겨주리라 다짐했었다. 그러나 시간이 지날수록 증오심은 더욱 자라났고 원망의 대상은 점점 늘어만 갔다.

　처음에는 한 사람이던 것이 두 사람, 네 사람… 자꾸자꾸 늘어나 이제는 모든 사람들이 원수처럼 느껴지게 된 것이다. 마음속에는 울분만이 가득하였고 세상 사람들 중에는 착한 사람이 없다고 생각하게 되었다. 서로 이용하고 이용당하는 것이 당연하다면 자신은 철저히 사람들을 이용하여 뜻을 이루리라 결심했다.

　능초영은 소나무의 등껍질을 손톱으로 파고 있었다. 껍질이 손톱 사이를 파고들어 피가 흘렀지만 개의치 않았다. 그녀의 눈동자는 기이할 정도로 번들거렸다.

　"난 약선을 이용한 것뿐이에요. 삼천교에서 나오고 힘을 얻기 위해.

그런데 약선은 나보다 다른 곳에 정신이 팔려 있었어요. 그것은 날 배신하는 거예요. 배신한 자는 죽어 마땅해요.”

말을 하면 할수록 그녀의 마음은 더욱더 독랄해졌다. 더구나 은연중에 약선을 죽인 것이 자신이라고 고백해 버리고 말았다. 두공은 이를 눈치 챘으나 드러내지 않았다.

'약선을 죽인 것이 바로 이 여자였구나! 능 소저가 이렇게 변한 것은 약선의 독 때문일 것이다. 과유불급(過猶不及)이라더니 음양현독은 상대를 조종할 수 있지만 나중에는 미치게 되는 것이 틀림없다.'

두공은 능초영의 섬뜩한 모습을 보며 음양현독의 도움을 빌어 환술을 펼치는 것은 곧 스스로를 망치는 것이라는 걸 깨달았다. 그리고 어차피 약선은 가지고 있던 음양현독을 모두 능초영에게 쏟아 부은 것이 분명했다. 기이한 열기로 음양각 쪽을 노려보는 그녀에게서 약선에 대한 동정심 따위는 찾아볼 수 없었다.

'어리석은 여자! 약선이 얼마나 큰 힘을 가졌는지 모르고 있구나. 여자들은 하나같이 어리석다. 눈앞의 이익에 빠져 큰 것을 보지 못한다. 약선이 늘 여자에게 자신의 힘을 빌려주는 것은 나로서는 안타까운 일이다. 능 소저만 아니었다면 그는 나를 도와주었을 텐데… 하지만 일이 이렇게 된 이상 능 소저를 이용하는 수밖에 없다. 하나 약선도 불쌍한 사람이군. 그가 좋아하는 여자들은 언제나 그를 싫어하니 말야.'

두공은 꼬리에 꼬리를 무는 생각 때문에 그만 머리가 복잡해졌다. 그는 다른 생각을 하기로 하였다.

*　　　*　　　*

성도에는 유가장만 있는 것이 아니었다. 유천복은 모르고 있었지만 성도의 곳곳에는 삼천교를 토벌하기 위해 모여들었던 중원 각 파의 사람들과 관부가 첨예하게 대립하고 있었다.

겉으로 드러나는 것은 없지만 그들의 이목은 얕잡아볼 것이 아니었다. 약선과 능초영의 행방은 물론 유천복의 움직임을 예의 주시하며 수옥의 행방을 수소문하고 있었던 것이다.

두공은 삼천교를 나온 직후 성도에서 화산파의 장문인인 서문경과 밀담을 나누었다.

서문경은 삼천교를 토벌하고서도 수옥을 찾지 못한 것에 대해 아쉬움을 표명하였다.

"두공이 도와주었는데도 뜻을 이루지 못하다니 애석하기 그지없구려."

두공과 서문경의 만남을 주선한 오산이 말하였다. 오산은 황산에서부터 두공과 긴밀히 연락을 주고받았다.

"지금 무림인들이 수옥을 차지하고자 나선다면 송옥을 영 찾을 길이 없을 것입니다. 유 공자가 송옥을 찾을 때까지 기다리는 것이 가장 좋습니다."

두공의 말에 서문경은 거만한 표정으로 되물었다.

"그자가 정말 멍청한 유천복이란 말이오?"

서문경은 두공의 말을 믿을 수도 믿지 않을 수도 없었다.

"옛말에 보물은 인연이 있어야만 얻는다고 하였습니다. 수옥이 유 공자에게 나타났다면 송옥 또한 그에게 나타날 확률이 가장 높지요. 그렇지 않고서야 이 많은 사람들이 나섰는데도 찾지 못할 리가 있습니까?"

서문경은 고개를 끄덕였다. 사실 지금은 화산파가 나서기에도 입장이 곤란했다.

무림인들은 삼천교를 치고 나서 서로 자기 문파가 가장 공을 세웠다며 탁상공론을 하고 있었다. 어느 문파가 수옥을 숨기어 내놓지 않고 있다 의심하였고 서로를 비난하기에 바빴다.

어떤 연유로 모두 성도에 모여들었는지는 서문경조차도 알지 못했다. 그러나 어렴풋하게 이 모든 일의 중심에 유천복이 있다는 것은 아무리 멍청한 문파라도 알고 있는 일이었다.

그것은 유천복이 수옥과 송옥의 주인이라는 엉뚱한 소문 때문이었다. 어디서 흘러나왔는지 정체를 알 수 없는 괴소문은 이제 모르는 사람이 없을 정도였다. 정작 본인만 빼고.

이번 삼천교 토벌 작전에는 소림과 곤륜을 제외한 모든 방파에서 참여하였다. 그 와중에 관군과 척을 지고 말아 무림인들이 대대적으로 움직이기에 어려움이 따랐다. 가뜩이나 관부에서 무림을 보는 눈이 곱지 않았던 터라 서문경 또한 소수 정예로 일을 도모하는 것이 좋겠다고 여기고 있었다.

그러던 참에 다시 두공이 나타난 것이다.

"두공의 말은 잘 알았소. 수옥을 얻기 위해서 각 파의 문주들은 뜻을 모으기로 하였소. 저놈의 빌어먹을 관부 놈들 때문에 눈치가 보여서 말이야. 조금만 움직여도 관병을 동원하여 감시를 해대니 이러지도 저러지도 못한단 말이지."

"관부가 뭘 어쩔 수 있겠습니까?"

두공이 비웃자 서문경은 자신이 너무 약하게 보인 듯하여 말을 덧붙였다.

"하하, 그건 그렇소만… 흠, 사실 관부보다는 각 파의 눈이 더 두려운 게지. 그래서 무림맹을 만들기로 한 것이오. 하하, 아마 초대 무림맹주는 이 사람이 될 것 같소. 두공은 수옥과 송옥의 행방을 알아내어 연락을 주시오. 멍청이 유천복이 보물의 주인이라니 그런 말도 안 되는 말이 어디 있겠소."

"장문인의 말씀이 옳습니다."

두공은 서문경의 비위를 맞추었다.

"하하. 이 사람은 그동안 관부의 이목을 흐리고 수옥을 차지할 방도를 연구해 보겠소. 하하하하."

'음흉한 너구리 같으니.'

두공은 속으로 서문경을 비웃었다. 자신이 수옥을 차지할 수 있을 거라고 믿어 의심치 않는 서문경을 보면 어이가 없을 정도였다. 그러나 그는 힘을 가진 멍청이였다. 그리고 그런 자를 이용하는 것이야말로 두공의 특기라 할 수 있었다.

무림맹이 만들어지고 무림맹주가 선출되려면 아마도 몇 달이 걸릴 터였다. 멍청한 무림인들이 하는 짓이라는 게 늘 그랬다. 혼자서는 아무 힘도 발휘할 수 없는 개 떼 같은 무리들이 정파무림이라는 작자들이다. 언제나 떼로 몰려들어 아귀다툼을 하면서도 자신들이 늘 옳다고 주장한다. 하지만 아무리 짐승이라도 떼로 무리를 지어 덤비면 무섭다는 것을 알고 있는 두공으로서는 어르고 달래는 것이 최상이라고 생각하였다.

"무림맹주가 되신 것을 감축드립니다. 그러나 무림맹주로서의 권한을 발동하기 위해서는 시간이 더 필요하겠지요. 그사이 저들은 북해로 가버리고 말 것입니다."

"그렇다면 어쩌는 것이 좋겠소? 지금은 관부의 눈이 우리를 주시하고 있어 쉽사리 움직일 수 없다오."

서문경의 말은 두공이 바라고 있던 말이기도 했다.

"저 혼자서라면 일을 도모하기 쉬울 것입니다. 제게 무림맹의 직책을 주고 약간의 사람들을 주십시오. 그러면 수옥을 갖고 사라진 약선을 찾아내고 그 다음에 방법을 강구하여 알려 드리겠습니다. 약선을 찾아낸다면 송옥을 찾는 것도 그리 어렵지 않을 것입니다."

"좀 전에는 인연자라야 수옥과 송옥을 얻는다고 하지 않았소?"

"그랬지요. 하지만 주인의 뒤를 쫓아가 보물을 뺏는 것은 그리 어려운 일이 아닙니다. 원래 천하에 임자가 있는 것은 아무것도 없다는 말도 있지요. 곧 뺏는 자가 임자란 소리지요."

두공의 말은 서문경의 마음에 쏙 들었다. 그는 벌써부터 두공이 수옥과 송옥을 가져다 바치는 환상을 머리에 그리며 헤벌쭉 웃었다. 한편으로는 서추량과 화산파 사람들로 하여금 두공이 다른 생각을 못하도록 감시하는 것도 잊지 않았다.

두공에게 주어진 직책은 무림맹의 외기당(外期堂)의 부당주였다. 아직 무림맹주에 선출되지도 않은 서문경은 아들인 서추량을 외기당주로, 두공을 부당주로 임명하였다.

여러 문파 간의 약속대로 무림맹이 생기기 전까지는 그 어떤 문파도 수옥을 찾을 수 없다고 하였으나 무림맹 산하인 외기당의 이름 하에서는 가능하다는 것이 바로 서문경의 소견이었다. 그래서 두공이 이곳까지 오게 된 것이었다. 서추량은 인근의 객점에서 두공이 돌아오기만을 눈이 빠져라 기다리고 있을 것이다.

두공이 음양각에 도착했을 때 일은 그의 예상과 달리 돌아가고 있었다. 약선은 죽어 있었다. 음양각 안은 난장판이 되어 있었고 방 안에는 시체 썩는 냄새가 진동하였다. 약선의 칠공에서는 이미 썩은 물이 흘러나와 더러운 벌레들이 잔뜩 꼬여들었다.

두공은 입과 코를 막고 악취를 참으며 음양각 내를 뒤졌다. 그가 찾는 것은 세 가지였다.

가장 중요한 것은 수옥이었는데 그것은 찾을 확률이 희박하였다. 약선이 이미 다른 곳에 숨겨놓았을 것이 분명하였다. 어쩌면 능초영에게 주었을지도 모른다. 두공은 약선이 보통 사람들과는 다른 생각의 소유자라는 것을 알고 있다. 보통 사람들이 가치있다고 여기는 것을 그는 개똥처럼 여겼으며 오직 그의 생각대로만 일을 판단하였다.

약선은 수옥에서 그가 평생 궁금히 여기던 불로장생의 비밀을 풀어내는 것 외에 관심이 없었다. 천하를 얻는다느니 하는 것은 그와는 상관없었을 테니 능초영에게 주어버렸을 확률이 가장 높았다. 그래서 능초영을 만나자마자 그녀와 손을 잡아야겠다고 생각했던 것이다.

두 번째로 약선에게서 찾으려 했던 것은 과거 환교의 비급들이었다. 약선이 환교의 후예일지도 모른다는 짐작 때문이었다. 삼천교를 나오면서 약당에서 찾아낸 한 권의 비급은 두공의 짐작을 뒷받침해 주는 것이었다.

과두문(蝌蚪文)으로 쓰여진 그 비급에는 이백 년 전 환교의 마지막 교주였던 환영검마(幻影劍魔)의 환영검법이라고 쓰어 있었다. 그러나 전권이 아니라 앞부분만 남아 있었다. 그는 약선이 나머지 부분을 가지고 있을 것이라 생각했다.

그의 이런 생각은 어느 정도 사실과 맞아떨어졌다. 약선은 정말 환교의 후예였던 것이다. 그러나 젊은 시절 그는 잔존하는 환교의 후예들과 뜻이 달랐다. 그의 관심은 오직 의술에만 있었으므로 과거의 영광을 재현하려는 환교의 인물들과 어울릴 수 없었다. 독왕자 아삼을 치료하면서 품에서 이 한 권의 비급을 발견했을 때 그는 비로소 오랫동안 잊고 지냈던 자신의 사문을 떠올리게 되었다.

그것은 염주행 또한 환교의 후예였기 때문이었다. 마지막까지 남아 있던 열 명의 환교 사람들은 환영검마의 비급을 모두 열 개로 나누어 가졌다. 나중에 다시 힘을 모아 환교를 일으켜 세울 작정이었던 것이다. 염주행이 그토록 수옥을 찾으려 했던 것도 바로 환교를 부활시키기 위해서였다.

약선은 비록 환교를 떠나오긴 했지만 사문을 완전히 잊은 것이 아니었다. 그는 아삼이 환교의 인물일지도 모른다고 생각하였고, 자신의 의술을 아낌없이 펼쳐 그를 살려냈던 것이었다. 그리고 환영검법은 훗날 환교에 되돌려줄 생각으로 간직하고 있었다.

세 번째는 바로 삼천교에서 보여주었던 벽력구들이었다. 어쩌면 가장 쓸모있을지 모르는 것들이었다. 약선이 벽력구를 만든 것은 우연이었다. 그는 벽력구를 만드는 장면을 아무에게도 보여주지 않았다. 양황이 필요하다고 해야 십여 개 정도씩 만들어주었을 뿐이다. 관부에서 삼천교를 토벌할 당시 남아 있던 벽력구를 모두 사용하였다. 관부와 무림에서 대경실색한 것은 말할 것도 없었다.

두공은 양황이 금단을 만드는 장면을 엿본 적이 있었다. 벽력구와 금단이 관계가 있다는 것은 그도 눈치 채고 있는 일이었다.

금단을 만들기 위해서는 먼저 초석과 유황을 섞은 솥을 흙구덩이에

넣고 쥐엄나무로 만든 심지에 불을 붙여 솥에다 꽂는다. 초석과 유황은 시꺼먼 불을 내며 타 들어간다. 불꽃이 잦아들기를 기다렸다가 다시 목탄을 그 위에 얹어 태우고 목탄이 거의 타서 없어지면 불을 끄고 그 안의 것을 꺼내었다.

두공이 관심을 가진 것은 바로 초석과 유황이 솥 안에서 맹렬히 타올라 약선의 얼굴에 화상을 입혔다는 사실이었다. 약선의 얼굴이 항상 진물과 고름으로 뒤범벅이었던 이유는 바로 이 때문이었다.

약선은 이를 이용해 벽력구를 만들고 그 사실을 어딘가에 기록해 놓았을 것이다. 그것만 알아내면 수옥과 송옥이 아니더라도 부와 권력을 한 손에 거머쥘 수 있었다. 두공은 유가장을 멸문시킨 장본인인 추정과 모종의 밀약을 맺고 있었다. 벽력구를 대량으로 생산하여 각 나라에 무기로 팔 작정이었다.

송이 건국되기 이전 오대(五代)에 이미 전쟁터에 맹화유궤(猛火油櫃)와 화창(火槍)이라는 무기가 등장했지만 그것은 운반에 어려움이 있는 데다 사용하기도 쉽지 않았다. 더구나 이미 황궁에서 그것을 전문으로 다루는 기관을 두고 있었다. 그에 비해 벽력구는 휴대와 사용이 간편하였다. 이를 얻을 수만 있다면 최상승의 무공을 익힌 것과 같을 것이다.

그러나 두공이 한나절 동안 뒤졌음에도 세 가지 중 단 한 가지도 찾을 수가 없었다. 그는 낙심하여 돌아 나오다 인기척을 느끼고는 숲 뒤로 몸을 숨겼다.

'약선은 그걸 대체 어디에 적어두었을까?'

능초영과 함께 걸어가는 그의 머리 속에 남는 의문이었다.

유천복은 하늘을 올려다보았다. 손톱 끝처럼 남은 달이 구름 속에서 모습을 드러냈다. 바람은 피비린내를 잔뜩 머금은 채 맹수처럼 이쪽으로 달려들었다.

능초영의 기척이 집 뒤쪽으로 사라진 것을 느낄 수 있었다. 그러나 홍묘아가 유가장에 있었다. 능초영이 돌아오든 돌아오지 않든 독갈은 홍묘아를 고분고분 보내주지 않을 것이다.

바람이 다시 불었다. 처음에는 약하게, 그러나 점점 세차게 불어 소나무 숲이 우수수 떨어 울게 만들었다.

그 한가운데를 소양이 걸어가고 있었다. 손잡이를 천으로 아무렇게나 둘둘 만 검을 오른손에 쥐고 있었다. 
유천복은 속으로 숫자를 세고 있었다. 소양이 먼저 들

어간 후 유천복은 오십을 헤아린 후에 들어가기로 약속이 되어 있었다.

소양도 하늘을 올려다보았다.

"오늘이 바로 그믐날이다. 원래대로라면 그녀가 돌아오겠지. 그녀가 오기 전에 아삼을 구해내야 한다."

혈육이라고 부르기에도 우스운 이름이었다. 누이라고 할 수도, 그 자신이라고 할 수도 없는 어떤 이름도 어울리지 않는 두 사람이었지만 그만큼 불러보고 싶었던 이름이기도 했다.

소양은 천천히 문을 열었다. 악취가 풍겨 나왔다.

"당신은 먼저 잘못을 빌어야 했소."

약선은 탁자에 앉아 있었다. 이미 그가 왔다는 것을 알고 있을 텐데 조금의 미동도 없었다. 자고 있는 것일까?

"그를 데려가야겠소."

소양이 싸늘하게 말했다. 그러나 곧 이상하다는 것을 깨달았다. 처음에는 약선만을 보느라 알아보지 못하였다.

주위를 돌아보자 고약한 냄새도 냄새지만 방 안은 마구 어지럽혀져 있었다.

"어찌 된 일인가?"

그는 황급히 약선에게로 다가갔다. 목덜미에 박힌 비수는 끝이 조금 보일 뿐이었다.

"아니, 누가 이자를 죽였지?"

소양이 중얼거리며 약선의 시체를 뒤집자 시큼한 냄새가 확 풍겨왔다.

'독!'

서둘러 숨을 멈추었으나 이미 늦고 말았다. 방 안이 빙글빙글 돌며 몸을 가누지 못할 지경이 되었다. 소양이 순간적으로 정신을 차리지 못하는데 약선의 시체가 벌떡 일어나더니 흰 가루를 소양의 몸에 뿌렸다. 소양은 검을 휘두르려 안간힘을 썼으나 이미 바닥으로 넘어지는 몸을 추스를 수가 없었다. 순식간에 온몸이 마비되었다. 약선은 전광석화 같은 솜씨로 비틀거리는 소양을 꽁꽁 묶어버렸다.

"큭큭, 누가 죽였냐고? 세상에 날 죽일 사람은 나 외에는 아무도 없다. 누가 감히 날 죽일 수 있겠느냐? 큭큭."

약선은 가래침을 뱉어 입속으로 들어간 벌레들을 뱉어냈다. 간만에 포식을 하려고 모여들었던 작은 손님들은 거대한 음식이 살아 있다는 것을 알자 놀라서 뿔뿔이 흩어져 달아났다. 그중 몇 마리는 운 나쁘게도 약선의 콧속으로 도망을 쳤다. 약선은 콧속에서 그것들을 꺼내어 손톱 끝으로 몸통을 끊어 꿈틀거리는 것을 보며 히죽 웃었다. 톡! 하고 딱딱한 껍질이 터지는 소리가 기분 좋았다.

"큭큭, 드디어 잡았구나. 잡았어. 이것은 아주 강력한 독이지. 냄새도 지독할 뿐더러 효과도 확실하거든. 오직 너희들만을 위해서 내가 만들었단다. 보통 사람의 피부에는 그리 독하지 않지. 피를 만나지만 않는다면 이걸 만져도 죽지는 않아. 하지만 너희들은 다르단다. 음양현독을 몸 안에 지닌 사람들한테는 치명적인 독이라구. 클클클클."

약선은 또다시 목덜미 속으로 기어 들어간 벌레를 끄집어내어 터뜨렸다. 그러더니 귀찮았는지 한바탕 세차게 몸을 털어 나머지 벌레들을 모두 털어내었다. 그는 잠시 정신없이 도망가는 벌레들을 밟아 죽이는 일에 열중하였다.

"어떻게……?"

소양은 간신히 한마디를 내뱉었다. 그 말에는 모든 의문이 포함되어 있었다. 몸이 굳어 넘어지게 된 소양의 얼굴 위로 징그럽게 생긴 다리가 많은 긴 벌레가 스르르 지나갔다. 소양은 이를 악물었다. 조금 있으면 유천복이 들어올 것이다. 그때까지만 정신을 잃지 않으면 된다고 생각했다.

"큭큭, 어떻게 네가 올 줄 알았느냐고? 생각했더니 알 만하더군. 독왕자가 왜 그토록 나를 막으려 하였는지… 그놈이 왜 죽지 않고 살아 있었는지… 큭큭, 강물은 원래 바다로 나아가는 법이다. 그믐이 되기 전에 네가 올 거라 생각했지."

약선은 스스로 알아낸 사실이 즐거웠다.

"너희들의 몸속을 돌아다니는 음양현독이란 놈은 아주 똑똑하지. 동족을 알아본단 말이다. 아니, 알아보기만 할 뿐 아니라 도움도 줄 수 있지. 아마 둘 다 내공이 크게 증진되었을 것이다. 독왕자 그놈은 네 누이와 배가 맞았던 게야. 큭큭."

소양은 정신을 잃지 않으려 애를 썼다. 구멍을 찾아 기어 들어가려는 벌레들은 끊임없이 소양을 괴롭혔다.

"그자를… 어떻게 했소?"

그나마 말을 할 수 있다는 것이 다행이었다. 약선은 소양의 얼굴에서 얇은 인피면구를 벗겨내며 말하였다.

"완벽한 얼굴을 가리고 다니다니, 이래서야 내가 어찌 알아볼 수 있겠느냐? 큭큭, 근데 누구? 아, 그놈 말이냐? 클클, 곧 만나게 될 테니 걱정 말거라."

그는 나무 탁자 위에 놓여 있던 그릇이며 벌레들을 모두 치워 버리고 소양을 그 위에 눕혔다.

"에잉, 중간에 쓸데없는 손님이 다녀가 집 안이 이 꼴이 되었구나.

한데 그게 어디 있더라……."

약선은 찾는 물건이 보이지 않자 짜증이 났다. 두공이 집 안 여기저기를 쑤시고 다니는 것을 알았지만 일어날 수가 없었다. 그는 죽은 시체였기 때문이다. 지독한 냄새 때문에 두공은 약선의 시체를 만져 볼 엄두조차 내지 못하고 별 소득 없이 물러가 버렸다.

"내가 얼마나 잘 대해주었는데… 나중에 만나면 한소리 해야겠어. 남의 물건을 만졌으면 제자리에 갖다 놓아야 하는 법이라고."

찰캉!

소양의 목과 손목, 발목에 강철 고리가 채워졌다.

"잠시만 참거라. 곧 끝날 게야. 저런, 손님이 또 오시는군."

약선의 말이 끝나기가 무섭게 문이 벌컥 열리며 유천복이 들어왔다.

"소 형님! 우어어어어~"

그러나 유천복의 모습은 긴 비명 소리와 함께 땅으로 푹 꺼져 버리고 말았다. 약선의 웃음소리가 머리 위에서 들려왔다.

"그 밑에 반가운 사람이 있을 게다. 나는 아들과 이야기할 때 방해받는 것을 싫어한단 말이다. 그럼 이제 우리 이야기를 하도록 하자꾸나. 이제 그믐이 얼마 남지 않았으니 내 눈으로 직접 변하는 것을 보아야겠다. 내 이날을 얼마나 기다렸는지 아느냐?"

약선이 손을 싹싹 비비며 다가오는 것을 보았지만 소양은 꼼짝도 할 수 없었다.

유천복은 아래로 떨어졌다. 마치 천왕문의 지하로 떨어질 때와 같은 상황이었다. 다행히 이번에는 형영구공을 훌륭하게 펼쳐 낼 수 있었다.

지하는 그리 깊지 않았다. 그러나 무게가 없어져 깃털처럼 변한 유천복은 한참을 내려가야 했다. 멈추었던 숨을 조금씩 내쉬는 속도에 맞추어 유천복은 간신히 넘어지지 않고 바닥에 설 수 있었다.

"무지자, 어때? 훌륭해! 윽! 근데 이게 무슨 냄새지? 글쎄……."

유천복은 코가 떨어져 나갈 정도로 역겨운 냄새에 금방 익숙해졌다. 후각은 가장 민감하지만 가장 빨리 마비된다는 장점이 있었다. 유천복은 코를 쥐고 있던 손을 놓았다.

"뭐가 있을까? 아무것도 아닐 거야!"

무서움을 잊기 위해 혼자서 묻고 답하며 유천복은 눈을 가늘게 떴다. 안은 어두웠으나 그의 안력이라면 보지 못할 것도 없었다. 하지만 곧 보지 않는 편이 더 좋으리라 생각하고 말았다.

"아… 삼……."

터져 나오려는 비명을 억누르기 위해 유천복은 황급히 손으로 입을 틀어막아야 했다.

그곳에 있는 사람, 아니, 그곳에 있는 물체는 분명히 아삼이었다. 그러나 그 모습은 사람이라고 할 수 없었다. 그것은 며칠 전 팽소연과 보았던 백희 공연 같았다. 유천복은 이를 악물었다.

아삼의 머리통과 팔다리는 각기 일렬로 늘어서 있었다. 기다란 탁자 위에 머리통이 얌전히 놓여 있었고 그 옆에는 오른쪽 팔과 왼쪽 팔, 다시 그 옆에는 오른쪽 다리와 왼쪽 다리가 놓여 있었다. 온몸이 사시나무 떨리듯 떨려왔다.

"어떻게 이럴 수가… 약선, 이 악마 같은 놈."

유천복은 차마 더 이상 보지 못하고 눈을 질끈 감고 말았다. 악다문 입술이 부들부들 떨려왔다. 사람이 사람에게 어떻게 이처럼 잔인해질 수 있는지 이해가 가지 않았다.

‘어때, 무섭지? 도망가고 싶겠지? 눈 감아버리고 싶겠지? 전처럼 아무것도 모른 채 살고 싶지 않아? 이대로 계속 수옥의 일에 말려들었다간 앞으로 더 심한 일을 겪게 될 거야? 그래도 좋아? 그래! 너만 편안하면 세상이야 어떻게 되든 상관없잖아. 이대로 도망가 버려. 아무도 찾을 수 없는 곳으로 가버리자구. 넌 세상을 구할 영웅이 아니야.’

아득한 머리 속에서 환청이 들려왔다. 무지자 같기도 하고 유천복 자신이 말하는 것 같기도 한 그 소리는 이 며칠 동안 유천복이 망설이고 있던 걸 비난하는 듯했다. 아니, 유천복의 생각을 그대로 들려주고 있었다.

“아니야! 난 도망가지 않아!”

유천복은 소리를 버럭 질렀다. 아삼의 처참한 시체를 보면서 유장추의 끔찍한 죽음이 다시 생각나 버렸다.

“이젠 도망가지 않아… 세상이 이렇게 변하도록 내버려 두지 않을 거야. 더 이상 사람들이 죽어 나가는 것을 보고 있지만은 않겠어. 무엇 때문에 이처럼 잔혹한 일들이 생기는지 알 수 없지만 그걸 막을 수만 있다면 막고 싶다고. 남은 사람들을 실망시키지도 슬프게 만들지도 않을 거야.”

유천복은 감았던 눈을 떴다. 주문을 외듯 중얼거리는 소리는 점점 커져 갔다.

“두. 번. 다. 시. 도망가지 않아!”

마침내 유천복은 소리를 버럭 질렀다.

하지만 마음속으로는 늘 생각했었다. 왜 하필이면 겁 많고 나약한 자신인가? 무림의 고수도 아니고 세상을 바꾸려는 의지도, 야망도 없는 자신이 어째서 이런 일에 휘말려야 하는가? 친인이 죽어 나가는 것을 볼 때마다 그는 되풀이해서 질문했다. 자신에게 이런 짐을 지운 것은 운명인가? 남은 것은 운명에 순응하는 것뿐일까?

그러나 대답해 주는 이는 아무도 없었다.

"아버지께서 말씀하시길, 운명은 스스로 개척하는 자의 것이라고 하셨어."

유천복은 양손으로 아삼의 머리통을 조심스럽게 집어 들었다.

약선은 소취란이 어떻게 아삼을 치료했는지 알기 위해 그를 해부하였다. 아삼의 몸통은 탁자 아래 양철통에 내장이 그대로 비집어 나온 채 들어 있었다. 음양각에서 풍기던 썩은 내는 바로 아삼의 시체에서 나는 냄새였다.

유천복은 일단 아삼의 시체를 수습하였다. 윗옷을 벗어 아삼의 머리통과 팔다리를 조심스레 싸서 등에 멨다. 하얀 실처럼 엉겨 있는 구더기들을 떼어내는 것만으로도 초인적인 인내심을 발휘하여야만 했다. 그러나 피 곤죽이 되어 양철통에 담겨 있는 몸통만은 가지고 나갈 방도가 없었다.

"미안해, 아삼. 저건 나중에 가져가야겠어."

아삼도 용서해 줄 것이라 생각하며 유천복은 위를 올려다보았다. 내려올 때는 한참 걸렸지만 올려다보니 그리 깊은 곳이 아니었다. 유천복은 깊게 숨을 들이켰다. 한 번도 해본 적은 없었지만 이 정도면 뛰어오를 수 있을 것 같았다.

몇 번 몸을 튕기며 탄력을 주었다가 숨을 들이키며 단숨에 위로 솟구쳐 올랐다. 황산에서 소취란과 마유가 나무를 오르던 모습을 그려보자 의외로 쉬웠다.

유천복은 먼저 일장을 날려 머리 위의 문을 부순 뒤 그대로 튕겨 올라갔다. 약선의 공격에 대비하여 오르자마자 뒤로 훌쩍 물러서는 것도 잊지 않았다. 그러나 물러선 뒤쪽에 오히려 사람들이 있었다.

어느 틈에 위에는 수십 명의 사람들이 유천복이 빠진 구덩이를 들여다보고 있다가 유천복이 뛰어오르자 서로 잡으려고 아우성을 쳤다.

"클클, 네놈을 오래 잡아둘 수 없다는 것은 내 알고 있었다. 그래, 친구와는 만났느냐?"

유천복은 약선 앞에 누워 있는 소양을 보았다. 목과 팔다리에는 강철로 만든 쇠고랑이 차여 있었다. 그로 인해 소양은 나무 탁자에서 꼼짝도 할 수 없었다.

"약선, 사람이 어떻게 이처럼 악랄할 수 있소?"

약선을 나무라며 뒤에서 달려드는 자들의 손을 잡아 앞으로 힘껏 당기자 덤비던 자들은 유천복의 어깨 위로 맥없이 딸려오며 허공을 한 바퀴 돌아 땅바닥에 처박혔다.

"악랄? 내가 내 아들과 딸을 만나고자 하는 것이 악랄한 행동이냐?"

느물거리는 약선이었다. 그 얼굴에 침이라도 뱉어주고 싶었지만 수십 명이나 되는 자들이 한꺼번에 달려들어 그럴 수가 없었다. 유천복은 달려드는 자들의 면면을 살펴보았다. 무림인이라 할 수 없는 자들이었다. 손에 든 것은 땅을 팔 때 쓰는 곡괭이나 쇠스랑 같은 것들이다였다. 유천복은 뭔가 곡절이 있을 것이라 여기고 발목이나 무릎을 가격하여 움직이지 못하게 할 수밖에 없었다. 섣불리 사람을 해칠 수는 없는 노릇이었다.

"사람을 이처럼 잔인하게 해하다니."

약선은 그제야 유천복의 등 뒤로 힐끔 시선을 던졌다. 굳이 보지 않더라도 아삼의 시신 일부라는 것을 알 수 있었다.

"아직 썩지 않았었군. 희한한 일이야. 내 계산으로는 한 줌의 핏물이 되고도 남았을 시간인데… 아무래도 음양현독에 무슨 비밀이 있는 것이 틀림없건만 다시 만들어낼 수가 없으니……."

약선이 소양과 아삼의 시신을 번갈아 돌아보며 중얼거리는 사이 유천복은 또다시 달려오는 사람들 틈으로 뛰어들었다. 사람들은 자신들의 눈앞으로 흰 그림자가 번쩍 한다는 것만 보았다. 그리고 그 다음엔 어느새 하늘을 보고 누워 다시는 일어서지 못하였다. 유천복이 수류화사의 수법을 펼쳐 사람들의 발목만을 부러뜨려 버렸기 때문이다. 사람들은 중심을 잃고 서로 얽혀 넘어졌다. 그러나 남아 있는 사람들은 아직도 많았다.

"이들을 한꺼번에 움직이지 못하도록 해야겠는데……."

주위를 둘러보자 조금 떨어진 곳에 버드나무가 몇 그루 세워져 있는 것이 보였다.

"옳지! 저게 괜찮겠다."

유천복이 버드나무 쪽으로 바람처럼 달려가자 남은 자들이 와아 소리를 내며 쫓아왔다. 그는 유성처럼 빠른 손놀림으로 버드나무 줄기를 엮어 어느새 길다란 줄을 만들었다. 줄의 한쪽 끝을 들고 달려드는 사람들 사이로 빠져나갔다.

사람들이 우왕좌왕하는 사이 유천복은 줄을 든 채 사람들의 바깥쪽을 수차례나 돌았다. 삽시간에 수십 명의 사람들은 서로 엎어지고 엉킨 채 버드나무에 꽁꽁 묶여 버리고 말았다.

"하하, 잘 잡고 있어."

버드나무는 유천복의 말을 알아들었다는 듯이 가지를 늘어뜨려 사람들을 더욱 꽁꽁 묶어버렸다. 유천복은 눈이 동그래졌다. 그냥 한 말인데 나무가 그의 생각대로 움직여 사람들을 더욱 세게 묶어버렸던 것이다. 이제 나무를 잘라내기 전에는 절대로 움직일 수 없을 것이다.

"설마 내 말을 듣고 움직인 것은 아니겠지? 우연일 거야."

유천복은 별다른 생각 없이 중얼거리며 다시 음양각으로 달려갔다.

"끄아악!"

또다시 짐승의 울음소리 같은 비명 소리가 밤하늘을 가득 메웠다. 마치 코끼리 떼가 달려오는 듯이 땅이 들썩거렸다. 유천복은 자신도 모르게 땅의 진동에 따라 춤을 추듯이 몸을 들썩거렸다.

"무슨 소리지?"

멀지 않은 곳에서 한 떼의 사람들이 앞서거니 뒤서거니 하며 달려오고 있었다. 유천복은 가장 앞서 오는 두 사람을 살펴보았다.

"능 소저? 두공?"

숨을 몰아쉬며 달려오는 사람들은 바로 두공과 능초영이었다. 두 사람의 몸은 온통 상처투성이었다.

"유 공자, 어서 집 안으로 들어가요! 폭도들이에요!"

능초영이 쫓아오는 사람들에게 채찍을 휘두르며 소리쳤다.

"폭도?"

유천복은 영문도 모른 채 그들과 함께 음양각 안으로 들어갔다.

"큭! 늦었구나, 추아."

약선이 반가운 듯이 말했다.

"약선!"

두공과 능초영이 동시에 말했다. 그중에서도 능초영의 얼굴은 까무러칠 듯이 새파랗게 질려 있었다. 그녀는 귀신을 보고 있다고 생각했다.

"아니, 분명 죽었는데……."

두공이 말하였다.

"내가 틀림없이 칼을 꽂았는데."

능초영이 덜덜 떨리는 음성으로 말했다.

"역시 능 소저였군."

"능 소저가 약선을 죽였소?"

두공과 유천복이 동시에 말했다. 어느새 음양각의 문밖에는 사람들이 가득 몰려들어 안으로 들어오려 하고 있었다. 능초영의 심장 소리는 문을 쿵쿵 두드리는 소리에 맞추어 울려댔다.

유천복이 문을 등지고 서서 들어오는 사람들을 막아보려 애썼다.

능초영은 약선을 손가락질하였다.

"그래요. 내가 자고 있는 저자의 등에 칼을 꽂았어요! 말했잖아요! 저자도 책임을 면할 수 없어요!"

그녀는 미친 사람처럼 소리를 질렀다.

"북해로 가지 않겠다고, 이곳에서 자식들을 기다리겠다고 해서 죽였어요!"

그렇다고 죽이려 하다니… 유천복은 능초영의 악랄함도 약선에 비할 바가 아니라고 생각하였다.

그러나 약선은 죽지 않았다. 그는 능초영보다 다섯 배는 더 오래 산 인물이었다. 늙은 당나귀는 원래 음흉한 법이다. 약선은 능초영이 자신을 죽이려고 하는 것을 눈치 채고 미리 그녀의 칼을 바꿔치기하였다. 그 칼은 물체에 닿는 순간 칼날이 안으로 들어가게 되어 있는 것이었다. 약선을 찌를 때 능초영은 너무도 당황하였고 약선에 대한 두려움도 있었던 터였다. 약선이 피 묻은 손으로 목뒤를 움켜쥐었다가 탁자로 쿵 소리를 내며 쓰러지자 뒤도 돌아보지 않고 홍묘아와 함께 음양각을 빠져나온 것이다.

능초영이 사라지자 약선은 천천히 아삼을 처리하고 또한 아삼의 피를 이용하여 적당히 자신을 죽은 듯이 꾸몄다. 아삼의 피에는 여러 가지 독 성분이 있어 얼마든지 썩은 시체 흉내를 낼 수가 있었다.

마을 사람 하나를 잡아 죽인 뒤 아삼의 피를 뿌리자 얼마 지나지 않아 흔적도 없이 사라졌다. 아삼의 피는 더할 나위 없는 부시독이었다. 다행인 것은 약선에게 아주 훌륭한 피독수가 있었다는 것이다. 그것을 몸에 바르면 부시독의 영향을 받지 않고도 얼마든지 죽은 사람 흉내를 낼 수 있었다. 부시독에서 나는 강한 냄새에 두공과 능초영은 감히 다가올 생각도 하지 못했다. 그러나 소양은 약선의 몸을 만졌고 그래서 중독이 되었던 것이다.

"추아, 난 너를 귀여워하였는데 네가 이렇게 빨리 배신하리라고는 생각지 못했단다."

까마귀 발톱 같은 손가락이 소양이 누워 있는 탁자를 끼긱 긁어대고 있었다. 마치 해골이 갈리는 듯한 그 소리에 능초영은 귀를 틀어막았다.

"먼저 약속을 어긴 것은 할아버지예요. 절대로 날 버리지 않겠다고 하고는 날 잊어버렸으니까."

능초영은 약선의 시선을 피했다.

"큭큭. 추아, 절대라는 말을 한 것은 너란다. 절대로 떠나지 않겠다고 먼저 약속한 것은 너였다. 약속을 어긴 것도 너고. 하지만 용서해주마. 하지만 나중에 이 할아비를 원망하지 말거라. 큭큭."

약선의 뜻 모를 말에 능초영은 소름이 오싹 끼쳤다.

"혹, 혹시 내 몸에 무슨 짓을……?"

"큭큭, 기다리면 알게 되겠지. 지금은 다들 얌전히 있거라. 이제 곧 그믐이 되면 가장 위대한 것을 보게 될 테니. 방해하는 놈들은 모두 그 자리에서 핏물로 만들어줄 테다."

약선은 세 사람을 쳐다보지도 않았다. 그는 초조한 듯 작은 창문과 소양을 번갈아 보았다. 평생 동안의 역작을 눈으로 확인하는 것보다 중요한 것은 아무것도 없었다.

"약선, 수옥을 어디다 숨겼소? 환교의 비급은? 벽력구의 제조법은 적어놓았을 테지요? 나랑 얘기 좀 해요. 약선이 원하는 대로 해줄 사람을 알고 있어요."

두공도 자신의 목적을 달성하기 위해 필사적이었다. 약선을 데려갈 수만 있다면 모든 것이 해결되는 것이다.

"소용없어요. 저자의 머리 속에는 오직 한 가지 생각만 들어 있으니 말해도 입만 아플 뿐이에요."

능초영은 약선의 마지막 말이 마음에 걸렸다. 약선이 수옥을 어디다 숨겼는지는 그녀도 알고 있었다. 그리고 그것은 지금 그녀에게 있었다. 약선의 능력이 탐나지 않는 것은 아니나 그녀의 원한은 더욱 깊었다.

능초영은 복수 외에는 아무것도 눈에 보이는 것이 없었다. 그녀는 주먹을 움켜쥐었다. 지금이라면, 약선이 등을 돌리고 있는 지금이라면 그를 다시 죽일 수 있을 것이다. 등으로 식은땀이 흘러내렸다. 약선은 무공을 모른다. 유천복은 문을 부수고 들어오려는 사람들을 막느라 정신이 없고 두공은 말리려 하지 않을 것이다.

능초영의 양손에 힘이 꼬옥 들어갔다. 단 한 번의 연혼장이면… 문득 손바닥을 파고드는 손톱 자국이 쓰러왔다. 그녀는 깊은 숨을 내쉬었다. 모험보다는 안전한 쪽을 택하는 것이 현명한 방법이다.

"할아버지도 그깟 일로 화를 내시다니… 설마 제가 정말 그랬으려구요. 아까는 제가 장난한 거예요."

능초영은 천진하게 웃었다.

"장난이라?"

약선이 냉소했다.

"그렇지 않고서야 할아버지께서 어떻게 지금 살아 계시겠어요. 저는 그저 장난을 친 것뿐이에요."

"그것은 내가 미리 칼을 바꿔놓았기 때문이었지."

약선은 기가 막혔다. 뻔한 사실을 능청스럽게 둘러대는 능초영의 말에 어이가 없었다.

"호호, 그 칼은 원래 장난감 칼이었다구요. 그 증거로 할아버지께서 이렇게 살아 계시잖아요? 그러니 제가 할아버지를 죽이려 한 것이 아니죠."

"너는 방금 전에 스스로 날 죽이려 했다고 말하지 않았느냐? 두공, 자네도 듣지 않았나?"

약선은 언성을 높였다. 그는 지금껏 이토록 뻔뻔한 사람을 상대한 일이 없었기 때문에 화가 몹시 났다.

두공은 능초영이 억지를 부린다고 생각했지만 아무 말도 하지 않았다. 그녀가 변했다는 것은 이미 눈치 채고 있었다.

"제가 언제 할아버지를 죽였다고 말했나요? 두공은 혹시 들었어요?"

능초영은 한술 더 떠 두공까지 끌어들이려 하였다. 두공은 말없이 양손을 펼쳐 보였다. 이럴 땐 어느 쪽 편도 들지 않는 것이 상책이었

다. 약선이 그의 제의를 거절하면 능초영과 손을 잡을 수도 있기 때문
이다. 약선과 긴 시간 함께 있었으니 알고 있는 것이 있을 것이다.

그때 누워 있는 소양의 입에서 가느다란 소리가 흘러나왔다. 약선은
깜짝 놀라며 능초영과 두공을 향해 버럭 소리를 질렀다.

"나가라, 나가! 어서 나가란 말이다! 너희들과는 할 말이 없다!"

약선은 처음에 능초영을 자신의 후계자로 삼으려고 생각했었다. 그
러나 소취란을 만나게 되자 생각이 바뀌었다. 이왕이면 소양을 설득하
여 자신의 뜻을 이루고 싶었다. 강하고 아름다우며 영원히 사는 인간
들의 세상… 그것이 약선이 꿈꾸는 신선지경이었다. 그리고 자신은 그
곳에서 신이 되는 것이다.

소양만 있으면 모든 것이 가능했다. 그러니 그가 능초영에게 관심이
있을 리 없었다.

능초영은 그걸 눈치 채고 약선을 죽이려 한 것이다. 삼천교를 나오
며 약선은 그녀의 복수를 돕겠다고 약속했었다. 그러나 성도에 이르자
안면을 싹 바꾸었다. 오직 소취란을 찾느라 그녀의 일은 안중에도 없
었다.

그걸 아는 약선도 능초영에게 얼마간 미안한 감을 갖고 있었다. 때
문에 그녀가 자신을 죽이려 한 것은 괘씸하였으나 자신은 죽지 않았고
소양까지 얻었으니 그녀를 용서하기로 하였다.

"크크 이제 그만 나가거라. 나는 할 일이 많단 말이다."

세 사람의 등 뒤에서 문이 쿵 소리를 내며 닫혔다. 그러자 기다렸다
는 듯이 사람들이 몰려들었다. 유천복은 소양이 걱정스러웠으나 달려
드는 자들 때문에 어쩔 수 없었다.

"능 소저, 대체 어찌 된 일이오?"

밀려드는 사람들을 막으며 유천복이 물었다.

"보면 몰라요? 우릴 죽이려는 자들이잖아요."

유천복이 묻는 것은 약선과의 일이었지만 그녀는 딴청을 부렸다. 능초영이 옆에서 쇠스랑을 휘두르며 다가오는 사내를 발로 걷어찼다. 사내는 그대로 내장이 박살나 죽고 말았다.

"능 소저, 손에 사정을 두시오. 이들은 무공을 모르는 자들이란 말이오."

"흥! 그러니 죽어도 할 말이 없는 자들이란 거죠."

그녀의 발에 걷어차인 사람들은 피를 토하며 나가떨어져 두 번 다시 일어나지 못하였다. 그녀가 내공을 실어 걷어찬 발길질에는 수백 근의 힘이 담겨 있어 보통 사람이라면 내장이 터져 즉사하는 것이 당연한 것이다. 그러나 한 명이 넘어지면 열 명, 스무 명이 달려드는지라 그걸 막는 것은 무공의 고수라 하더라도 쉽지 않은 일이었다.

"능 소저, 그만 하시오!"

유천복은 혈도를 짚어 움직이지 못하는 자들에게까지 독수를 뻗치려 하는 능초영을 두고 볼 수 없었다. 능초영은 허리춤에 찬 채찍을 꺼내어 휘둘렀으나 곧 유천복에게 막혀 버리자 발끈 화를 내었다.

"유 공자, 지금 나를 우습게 보는 것이죠? 내 앞을 막아서다니, 저리 비켜요!"

"그럴 수 없소. 능 소저가 이렇게 변한 것을 알면 지하에 계신 아버님도 통곡하실 것이오."

유천복이 능운겸의 이름을 입에 올리는 순간 능초영의 손이 잠시 멈칫하였다. 그러나 그것은 끓는 물에 기름을 부은 격이 되고 말았다.

"그래요! 아버지는 대의를 위해 가족마저도 등한시하셨지만 결국에는 악인의 손에 돌아가시고 말았지요. 남은 것이라곤 몰락한 가문과 미쳐 버린 딸년뿐이에요. 그게 옳은 삶이라는 건가요?"

능초영의 채찍이 짝짝 소리를 내며 사람들을 후려쳤다. 채찍에 맞은 사람들은 살이 찢어지고 머리가 터져 비명을 지르며 쓰러졌다.

유천복은 능초영보다 사람들을 막는 것이 더 나으리라 생각했다. 그러나 옆의 사람이 죽어 넘어지는데도 사람들은 개의치 않고 계속 달려들었다. 문 안쪽에서 약선이 말했다.

"땀 좀 흘려야 할 게야. 내가 이 마을 우물에 조금 손을 써두었지."

세 사람은 약선의 말을 듣고서야 마을 사람들이 왜 이렇게 변했는지 알게 되었다.

"저들의 숫자가 너무 많소."

두공 역시 밀려드는 자들을 상대하기 위해 손발을 놀려야 했다. 그의 환술은 일 대 일로 싸우는 자들을 상대하기 위한 것이었다. 이처럼 한꺼번에 몰려드는 사람들에게 모두 환술을 펼치는 것은 불가능하였다.

"전부 죽여 버리면 되죠."

능초영이 독살스럽게 말했다. 약선이 다시 살아난 것을 보자 그녀는 살심이 더욱 짙어졌다.

"모두 선량한 마을 사람들이니 섣불리 해칠 수는 없소."

유천복은 하늘을 보며 점차 마음이 급해졌다. 아까처럼 나무줄기를 이용해 이들을 묶으려 해도 두공의 말대로 숫자가 너무 많았다. 어림 잡아도 백여 명은 훌쩍 넘어 보였다. 만일 이대로 소양이 소취란으로 변하여 이 많은 사람들을 보게 된다면 어떤 일이 벌어질지는 보지 않아도 알 수 있었다.

“그럼 어떻게 하자는 말이오?”

두공은 사람들이 죽든 말든 상관이 없었다. 하지만 자신의 손에 피를 묻히기는 싫었다. 환술을 익힌 것도 직접 손발을 놀려 싸우는 것이 싫기 때문이었다. 그는 양씨 모자를 경멸하면서도 은연중에 그들과 닮아갔다.

“이대로 소취란이 나타난다면 이자들을 모두 죽여 입을 봉하려 할 것이오.”

유천복이 발을 동동 굴렀다. 그는 소취란이 이들을 모두 죽여 버리리라는 것을 너무도 잘 알고 있었다. 아니, 어쩌면 그보다 더 무서운 일이 벌어질지도 모른다. 더 무서운 일이…….

“내가 이들을 다른 곳으로 끌고 갈 테니 두 분은 뒤에서 몰아주시오.”

유천복은 이 사람들을 다른 곳으로 피하게 해야 한다고 생각했다.

“왜 그래야 하죠?”

능초영은 계속 채찍을 휘둘러 짝짝 하는 소리를 내었다.

“내 말대로 하시오!”

유천복이 처음으로 소리를 질렀다. 능초영은 한 번도 유천복의 이 같은 모습을 본 적이 없는지라 조금 놀랐다. 한순간 그녀의 눈빛이 이채를 발했다. 유천복은 마을 사람들의 안위를 걱정하느라 능초영의 다른 눈빛을 볼 겨를이 없었다.

“두 사람은 소취란의 무서움을 모르오.”

그는 소리를 지른 것이 미안하였는지 다시 부드럽게 말했다. 두공과 능초영은 모두 소취란을 만난 적이 있었다. 그러나 유천복이 저렇게 말할 정도로 무서운 상대는 아니었다. 무공을 모르는 자들이라면 그럴

지 모르지만 셋이서 그녀 하나를 당해내지 못할 리가 없었다. 그것은 유천복도 마찬가지였다. 그의 기억 속에 있는 소취란은 황산과 천왕문의 지하, 그리고 아삼과 함께 있던 그녀였다. 세 번 다 무섭기는 했지만 지금과 같은 공포심을 느낀 적은 없었다. 그런데도 그의 머리는 끊임없이 피하라 경고하고 있었다.

"굳이 그럴 필요가 있겠소?"

두공도 능초영과 같은 생각이었다. 음양각 주변으로 수백 명의 사람들이 계속해서 밀려들었다.

바로 그때, 음양각 안에서 천지를 찢을 듯한 비명 소리와 약선의 웃음소리가 동시에 들려왔다. 유천복의 얼굴은 흙색이 되었다.

"아차! 시간이 다 되었구나. 곧 소취란이 본색을 드러낼 것이다. 어서 이들을 피하도록 하지 않으면……."

마치 해골을 부수는 듯한 소리가 끊이지 않고 들려오자 능초영의 얼굴이 핼쑥해졌다. 두공도 마찬가지였다.

"유 공자, 이게 무슨 소리요?"

빠각빠각, 쥐가 해골을 파먹는 듯한 소리에 두 사람은 저도 모르게 유천복의 곁으로 다가섰다.

유천복은 차라리 약선에게 잡힌 것이 소취란이었다면 하고 바랐다. 그랬다면 소양으로 변하여도 걱정할 것이 없었다. 그러나 소취란이었다면 이토록 쉽게 약선에게 잡히지도 않았을 것이다. 그는 또 소취란이 변하기 직전과 변한 후에 가장 독랄해진다는 것도 알고 있었다.

마침내 비명 소리가 뚝 끊기고 정적이 찾아들었다. 세 사람은 환희에 찬 약선의 목소리를 들을 수 있었다.

"오오! 이토록 완벽할 수가… 내 눈으로 직접 보기 전에는 믿을 수가 없었지! 애야, 날 알아보겠느… 아니, 어떻게 이럴 수가? 끄어……!"

그리고 들려온 단말마의 비명 소리!

유천복은 직감할 수 있었다. 약선은 죽었다. 소취란이 죽였을 것이다. 그리고 어둠! 무룡의 기억이 차츰 떠오르기 시작했다.

먹구름처럼 밀려들던 검은 기운, 그녀를 중심으로 서서히 퍼져 가던 사악한 기운이 섬광처럼 머리 속으로 지나갔다.

'마림! 그녀는 마림의 무의전주라고 했었다. 그래! 소취란을 피하려고 했던 것은 바로 이 때문이다!'

마치 쇠창살을 손톱으로 긁어대는 듯한 소취란의 목소리가 세 사람의 귓속으로 파고들었다.

"으아악! 네놈이 감히 내 몸에 무슨 짓을… 죽어라! 전부 다 죽여 버리겠다! 마종율령… 구미합신(九尾合身)!"

음산한 소리와 함께 음양각의 지붕과 벽이 펑! 소리를 내더니 산지사방으로 날아갔다. 박살이 난 집 안에는 검은 연기가 가득 차 있었다. 먹물이 뿜어져 나오는 것처럼 검은 연기 중에서 그림자 같은 것이 스르르 떨어져 나왔다. 검은 그림자는 차츰 여인의 모습으로, 소취란으로 변해갔다.

이미 예상하고 있었던 유천복은 놀라지 않았으나 두공과 능초영은 달랐다. 소취란의 등 뒤로 부채처럼 펼쳐진 꼬리는 바짝 성이 난 듯 하늘로 치켜 올라가 있었다.

"저게 뭐예요?"

능초영이 소취란의 꼬리를 보며 말했다.

"그녀는 지금 구미호와 일체를 이루고 있는 거요."

"구미호라구요?"

유천복의 말을 믿기 어려웠으나 눈으로 직접 보고 있으니 믿지 않을 수도 없었다.

"소취란은 마림의 무의전주란 말이오."

능초영은 처음 듣는 말이나 두공은 그 이름이 뜻하는 의미가 무엇인지 잘 알고 있었다. 마림의 삼마전 중 무영전의 부전주인 단혼도인과 술법을 겨룬 일이 있었다. 중원무림에서 마림의 존재를 그보다 잘 알고 있는 자도 없을 것이다. 하지만 그것도 삼천교와 금단을 서로 차지하기 위해 싸우던 것이 고작이었다. 그러니 소취란의 공격도 그와 별반 다를 것이 없다고 생각하였다. 그러나 그것은 두공의 오산이었다.

"으음."

유천복이 가장 우려하던 일이 벌어지고 만 것이다. 혹시나 아삼이 있었다면 그녀의 폭주를 막을 수 있을지도 모른다. 아삼과 함께 있을 때의 그녀는 편안해 보였다. 무룡이었을 때 만났던 추월처럼 그저 한 명의 여자였다. 그러나 아삼은 이미 죽었다.

약선은 모르고 있었다, 소양에서 소취란으로 변하고 나면 몸의 상처나 금제 따위는 아무 소용이 없다는 것을. 강철 고리 따위로 그녀를 묶어둘 수는 없었다. 또한 변하기 직전과 변한 후에 더욱 난폭해진다는 것도 알 리 없었다.

소취란은 정신이 들자마자 약선의 추한 얼굴을 보았다. 그 순간 모든 것을 알았다. 그녀가 어둠의 힘을 몸 안으로 맞아들이기까지 약선은 입을 벌리고 감탄하고 있었다.

따당!

그녀의 손과 발을 고정시켰던 강철 고리가 끊어졌다. 약선은 죽는 순간까지 행복한 표정이었다. 그는 소취란의 머리카락이 한 올 한 올 일어나 자신의 온몸을 관통할 때도 웃음을 그치지 않았다.

"큭큭. 성공이었구나, 성공이었어. 내 눈으로 보기 전에는 확신할 수 없었지."

소취란의 머리카락은 약선의 몸을 뚫고 들어가 뜨거운 피를 그대로 얼려 버렸다. 그녀의 음한공은 약선이 상상하던 그대로였다.

"이것이… 큭! 이것이 진정한 음한공… 커헉!"

약선의 목이 마침내 꺾였다. 그는 평생 동안 바라오던 일이 실현되는 것을 보고 죽었으니 불행한 자라 할 수도 없을 것이다.

그러나 남은 자들은 소취란의 분노를 고스란히 받아낼 수밖에 없었다.

음양각이 무너지고 가운데 선 소취란은 천천히 모인 자들을 훑어보았다. 그녀의 눈이 한 지점에 머물렀다.

"유천복! 또 네놈이로구나."

정말이지 악연이라고밖에 할 수 없었다. 항상 그녀가 원하지 않던 곳에서 마주치는 인물이 바로 유천복이었다.

"이번에야말로 확실히 죽여주마. 가랏!"

소취란이 열 손가락을 부채처럼 펼쳐 내는 것과 동시에 그녀의 머리카락이 낚싯줄처럼 방사형으로 펼쳐졌다. 마치 거미가 거미줄을 치듯 그녀를 중심으로 하여 뻗어 나가는 머리카락에는 눈이 없었다. 앞을 가로막는 것은 무엇이든 뚫고 지나갔다. 그것이 사람이든 나무든 간에.

"크아악!"

음양각 주변은 삽시간에 지옥도가 펼쳐졌다. 음양현독의 독기는 원래 반 시진밖에 가지 못하므로 몇몇 사람들은 서서히 정신을 차리고 있었다.

"어? 내가 왜 이곳에?"

"으악! 저게 뭐냐?"

"크헉!"

자신들이 왜 이곳에 있는지도 모르는 자들이었다. 사람들은 정신이 들자마자 소취란의 공격에 저항 한 번 못해보고 목숨을 잃었다.

"잘라져라."

그녀의 말이 멈추기가 무섭게 머리카락에 휘감긴 사람들의 몸이 토막토막 끊어져 버리는 광경은 끔찍 그 자체였다. 얼려 죽이는 것만으로도 모자라 토막을 내어버리는 소취란의 잔혹함에 유천복은 할 말을 잃었다.

"아악! 어떻게 좀 해봐요!"

능초영의 양 손목에 소취란의 머리카락이 스르르 감겼다. 손목이 화끈하다 싶은 순간 벌써 머리카락이 손목으로 파고들었다. 유천복은 마유를 떠올렸다.

"묵검, 부탁한다. 기억하지?"

묵검도 예전의 일을 기억해 냈는지 소취란의 머리카락을 무 썰듯 썽둥썽둥 베어내었다.

"아아아아악!"

비명 소리가 검은 구름이 가득한 하늘로 울려 퍼졌다. 유천복이 아니었다면 능초영의 양 손목은 벌써 땅바닥에 떨어져 있을 것이었다. 그녀는 피가 철철 흐르는 손목을 양손으로 움켜쥔 채 얼이 빠져 있었다.

그것은 두공도 마찬가지였다. 두공이 휘두르고 있는 것은 바로 유천복이 귀수신투의 무덤에서 가지고 나온 오채보룡검이다. 그는 그 검을 버리지 않고 있었다. 그러나 오채보룡검은 길이가 너무 길어 무기로써의 효과는 그렇게 기대할 수 없었다. 단지 자신의 몸을 방어하는 것이 고작이었던 두공은 이곳을 빠져나갈 기회만 엿보고 있었다.

위를 올려다보았다. 소취란의 머리카락이 하늘로 뻗어 마치 그물처럼 얼기설기 엮여 있었다.

"이것 또한 환술일 거야."

약선에게서 비롯된 삼천교의 환술과 마림의 술법은 비슷한 점이 많았다. 그는 그동안 마림과 한두 번 겨루어본 적이 있었으므로 그걸 잘 알고 있었다. 두공은 마림이 환교의 후예들일 것이라고 짐작하였다.

"이 정도로 날 어쩔 수는 없지. 파환!"

두공은 수십 장의 부적을 꺼내어 허공으로 던지며 주문을 외웠다. 그러나 소취란은 지금껏 그가 만났던 마림의 졸개들과는 차원이 달랐다. 부적들은 화르르 타올라 주위를 환하게 밝히는 것으로 만족해야 했다. 두공의 사력을 다한 파환술에도 머리카락은 사라지지 않았던 것이다.

"아니, 이럴 수가! 이건 환상이 아니로구나. 소취란의 투발공이 이처럼 무서울 줄이야."

세 사람이 상대해야 하는 것은 소취란의 투발공만이 아니었다. 그녀의 열 손가락에서는 마치 검은 화살 같은 강기가 뻗어 나와 주변의 모든 것을 파괴해 버렸다. 바닥의 흙들이 들썩거리고 굵은 아름드리 나무들은 뿌리째 뽑혀 나갔으며 주먹만한 바위 돌들이 튀어 올라 사람들을 공격하였다.

음양각을 둘러싼 반경 십여 장 지역은 점차 초토화되어 갔다.

"깔깔깔! 유천복 이놈, 고작 그 정도냐?"

소취란의 머리카락이 유천복의 몸을 친친 감아버릴 것처럼 달려들었다. 유천복은 몸을 몇 바퀴나 회전하여 간신히 공격을 피하였다. 머리카락은 유천복 대신 숲의 나무를 몇 그루나 뽑아 팽개쳤다.

"내 말 좀 들어보시오."

유천복은 묵검을 휘둘러 달려드는 머리카락을 베어냈다.

소취란의 머리 속에는 지금껏 약선에 대한 뿌리 깊은 증오가 자리 잡고 있었다. 그것은 약선이 죽은 후에도 변하지 않았다. 아니, 약선이 죽고 나서도 증오심은 가라앉지 않고 더욱 증폭되어 유천복을 향했다.

"너무 늦었다! 모두 죽여 버릴 테다!"

구미호와 합신을 하면 그녀 자신조차 억제할 수 없는 분노와 증오가 고개를 쳐든다. 모든 것을 파괴해 버리고 싶다는 원초적인 욕망이 꿈틀거리는 것이다.

"두공! 두공! 우리 좀 도와주시오!"

소나무 숲 바깥쪽에서 한 사람이 미친 듯이 두공을 부르며 달려나왔다.

"아니, 저자는?"

그를 먼저 알아본 것은 두공이었다. 객점에 있어야 할 서추량이었다. 그 뒤로 수백 명이나 되는 사람들이 음양각 쪽을 포위해 오고 있었다.

"아니, 이게 어떻게 된 일이오?"

두공은 서추량의 뒤를 쫓아온 사람들을 막으며 물었다.

"그게 나도 모르겠소. 객점의 사람들이 모두 미쳐 버린 것처럼 날 공격해 왔소. 저 두 사람까지 말이오.”

서추량이 가리키는 곳에는 설씨 남매의 모습이 보였다. 그들도 다른 사람들처럼 무시무시한 모습으로 검을 휘두르며 서추량을 쫓아오고 있었다. 그들만이 아니었다. 지금 온 자들은 앞서의 사람들과는 달리 무림의 사람들도 섞여 있었다.

원래 약선은 한 우물에만 음양현독을 풀었다. 그런데 그 우물은 근처의 다른 우물과 통해 있었던 것이다. 음양현독에 중독된 사람들은 모두 약선이 독을 풀 때 걸었던 주문대로 중독되지 않은 사람들을 무조건 공격하였다.

화산파 일행이 머무르던 객점은 바로 그 두 번째 우물을 사용하고 있었다. 다행히 서추량은 그날 저녁 속이 안 좋아 음식과 물을 마시지 않았다. 그것이 설씨 남매는 중독되고 그는 중독되지 않은 이유였다. 또한 다른 문파의 사람들은 서추량을 미행하기 위해 각 문파에서 파견된 자들이었다. 그들도 모두 그 우물의 물을 마셨으므로 저들과 같이 서추량을 공격해 왔던 것이다.

서추량은 자신을 죽이기 위해 무조건 달려드는 자들을 피해 이쪽으로 달려올 수밖에 없었다.

“깔깔깔, 쥐새끼들이 전부 모여들었구나! 잘되었다, 잘되었어.”

서추량은 그제야 소취란의 모습을 발견하였다. 어둠 속에 있어 미처 그녀의 모습을 보지 못한 것이다.

소취란은 움직이지 않고 있었으나 그녀의 머리카락과 지공은 그야말로 무시무시하여 나중에 온 사람들까지도 가차없이 살해하였다.

달려온 사람들은 본능적으로 머리카락에 대항하였다.

서추량은 자신의 약혼자인 설지란이 머리카락에 묶인 것을 보았으나 오금이 저려 구할 생각조차 하지 못하였다. 눈앞에서 설지란이 꽁꽁 묶여 토막이 나는 것을 보자 욕지기가 치밀었다.

"우엑!"

설지란뿐만이 아니었다. 벌써 반수 이상의 사람들이 몸뚱이가 잘라져 바닥에 산처럼 널브러져 있었다. 흘러내린 피는 의당 강물을 이루어야 할 것이나 핏속까지 얼어붙어 시체는 얼음덩어리처럼 이곳저곳에 떨어져 있을 뿐이었다.

"서 공자, 정신 바짝 차리지 않으면 저 요녀의 공격에 당하오."

두공은 속으로 나약한 놈이라고 욕을 했다. 서추량은 한 번도 이 같은 광경을 본 적이 없는지라 정신이 혼미하여 두공의 말조차 들리지 않았다.

그의 목을 잘라 버릴 듯이 달려드는 검은 머리카락을 보았으나 손가락조차 움직일 수가 없었다.

휘리릭!

능초영의 채찍이 머리카락에 엉켜들더니 그대로 뒤쪽으로 쳐 내려갔다. 간신히 목숨을 구한 서추량은 채찍을 휘두르며 무위를 발휘하는 능초영의 모습을 보자 설지란을 대번에 잊어버렸다. 아니 설지란뿐 아니라 눈앞의 급박한 상황마저도 잠시 잊었다. 그가 꿈꾸어오던 여고수의 풍모를 유감없이 발휘하고 있는 능초영은 그야말로 하늘에서 하강한 선녀처럼 아름다웠다.

유천복의 몸은 마치 흐르는 물처럼 움직여 소취란의 공격을 전부 피해내었다. 그의 몸은 용이 승천해 오르듯이 동에 번쩍 서에 번쩍 하며 소취란의 마수에서 사람들을 구해내었다. 그러나 그러기에는 한계가 있었다. 지치지 않는 내공을 가졌으나 동시에 여러 사람을 구할 수는 없었던 것이다.

"어쩐다. 어떻게 해야 소취란을 진정시킬 수 있을까?"

유천복은 문득 등에 멘 아삼의 시신에 생각이 미쳤다. 소취란에게 이성이 남아 있다면 아삼을 기억할 것이었다.

"소취란, 아삼은 어디 갔소?"

유천복이 물었다.

아삼!

소취란의 머리 속에 그 이름이 박히는 순간, 그녀의 공격이 딱 멈추었다. 그녀는 찰나지간에 아삼과 있었던 일들을 기억해 냈다. 이런 모습을 그에게 보이고 싶지 않다.

"아삼! 그가 이곳에 있느냐?"

머리카락들은 순식간에 그녀에게로 돌아갔다. 널브러진 사람들도 거의 제정신을 차려가던 터라 유천복은 안도의 한숨을 내쉬었다.

"아삼은?"

소취란이 물으며 걸어왔다. 그러나 아삼이 죽었다고 말할 수는 없었다. 유천복은 머리를 굴렸으나 빨리 좋은 생각이 나질 않았다. 그런 그를 도와준 것은 능초영이었다.

"아삼은 이미 죽었다, 이 요녀야!"

"능 소저 그 말을 하면 안 되오."

이미 늦었다. 능초영이 도와주긴 했으나 그것은 유천복이 생각한 것과는 다른 방법이었다.

"죽… 었… 다… 고?"

소취란이 우뚝 멈추어 섰다. 그녀는 자신이 들은 것이 무슨 뜻인지 모르는 것처럼 한 자 한 자 또박또박 되풀이해서 말했다.

"유 공자님, 기회는 이때예요. 어서 그녀를 처치해 버려요!"

능초영은 소취란이 멍해 있자 유천복을 재촉하였다.

"저 소저의 말이 맞소. 합공을 펼칩시다."

어느새 기운을 차린 서추량이 맞장구를 쳤다. 그러나 유천복은 그럴 수 없었다. 그가 바라는 것은 소취란이 이대로 물러가는 것이었다.

"유천복, 네가 말해라. 아삼이 죽었느냐?"

소취란의 녹색 눈동자가 유천복을 향했다.

"아삼은……."

그때 소취란의 눈이 유천복의 등 뒤를 보았다. 유천복이 이리 뛰고 저리 뛰고 하는 통에 아삼의 머리통이 그만 옷 밖으로 반쯤 드러났던 것이다.

소취란의 눈에서 불꽃이 일었다.

"네가… 네가 죽였구나!"

독기 서린 음성과 함께 그녀의 손이 주욱 늘어나더니 유천복의 등을 공격해 왔다.

"아니오. 아니오. 내가 왔을 때는 이미 죽어 있었소!"

유천복은 서둘러 등에 멘 아삼의 시신을 내어주었다. 소취란의 손이 주욱 늘어나더니 매가 작은 새를 낚아채듯 보따리를 빼앗아갔다.

"내가… 그랬었지……."

소취란이 읊조렸다.

"아삼… 그에게 부탁했었다. 말해 달라고… 서신을… 남겼지……."

소취란은 보따리의 매듭을 풀며 중얼거렸다. 자신의 상처가 깊어 소양으로 변할 수밖에 없었다. 차라리 그냥 죽으려 했었다. 아삼에게만은 보이고 싶지 않았다. 죽어도 그로 변하지 않으려 하였다. 그러나 아삼의 슬픈 모습을 보는 순간 그럴 수가 없었다. 그와 지냈던 한 달, 평생 동안 가장 행복하다고 느꼈던 그 한 달.

처음으로 태어나길 잘했다고 생각했다, 그를 만날 수 있어서.

김이 모락모락 나는 단단면을 들고 웃던 그의 얼굴… 그 얼굴은 이제 차디찬 모습으로 변해 있었다.

소취란의 흰 손이 아삼의 얼굴을 어루만졌다.

"웃어봐… 눈 떠봐… 어서 눈을 떠보란 말야……."

넋 나간 듯이 중얼거려도 아삼은 눈을 뜨지 않았다. 말하지도 웃지도 않았다. 그녀는 이제 더 이상 그의 웃는 모습을 볼 수 없는 것이다.

시신이라고 부를 수도 아삼의 모습, 따로따로 떨어진 팔과 다리, 뭉개지고 일그러진 아삼의 얼굴은 죽기 전의 고통이 어떠했는지 여실히 보여주었다.

"아팠겠구나……."

그녀의 손이 바들바들 떨리고 있었다. 마치 그의 고통이 느껴지는 것처럼… 아삼의 눈과 볼을, 팔과 다리를 쓰다듬었다. 화상을 입은 듯이 일그러진 팔과 다리의 흔적들, 새 살이 돋아난다고 기뻐하던 그였다.

"누가… 이랬지?"

고개도 들지 않고 그녀가 말했다. 그녀의 목소리는 잔뜩 쉬어 알아들을 수가 없었다. 아무도 대답하지 않았지만 그녀는 알고 있었다. 세상에는 굳이 듣지 않아도 알 수 있는 것들이 많았다. 그녀가 눈을 떠서 본 것, 묶여 있던 팔과 다리, 탐욕스럽게 자신을 쳐다보고 있던 그자!

"아악서언~!"

아삼의 머리통을 끌어안은 소취란의 절규가 어두운 밤하늘을 붉게 수놓았다.

다른 것은 어떻게 되어도 좋다고 생각했다. 평범한 여자로서의 삶, 단 한 번에서 그쳐야 했다. 더 이상 욕심 내지 않았다면, 차라리 그때 그대로 아삼을 죽여 버렸다면 지금과 같은 고통스런 순간을 맞지 않아도 되었으리라.

소취란의 눈에서 피눈물이 흘러내리는 모습에 다른 사람들은 심장이 오그라드는 공포를 느꼈으나 유천복만은 그녀가 불쌍할 뿐이었다.

소취란도 아삼도, 그리고 소양도 모두 불쌍하기만 했다. 이제 소양은 두 번 다시 소취란의 서신을 받아볼 수 없을 것이었다.

"그의 몸은?"

돌연 소취란이 말했다. 당연한 의문이었지만 유천복은 말하고 싶지 않았다. 제정신으로 그걸 볼 수 있는 여자가 과연 있을까?

"저 아래 있지만……."

유천복은 말을 끝맺지 못하였다. 소취란의 눈이 무너진 음양각 안의 작은 구멍을 찾아냈다.

"보지 않는 것이 좋아요."

소용없는 말이라는 걸 알면서도 유천복은 소취란을 말리려 하였다. 아삼의 시신을 처음 보았을 때의 충격이 다시 떠올랐다.

소취란이 음양각 아래로 내려갔다가 다시 올라왔을 때 비명을 지른 것은 능초영이었다.

"아악!"

소취란의 손에 들려진 희끄무레한 것의 정체를 안 순간 능초영은 비명을 지르며 서추량의 품 안으로 쓰러졌다. 그녀의 손 사이로 툭툭 떨어지는 붉은 덩어리들… 그 사이로 하얗고 작은 것들이 꿈틀거렸다.

그녀가 들고 있는 것은 아삼의 심장이었다. 다른 것들은 모두 녹아 없어졌으나 유독 그 심장만은 남아 있었다. 다른 손에는 약선의 시체가 들려 있었다. 소취란의 얼굴과 온몸에는 아삼의 피가 흐르고 있었다. 아삼이 들어 있던 양동이를 그대로 들어 자신의 머리 위로 쏟아 부었던 것이다.

"소 누님……."

유천복은 그녀를 위로하려 하였다. 소취란의 얼굴이 들려졌다.그녀의 입술이 달싹거리고 있었다.

"너는… 아느냐? 이자는 비록 버러지 같은 인생이었을지 모르나 나에게만은 눈부시게 빛나던 자였다. 강렬하고 부드러우며 따스했던 느낌, 죽어도 알 수 없을 것이라 여겼던 것들, 진심 어린 정이 어떤 것인지 그를 통해 알게 되었지."

"나도 아삼을 좋아했어요."

유천복의 눈에도 눈물이 고였다. 소취란의 음성은 작아져 잘 들리지 않았다. 유천복은 최대한 귀를 기울여야 했다.

"…나는… 잊지… 않아……. 그의 고통… 핏속으로 전해지는… 비명… 그가 울고 있다……. 복수를… 너희들은… 피의 대가를……."

그리고 의미를 알 수 없는 주문들.

"위험해!"

유천복이 능초영 쪽으로 쏜살같이 달려왔다. 동시에 엄청난 굉음이 천지를 뒤흔들었다.

콰콰콰쾅!

모든 것은 단 한 순간이었다. 마치 천지가 무너지는 듯한 어마어마한 강기가 주위를 휩쓸었다.

콰콰콰쾅!

능초영은 아득한 나락으로 떨어지는 듯한 환상에 사로잡혔다. 그녀의 눈앞으로 느릿느릿 펼쳐지는 광경들… 유천복이 달려오고 그 뒤를 소나무 가지들이 팔을 뻗듯이 에워싸는 것이 보였다. 소취란이 있던 곳의 어둠은 빛보다 빠르게 주변의 모든 것들을 파괴해 버렸다. 어둠이 닿으면 그게 무엇이든 흔적도 없이 사라졌다. 마치 어둠이 먹어치우는 것처럼. 그리고 몸 전체를 울리는 진동 소리, 귀청을 찢을 듯한 소리가 연거푸 들려왔다.

"능 소저, 괜찮소?"

다른 세상에 있는 것처럼 멍해 있던 그녀는 유천복이 부르는 소리에 정신을 차렸다. 주위를 둘러보았다. 유천복을 중심으로 수십 명의 사람들이 있는 곳은 무덤 속처럼 보였다. 위를 보았다. 머리 위로 소나무 가지들이 서로 얽히고설켜 둥근 형태의 지붕을 만들고 있었다.

"무슨 일이 벌어진 거죠?"

한참 만에야 능초영이 입을 열었다.

"소취란의 마공은 정말 엄청난 위력이오."

유천복이 일어서자 소나무들은 스르르 움직이더니 다시 하늘을 향하여 곧게 선 나무가 되었다. 그것은 주술과도 같았다. 소나무 숲이 그들의 목숨을 구했던 것이다.

영문을 모르긴 유천복도 마찬가지였다. 마지막으로 그가 생각한 것은 '무지자, 구해줘' 라는 여섯 글자였다. 무지자는 비록 말은 하지 않았지만 언제나 자신의 곁에 있는 것이 틀림없었다.

다른 사람들도 비틀거리며 몸을 일으켰다.

음양각이 있던 자리는 마치 운석이 떨어진 것처럼 반경 십여 장 이

내가 움푹 패어 시커먼 연기가 모락모락 피어올랐다.

"이것은?"

두공은 패인 자리에서 뿜어져 나오는 유황의 냄새를 맡을 수 있었다.

"역시 그랬군. 벽력구를 만들어 지하에 숨겨두었으니 못 찾을 수밖에."

그가 아쉬운 듯이 말했다.

수백 명의 사람들은 흔적도 없이 사라졌다. 모두 음양각과 함께 땅속에 파묻혀 버리고 만 것이다.

"전부 다 죽었을 것이오."

푹 파인 공간을 보며 유천복이 애통한 표정으로 말했다.

"이게 어떻게 된 일이오?"

곁으로 다가온 서추량이 중얼거렸다.

"마림의 술법이 생각보다 대단하군."

두공의 예상을 뛰어넘는 것은 또 있었다. 소취란과 유천복이 보여준 무공, 소취란은 벽력구의 힘을 빌었다손 치더라도 유천복이 펼친 것은 생전 처음 보는 것이었다. 나무들로 하여금 벽을 만들게 하다니, 두공의 생각대로 유천복은 점점 강해지고 있었다. 그리고 그 끝이 어디인지는 아직 아무도 모른다.

"유 공자, 왜 그래요?"

능초영은 덜덜 떨고 있는 유천복을 보고 있었다. 유천복은 대답할 수 없었다. 몸 전체를 흔들어대는 듯이 전해져 오는 땅의 몸살에 제대로 서 있기조차 힘들었다.

대지와의 공명!

여환무단신공은 비어 있는 무공이었다. 그러나 그것은 자연의 기운으로 가득 차 있는 것과 같은 것이다. 소취란의 공격에 상처를 입은 것은 사람뿐만이 아니었다. 땅이 비명을 지르며 유천복의 온몸을 아프도록 흔들어댔다.

소나무를 움직여 자신의 몸을 방어한 것은 여환무단신공을 대성한 그에게는 본능처럼 자연스러운 것이었다. 유천복이 만일 이 같은 것을 진작에 알았다면 소취란을 상대할 때 바람과 물, 대지와 나무, 작은 풀들에게도 도움을 얻을 수 있었을 것이다. 그러나 애석하게도 그는 이것을 무지자가 도와주었기 때문이라고만 생각하였다.

"남쪽으로 가고 있다."

한 채의 모옥과 수백 명의 사람들을 삼켜 버린 땅은 이미 막혀 버렸지만 땅속으로 이동하는 소취란의 움직임은 한참 동안이나 유천복의 발바닥을 간지럽혔다. 미친 듯이 남쪽으로 돌진하는 그녀의 모습이 손에 잡힐 듯이 머리 속에 그려졌다.

"팽 소저도 이런 방법으로 끌려간 것이로군."

그때는 왜 이런 것을 느끼지 못했는지 유천복은 아쉽기만 하였다. 그랬다면 바로 그녀를 쫓아갈 수 있었을 것이다.

"유 공자, 할 말이 있소."

두공과 서추량, 능초영이 동시에 말하였다.

취사막이경

取舍邈異境

바라는 것은
서로가 다르다

성도의 서쪽에 자리 잡은 아미산(峨眉山) 금정봉(金井峰) 만불정(萬佛亭)!

아미파는 몰려드는 사람들로 인산인해를 이루었다. 며칠 전부터 무림 각 파 사람들이 몰려들기 시작하더니 오늘은 황궁에서 왔다며 또 한 무리의 사람들이 나타난 것이다.

이들을 안내하는 자는 아미파 장문인 보영 신니(寶靈神尼)의 사제, 영영 진인(永靈眞人)의 세 제자 중 한 사람으로 청운자(靑云子)라는 자였다. 장문인인 보영 신니는 한 명의 제자만을 두었고 사제인 영영 진인은 아미 삼운(峨眉三云)이라 불리우는 세 명의 제자들을 두었는데, 대제자인 청운자(靑云子), 이제자인 조운자(彫云子),

삼제자인 백운자(白云子)가 그들이었다.

청운자의 마음속에는 불만이 가득하였다. 그는 아침부터 계속해서 화가 났는데 그것은 사부가 관부의 사람들을 안내하라고 하기 전부터 였다. 아침에 눈을 뜨자마자 몸이 찌뿌등한 것이 머리가 맑지 못하고 보는 사람마다 전부 자신을 얕잡아보는 것처럼 느껴졌다.

보영 신니의 제자이며 사저인 조조(루루) 사태는 그렇다 치고 사제들인 조운자, 백운자까지 대청에 들어 중요한 손님들을 상대하는데 명색이 대제자인 자신은 다른 제자들과 섞여 외당에서 잡일을 하고 있다니 너무도 불공평한 처사였다.

영영 진인은 관부를 상대하는 것이 여타의 다른 일보다 중요하다고 생각하여 청운자에게 맡긴 것이었으나 그는 사부가 편애하는 것이라 여겼다.

"사부님께서는 나를 싫어하시는 것이 틀림없다. 그렇지 않고서야 대제자인 나를 무림의 명숙들께 인사조차 시키지 않다니 어찌 이럴 수가 있단 말인가?"

그는 생각할수록 화가 나서 괜히 옆을 지나는 다른 제자의 정강이를 걷어찼다.

"뭣들 하는 거냐? 어서어서 움직이지 못하고!"

때아닌 불벼락을 맞은 아미파의 삼대제자 역천(易川)은 눈물을 찔끔 쏟았다. 눈치 빠른 역지(易指)가 역천을 끌고 황급히 물러났다.

"쉿! 오늘 대사숙의 심기가 좋지 못하니 특히 조심해야 해."

역지가 역천의 귀에 대고 소곤거렸다.

"대체 왜 저러는 거야?"

역천은 억울하다는 듯이 정강이를 문지르면 볼멘소리를 했다.

"모르지 뭐. 장문사조게 한소리 들었거나 어젯밤 천둥 소리 때문에 꿈자리가 뒤숭숭했던 게지. 하여간 무슨 일로 심기가 틀어졌는지 아침부터 잔뜩 찡그리고 있다구."

"나도 들었어. 엄청나게 큰 소리였지. 아마 성도 사람들이 전부 다 들었을 거야. 그런데 비는 오지 않았지."

역천이 중얼거리며 청운자를 보니 미간에 패인 주름이 유독 깊어 보인다. 아무래도 심기가 단단히 틀어진 모양이다.

평소 속이 좁아 제자들 사이에서도 평판이 좋지 못한 청운자였던지라 두 사람은 오늘따라 청운자의 행동이 이상하다고 여기면서도 그냥 넘어갔다. 이런 날은 그저 눈에 띄지 않는 것이 상책이다.

대청 안은 중원 각 파에서 몰려든 무림의 명숙들로 북적대었다. 오늘은 무림맹주를 선출하는 날이었다. 무림맹을 결성하는 것은 송이 건국된 이래 처음인지라 모두들 조금씩 상기된 표정이었다.

무림맹주에 뜻을 둔 몇몇 인사들뿐 아니라 수옥에 대한 또 다른 정보를 얻을지도 모른다는 생각으로 몰려든 중소방파까지 다들 삼삼오오 짝을 지어 수군거렸다.

"삼천교에서 감쪽같이 행방불명되었다는데?"

"사실은 황궁에서 가져갔다고 하더군. 오늘 황궁의 사람들이 나온 것도 그 때문이라네."

"그게 아닐세. 수옥은 아직도 황산에 있다구. 이건 정확한 소식통에 의한 거야."

저마다 억측이 난무하였다. 사실 그들은 수옥이 정말 있는지조차 의구심이 들었다. 강호에 나타났다는 수옥이 모두 가짜였던 것으로 보아 진짜 수옥은 없을지도 모른다는 것이 많은 사람들의 생각이었다.

안에는 최호와 패악의 모습도 보였다. 두 사람은 곤륜파의 일이 일단락지어지자 현현 진인과 함께 황궁으로 돌아왔다. 그리고 한왕의 밀명을 받고 다시 성도로 온 것이었다.

한왕은 곤륜에서 있었던 마림의 무서운 힘에 대해 우려를 표명하였다. 지금은 황제를 도와 송을 탄탄한 반석 위에 올려놓아야 할 시기였다. 이런 때에 마림의 존재가 알려지면 민심은 걷잡을 수 없게 되고 말 것이다.

한왕은 애초에 문제의 발단을 원천 봉쇄하기로 마음먹었다. 태조의 유지대로 무력을 약화시키는 것이 상책이다. 그러나 그러기 위해서는 또한 무림의 힘을 빌릴 수밖에 없었다. 지금의 황실은 날로 기세를 더해가는 요와 서하 등 주변국을 상대하는 것만으로도 벅찬 실정이었다.

당 황실과 곤륜과의 관계를 알게 된 한왕은 현현 진인에게 송 황실을 위해서도 힘을 보태줄 것을 당부하였다. 그것은 곧 송 황실이 당의 계보를 이은 것이며 나아가 수옥과 송옥의 힘을 얻고자 한다는 말과도 일맥상통하는 것이었다. 수옥과 송옥을 잘 이용하기만 한다면 중원 대륙 전체를 통일하는 것도 요원한 일은 아니라는 것이 한왕의 생각이었다.

최호 역시 마림을 상대하기 위해서는 무림 각 파의 힘이 절실히 필요하다는 것에 한왕과 의견 일치를 보았다. 때문에 무림맹이 결성된다는 소식을 듣자마자 서둘러 성도로 온 것이었다.

아미산에 도착해 보영 신니의 초청을 받고 모인 사람들을 면밀히 살펴보았다. 구파일방은 물론 오대세가와 중소 각 방파의 사람들까지, 이른바 강호에서 내로라하는 명숙들은 모두 모였다 해도 과언이 아니었다.

지금 이 방에 있는 사람들은 자신들과 보영 신니와 영영 진인, 소림의 광무 대사, 화산 장문인 서문경, 무당파의 장문인 백운 진인(白雲眞人), 청성파의 장문인 청성자(淸成子), 종남파(終南派)의 장문인 벽하군(碧河君), 점창파(點蒼派)의 장문인 고영무(枯英武), 공동파의 장문인 경현자(經玄子)와 개방의 팔결제자 황면개(黃面丐)까지 모두 열둘이었다.

무림 각 파가 이렇듯 회맹을 가진 것 또한 이십 년 만의 일이었다. 그동안 무림은 송의 건국에 밀려 각 파의 힘을 숨기기에 급급하였다. 만일 필요 이상으로 무력을 드러내면 당장 황군과 부딪치게 될 것이 자명하였다.

그러다 보니 지난날 사룡쟁천이라 일컬어지던 무림고수들의 뒤를 이을 만한 자들은 나타나지 않았다. 그나마 명맥을 이어가는 것이 무림 각 파의 후기지수들과 새롭게 두각을 나타냈던 고만고만한 고수들에게 십대고수라는 허명을 준 것이 전부였다.

각 파의 장문인들은 이제 너무 오랫동안 숨죽여 살아왔다고 생각했다. 수옥이 나타나자 그동안 알 수 없었던 각 파의 전력이 여실히 드러났던 것이다.

구대문파는 물론이고 강호무림은 과거 그 어느때보다 약한 전력이었다. 삼천교를 토벌할 때도 관군에 밀려 변변히 힘을 써보지도 못하고 수옥을 눈앞에서 뺏기지 않았던가! 구파의 사람들은 자신들이 너무 안일했음을 깨닫게 되었다. 그래서 생각해 낸 것이 무림맹이었다. 무림 중흥을 위한 한 방편으로 무림맹을 결성하기로 한 것이다.

무림맹의 첫 번째 일은 바로 수옥과 송옥을 찾는 일이었다. 그동안 인구에 회자되어 오던 불로장생의 비법과 천하제일의 무공. 이것을 알아내어 각 파에서 사이좋게 나누어 갖자는 것이 바로 이들의 생각이었다.

그러나 속으로는 각기 혼자서 독식할 방법이 없을까 궁리 중이었다. 모여 있는 열두 명의 사람들은 저마다 자신의 생각에 빠져 있는 듯한 얼굴이었다.

얼굴이 병자처럼 누리끼리한 황면개는 견비 이자오의 유일한 제자이자 방주의 후계자로 이미 나이 삼십이 넘었다. 황면개는 뼛속까지 거지 근성이 박힌 자로 방주 자리 또한 탐탁지 않아 했다. 그러나 사부인 이자오가 워낙 천방지축으로 다니며 방의 일에는 무심한지라 장로들의 우는 소리를 들을 수 없어 어쩔 수 없이 방주 대신 이 자리에 참석한 것이다.

그는 이자오가 유가장에 머물러 있다는 것을 알고 있었지만 굳이 찾으려 하지 않았다. 괜히 찾아갔다가 다른 제자들 앞에서 흠씬 두들겨 맞기라도 하는 날에는 체면이 말이 아니게 된다. 황면개는 이자오와 만나지 못한 지 십 년이나 되었다. 만나기만 하면 골치 아픈 일에 휘말릴 것이 뻔하였다. 그렇게 기묘한 한 쌍의 사제는 서로를 피해 다니고 있었다. 그러고 보면 무애 대사와 그의 어린 제자 못지않은 관계라고 할 수 있었다.

"그러니까 최 공자의 말씀은 무엇이오? 마림에게 대항하기 위해 무림과 관부가 힘을 합쳐야 한다는 말이오?"

각 파의 사람들은 최호의 말을 들은 후에도 반신반의하고 있었다. 화산 장문인 서문경이 거들먹거리며 말했다.

"네, 바로 그것입니다."

"하지만 우리는 마림이라는 존재에 대해 금시초문이오. 그런 세력이 어디 있다는 것이오?"

무당파의 장문인인 백운 진인이 처음으로 입을 열었다. 백운 진인이 무당산을 내려온 것은 삼십 년 만에 처음 있는 일로, 특별히 보영 신니의 초청을 받았기 때문이다. 그는 도력이 깊어 무당파에서도 매우 존경받는 인물이었다.

다들 백운 진인의 말이 일리있다는 듯 고개를 끄덕였다.

"마림의 존재가 처음 역사에 기록된 것은 상조(商朝) 말년, 주(周) 무왕(武王)의 목야지전 때의 일입니다. 무왕이 강자아의 도움으로 상의 주왕과 달기를 쳤을 때 주왕 곁에 '임(林)' 이라는 환관이 있었는데, 이자는 주술에 능한 자였지요. 이자는 달기와 함께 주왕을 부추겨 사람들을 잔혹하게 살해하며 즐거워하였지요. 그 이후 왕조가 멸망할 때마다 그 뒤에 있었던 것은 바로 마림이라는 존재였습니다."

최호의 이야기는 누구나 아는 역사였다. 임이라는 환관의 유무는 모르더라도 주왕과 달기의 이야기는 오래도록 인구에 회자되는 이야기가 아닌가?

"하하하. 그래서? 그런 역사 이야기 따위로 우리를 설득하려는 것이오?"

서문경이 파안대소하자 현현 진인의 얼굴이 붉어졌다.

"말씀이 심하시오! 마림의 존재는 우리 곤륜이 보증할 수 있소. 이 사람이 바로 마림과 직접 손을 겨루었으니 최 공자의 말이 거짓이 아니라는 걸 증명하는 것이오. 그동안 우리 곤륜은 멀리 서역에 위치하여 중원의 일에는 관여하지 않았소. 하나 이번 수옥의 일은 곤륜과 직접적인 관련이 있는지라 부득이하게 중원으로 오게 되었소. 화산 장문인께서는 사태의 중요성을 생각하시어 최 공자의 말에 귀를 기울여 주시오."

　현현 진인은 은연중에 상청무상신공을 발휘하였다. 모인 사람들은 가슴이 답답하고 귀가 멍한 것이 현현 진인의 공력 때문이라는 것을 알고는 함부로 말하지 못하였다.

　그러나 유독 서문경만이 현현 진인의 말을 무시하였다.

　"진인께서는 말씀 잘 하시었소. 곤륜의 일은 곤륜에서 알아서 하면 되는 것이지 어째서 우리까지 거들라고 하시는 것이오?"

　서문경은 별다른 반대 없이 자신이 무림맹주가 될 것이라 여기고 있다가 때 아닌 최호 일행이 들이닥치자 마음이 불안했다. 뒤늦게 나타나 마림 운운하면서 자신들의 이목을 흐리고 수옥을 독차지하려는 속셈이라고 생각하였다.

　"화산 장문인의 말씀이 일리가 있소. 현현 진인의 말씀만으로는 각 문파가 나서기에 부족한 감이 없지 않소."

　서문경의 말에 힘을 실어준 것은 공동파의 경현자였다. 서문경과 그는 젊은 시절부터 친분이 있었던지라 두둔하고 나선 것이다. 서문경이 눈짓으로 인사를 하자 경현자도 고개를 까닥하였다.

　"이 보시오. 이 사람만 그렇게 생각하는 것이 아니지 않소. 속된 말로 최 공자께서 우리들을 따돌리고 수옥을 차지하려… 억!"

　사람들은 청산유수처럼 떠들던 서문경의 얼굴이 갑자기 우락부락해지자 영문을 몰랐다.

　서문경의 옆에 서 있던 사람은 패악이었다. 그는 말없이 청운적하검을 매만지다 우연인 듯 검을 떨어뜨렸다. 그 바람에 그만 서문경의 발등을 찍고 만 것이다.

　"아이고, 이거 죄송합니다. 늙었는지 손에 기력이 없어서……."

　능청스럽게 말하는 패악을 노려보던 서문경은 다른 장문인들의 동의를 구했다.

"이자의 말을 믿고 황궁과 손을 잡을 수는 없소. 수옥을 차지하려는 수작이 분명하오."

"맞소. 수옥은 우리 무림맹의 이름으로 찾는 것이 옳은 것이오."

잘난 척하며 끼어든 것은 청성자였다. 종남 장문인인 벽하군과 점창 장문인인 고영무는 자신들이 선수를 빼앗겼다고 생각하며 서문경을 거들 구석이 없나 틈새를 노리고 있었다.

각 파의 장문인들은 무림맹주 자리를 돌아가며 해먹기로 이미 약속이 되어 있었다. 때문에 이번에 무림맹주가 될 서문경의 입지를 단단히 해두려고 하였다. 다음번 자신들이 무림맹주가 되었을 때를 염두에 두고 있는 것이다. 그리고 마림의 존재를 믿기 어려운 구석이 있다고 생각하였다.

최호는 답답하였다. 각 문파 수장이라는 작자들의 머리 속에는 수옥에 대한 것만 들어 있는 것이 뻔히 보였던 것이다.

"여러분, 최 공자의 말씀을 좀 더 들어보심이……."

실내가 다시 소란스러워지자 보영 신니가 중재에 나섰다.

"수옥은 그 다음 문제입니다. 물론 수옥이 마림의 손에 들어가는 것도 막아야 하지만, 중요한 것은 마림의 발호에 대비하는 것입니다."

최호가 다시 목청을 돋우었다.

"그래, 마림이란 것이 있다고 칩시다. 한데 어떻게 대비를 한다는 것이오."

최호는 자신이 하려던 이야기가 나오자 반가운 듯 말을 빨리 하였다.

"먼저 마모충에게 몸을 내어준 자들을 찾아야 합니다."

"마모충?"

처음 듣는 말에 여기저기서 술렁거리는 소리가 들려왔다. 최호는 마모충이 무엇인지 설명하며 그것을 알아보는 방법도 말해 주었다.

"다행한 것은 마모충이 아직 널리 퍼지지는 않았다는 것입니다. 이후로 여러분들은 각 문파로 돌아가서서 문도들의 미간을 유심히 살펴보십시오. 미간에 머리카락 같은 검은 기운이 나타나는 자가 있으면 몸을 결박한 후에 미간에 구멍을 뚫어 마모충을 나오게 한 후 불로 태워 버리는 것이 가장 좋은 방법입니다. 마모충은 숨어 있다 다른 사람의 몸으로 숨어들기 때문에 반드시 눈으로 확인한 후 죽여 버려야 합니다."

"믿기 어렵소. 최 공자의 말을 듣고 괜히 애꿎은 사람들을 살해한다면 문도들이 어찌 장문인을 믿고 따를 수 있겠소."

서문경이 다시 의심을 제기하자 다들 동의의 뜻을 표했다.

최호는 이 무지한 자들을 어찌 깨우쳐야 할지 답답하기만 하였다.

"소승은 최 공자의 말이 사실일 것이라고 생각하오."

이렇게 말한 사람은 다름 아닌 소림의 광무 대사였다. 지난날 유천복의 관례식에서 그에게 '무아' 라는 자를 지어주기도 한 광무 대사는 무애 대사의 사질이며 현 무림에서 가장 덕망이 높은 사람 중 한 사람이었다.

광무 대사가 최호의 말에 힘을 실어주자 서문경과 그 추종자들은 입을 꾹 다물었다.

"유가장의 괴변이 있기 전, 빈승이 유 공자에게 수옥이 나타난 얘기를 들은 그 다음날 경조부의 개방도들에게 괴이한 일이 있었소. 그에 관해서는 여기 황면개 대협이 말씀해 주실 것이오."

황면개는 코딱지를 후비고 있다가 갑자기 사람들이 자신을 지목하자 황급히 탁자 아래 코딱지를 문지르며 일어섰다.

"에… 그어니까… 그게 이리 어어큼 뎅 거이냐 하먼… 그알 갱오부에 이언 거이새이들의 모아이를 닥 모아이 매이 카악. 퉤! 모아이를 비드러 오도가도 모하는 구시느로 맹은 거슨 머이냐… 그게 바로 마기여쏘. 흠흠."

황면개는 갑작스러운 질문에도 당황하지 않고 훌륭한 답변을 했다고 생각했지만 사람들은 그의 말을 반도 알아듣지 못하였다. 왜냐 하면 그의 잇몸에는 달랑 한 개의 이빨만 남아 있었기 때문에 발음이 영 신통치 않았던 것이다.

"황면개 대협의 말씀을 빈승이 다시 정리하면, 그날 경조부의 개방 식구들을 도륙한 자는 바로 마귀였다는 것입니다."

"내 마이 그 마이오."

황면개는 광무 대사가 자신의 말을 제대로 전달한 것에 만족하는 눈치였다. 서문경은 구역질이 나오려는 것을 억지로 참고 다시 말했다.

"대사님의 말씀은 그 마귀가 마림의 인물이라는 것입니까? 제가 알기로는 그 일이 혈매화 소취란이 벌인 일이라고 알고 있습니다만, 일전에 전주에서 이 사람의 제자들도 본 적이 있다더군요."

"소취란, 그녀가 바로 마림의 인물입니다."

최호가 끼어들었다.

"최 공자께서는 무림에 악명이 높은 마두들을 모두 마림의 인물이라고 하고 싶은가 보군요."

청성자의 비꼬는 듯한 말에 서문경이 피식 웃었다. 최호는 답답하였다. 이렇게 어리석은 자들이 무림의 명숙들이라니, 강호의 앞날이 걱정스러울 따름이었다.

"그렇게 따지면 천하에 마림의 세력이 미치지 않는 곳이 어디 있겠습니까? 그리고 정파와 사파의 대립은 어제오늘의 일이 아니지 않습니까?"

백하 도인도 의문을 제기했다.

"저는 사파무림이 마림이라고 하는 것이 아닙니다. 혈매화 소취란이 마림의 인물이라는 것이지요. 또한 저희 조사에 의하면 유가장과 천왕문의 괴변에도 마림이 관여했음이 드러났습니다."

서문경은 최호의 입에서 유가장이라는 말이 나오자 꼬투리를 잡았다고 생각했다.

"말이 나왔으니 하는 말인데, 유가장의 괴변이라는 것도 믿을 수가 없소. 애당초 수옥이라는 말을 가장 먼저 퍼뜨린 것이 유가장의 공자 유천복이었소. 그런데 나타난 수옥은 모두 가짜인데다 우리들이 삼천교를 토벌할 당시 유천복은 삼천교도들과 함께 있었소. 이 모든 일이 혹시 유가장에서 꾸민 일이 아니라고 어떻게 장담하겠소? 유천복이 수옥을 혼자 차지하기 위해 멸문한 것처럼 꾸민 것인지도 모르잖소. 우리 모두는 아마 그럴 것이라고 생각하고 있소. 그렇다면 수옥도 유천복이 가지고 있는 것이 틀림없을 것이오."

서문경은 교묘한 언변으로 다른 사람들도 그처럼 생각하고 있었던 듯 말하였다.

"그렇지 않습니다. 유가장은 삼천교와 손을 잡고 경조부의 상권을 장악하려는 추정이라는 상인의 계략으로 멸문한 것이고 또한 삼천교에서는 유가장주가 목숨을 잃고 말았습니다. 천왕문 역시 삼천교와 마림에 의해 화를 당한 것입니다."

“유천복이 나타나지 않는 이상 그 말을 어찌 믿을 수 있겠소?”

최호는 서문경의 얇은 입술을 확 뭉개 버리고 싶었다.

“유 공자가 수옥을 갖고 있지 않다는 것은 이 사람이 잘 알고 있습니다.”

“그래요? 최 공자가 그렇게 잘 알고 있다니 수옥이 어디에 있는지도 알고 있지 않겠소?”

서문경이 좌중의 동의를 얻으려는 듯이 주위를 돌아보자 모두 동요하는 빛을 드러내었다.

“수옥이 어디 있는지는 저도 모릅니다. 단지 삼천교에 적을 두었던 자가 가지고 사라졌다 알고 있을 뿐입니다.”

“그러니까 삼천교에 적을 둔 유천복이겠지요?”

“장문인!”

최호가 매서운 어조로 말을 이었다.

“그만 하시지요. 제가 여기에 온 것은 수옥 때문이 아닙니다. 마림의 문제를 무림과 함께 해결하라는 황명으로 온 것입니다. 수옥을 찾는 것은 마림을 물리친 다음 다시 의논하기로 하지요. 황제 폐하께서도 수옥에 아주 관심이 많으시니까요.”

최호의 말은 수옥을 찾는 사람이 임자라고 생각하고 있는 사람들의 생각에 일침을 가하는 것이었다.

“아니, 황제 폐하께서 그런 근거없는 소문에 귀를 기울이시다니요. 그건 말하기 좋아하는 자들이 꾸며낸 전설일 뿐이오.”

서문경이 재빨리 수습에 나섰다. 계속 수옥을 언급하였다가는 본전도 못 찾을 것이 분명해 보였다. 만일 황명으로 수옥을 찾는다고 하면 닭 쫓던 개 지붕 쳐다보는 격이 될 것이기 때문이었다.

"최 공자는 마림에 대해서 더 말씀해 보시지요."

다들 서문경을 따라 화제를 돌리려 하였다.

"이번의 전쟁에서 요군을 돕는 자들 중에 마림의 무리들이 있었음이 확인되었습니다."

최호가 다시 말했다.

"그래요?"

요와의 전쟁까지 마림이 관여했다는 말이 나오자 사람들의 반응이 조금 달라졌다.

"저 역시 요군이 썼다는 주술은 멸문한 환교의 비술이라는 소문을 들었습니다."

보영 신니가 전쟁에 참가했던 문도의 말을 전했다. 그 소문은 다른 장문인들도 이미 접한 적이 있는 것이었다.

"흠, 믿을 수도, 믿지 않을 수도 없군요. 무당산으로 돌아가 형제들과 의논을 한 후 결정해야 할 듯싶습니다."

"그럼 시간이 너무 오래 걸립니다."

최호는 이토록 꽉 막힌 자들과 같은 이야기를 반복하는 것이 답답하여 울화가 치밀었다. 그것은 성질 급한 현현 진인이 더하였다.

"다 때려치웁시다, 최 공자. 중원이 마림의 발 아래 쑥대밭이 되든 말든 우리 곤륜은 상관하지 않을 것이오. 난 이대로 돌아가겠소!"

버럭 화를 내며 문을 나서는 현현 진인의 눈에 청운자의 모습이 들어왔다.

청운자에게 맞고 있는 자들은 아미파의 제자들이었다. 역천과 역지는 이미 머리통이 깨지고 얼굴이 퉁퉁 부어오르도록 얻어맞은 후였다. 청운자는 그래도 시원찮았는지 입에 거품을 물고 계속 구타를 하였다.

"이런 뒈져도 시원찮을 호로자식들아! 내 말이 말 같지 않느냐?"

"사, 사숙, 용서해 주십시오."

역천이 울면서 빌기 시작했으나 소용이 없었다.

"너희 놈들이 나를 무시하지 않고서야 내가 물을 갖다 달라고 한 것을 잊었을 리 없다!"

"바로 갖다 드리려 하였으나 조조 사조의 심부름으로……."

역지의 말이 끝나기도 전에 청운자의 주먹과 발길질이 또다시 두 사람의 몸을 난타하였다.

"아구구. 사숙님, 살려주십시오."

땅바닥을 구르면서도 역천과 역지는 손이 발이 되게 빌고 있었다.

"도사님, 손에 인정을 두시지요."

청운자의 주먹은 난데없이 나타난 훼방꾼에 의해 목표를 잃고 말았다.

"넌 어디서 빌어먹던 개뼉다구야?"

돌아보니 눈이 번쩍 뜨일 정도로 절륜하게 생긴 청년이 자신의 팔을 잡고 있는 것이 아닌가. 청운자는 미칠 듯한 질투심이 들끓었다. 마침 역천과 역지를 마음껏 패지 못해 화병이 생길 것 같았는데 시비를 거는 자가 있으니 이보다 좋은 일이 어디 있겠는가. 청운자는 앞뒤 생각하지도 않고 청년을 향해 주먹을 날렸다.

유천복은 예고도 없이 날아드는 주먹을 옆으로 피하며 살짝 발을 걸어 청운자를 넘어뜨렸다.

청운자는 유천복을 때리지도 못했을 뿐더러 볼썽사납게 넘어져 제자들 앞에서 망신을 당하게 되자 돌연 살심이 짙게 일었다. 누가 말릴 틈도 없이 절초를 펼치며 유천복에게 달려들었다.

"이 새끼! 죽어라!"

입에 담지 못할 험한 욕설을 퍼부으며 청운자가 광기를 부리자 일대 소란이 일었다. 아미파의 제자들은 그 틈에 역천과 역지를 얼른 일으켰다. 두 사람은 청운자에게 어찌나 많이 얻어맞았던지 죽지 않은 것이 신통할 정도였다.

청운자의 양손이 빠르게 움직이며 유천복을 압박해 들어갔다.

아미산은 중원에서 원숭이가 가장 많은 곳이었다. 원숭이는 장난이 심해 문도들의 물건을 훔쳐 가고 산길을 걸을 때 나무 열매를 던지기도 하였다. 그걸 피하기 위해서는 아무래도 원숭이처럼 재빠르게 움직여야 했다. 그러다 보니 아미파의 무술은 자연 빠르고 민첩함을 특징으로 삼게 되었다.

청운자는 일 초에 열여섯 번이나 손을 놀려 유천복의 요혈을 노렸다. 아미파 무술은 손의 쓰임이 많은 반면 퇴(腿)의 쓰임은 적었다. 그래서 지금 청운자도 손은 빠르게 움직이나 다리는 움직이지 않은 채 공격을 펼치고 있었다. 옷자락 속에 숨겨진 다리는 기회를 엿보고 있었다.

"이크!"

청운자의 금매학장(金梅鶴掌)이 유천복의 안면을 할퀴며 지나가 옆의 바위를 가루로 만들어 버렸다. 연이어 나한복호신공(羅漢伏虎神功)과 복호장법(伏虎掌法) 등 절초가 잇달아 펼쳐지자 유천복은 더욱 난처하였다. 자신이 자세한 사정을 알아보지도 않고 참견하여 저자가 몹시 화가 난 모양이었다.

"도사님, 제가 외람되이 참견을 한 것이라면 죄송……."

일단 입으로는 사과의 말을 하며 청운자가 내민 발등을 짚고 허공으로 몸을 띄워 십여 장이나 훌쩍 물러섰다. 그 모습을 본 사람들은 청년의 무공에 놀라움을 금치 못하였다.

청운자는 잇따른 공격이 모두 실패로 돌아가자 어디선가 검을 빼 들고 쏜살같이 쫓아왔다.

"낭패인걸. 저렇듯 죽자 사자 덤비니 어쩐다."

유천복은 청운자의 검을 옆구리로 받는 척 겨드랑이에 끼우고 손을 내밀어 가슴을 살짝 밀었다. 청운자는 거대한 힘이 가슴으로 밀려드는 것을 느꼈다. 금방 가슴이 답답해지더니 선혈을 울컥 뱉어내었다.

"유 공자!"

최호가 유천복을 알아보고 소리쳤다. 무룡의 기억을 되찾은 유천복도 최호와 패악에게 눈인사를 하였다.

"또 뵙게 되었군요. 지금은 급하니 잠시 후……."

유천복은 청운자에게 다시 고개를 돌렸다. 그런데 청운자의 곁에 검은 도포를 입은 또 다른 도사가 서 있었다. 도사는 큰 소리로 외치며 청운자를 공격해 들어갔다. 어리둥절해진 것은 유천복이었다.

"마모충이로구나!"

현현 진인은 아까부터 청운자의 행동이 곤륜에서 보았던 마림의 인물들과 비슷하다 여기고 유심히 보고 있었다. 아니나 다를까, 청운자의 미간에는 마모충의 흔적이 선명하였다.

현현 진인은 마림이라면 뼈에 사무치게 미워하는지라 이것저것 가릴 것 없이 소청장력(小淸掌力)으로 청운자의 머리를 후려쳤다.

퍼억!

뼈와 살로 이루어진 사람의 머리통이 무시무시한 장력을 견뎌낼 리가 없었다. 청운자는 비명 한마디 지르지 못한 채 그 자리에서 머리가 터져 죽고 말았다.

'이제 다들 마모충이 무엇인지 알겠지.'

현현 진인은 의기양양하여 사람들을 되돌아보았다. 그러나 사람들은 청운자가 날뛰다 유천복에게 일장을 얻어맞고 비틀거릴 때 현현 진인이 그를 암습하여 죽인 것만을 보았을 뿐이다.

"현현 진인, 아무리 그자가 잘못을 저질렀다고는 하나 본 파의 사람이오! 한 주먹에 때려죽인다 하더라도 그것은 사부인 내가 할 일이지 남의 손을 빌 것이 아니오."

싸늘하게 말하며 앞으로 나선 것은 청운자의 사부인 영영 진인이었다. 그도 청운자가 역천과 역지를 때리는 것을 보고 심하다 생각하고 있었다. 그러나 타 파의 사람이 제자를 패 죽이는 것을 보고 그냥 넘어갈 수는 없었다. 영영 진인의 옆에는 어느새 청운자의 사제들인 조운자와 백운자가 서 있었다. 그들은 역천과 역지의 일은 알지도 못했고 현현 진인이 대사형을 살해하는 것만 보았을 뿐이었다.

"사부님! 저자가 본 파를 우습게 알고 저토록 안하무인이니 제자들은 그냥 두고 볼 수가 없습니다. 대사형의 원수를 갚도록 허락해 주십시오!"

울분 어린 조운자의 말에 영영 진인은 보영 신니를 쳐다보았다. 보영 신니와 조조 사태의 표정 또한 굳어져 있었다.

"이 패악무도한 악도야! 네놈이 여기가 어딘 줄 알고 들어와 인명을 살상하는 것이냐!"

졸지에 사형제를 잃어버린 조운자의 노한 음성이 아미산을 쩌렁쩌렁 울렸다.

"아니, 다들 보지 못했단 말이오? 저자는 마모충에 중독된 자란 말이오! 여기 보시오, 여기!"

현현 진인은 난감한 표정으로 청운자의 머리통을 발끝으로 헤집어 마모충을 찾으려 하였다. 그러나 구대문파 사람들은 현현 진인이 잘못을 인정하기는커녕 시신을 모독하는 만행까지 저지르자 오히려 분노를 느꼈다.

"과연 곤륜이 아미파를 우습게 보는 것이 틀림없구려."

서문경이 느물거리며 아미파를 더욱 부추겼다. 그렇게 되자 현현 진인의 일은 곤륜파와 아미파의 개별적인 원한관계가 돼버렸다. 조운자와 백운자는 입술을 깨물며 영영 진인의 명이 떨어지기만을 기다리고 있었다. 이제 역천과 역지를 제외한 모든 아미파 사람들은 현현 진인을 원수와 같이 여기게 되었다.

"이 일은 도저히 그냥 묵과할 수가 없게 되었소. 현현 진인은 본 파를 우롱하였을 뿐만 아니라 죽은 시신에게까지 못된 짓을 서슴지 않으니 빈니는 현현 진인에게 그 죄를 물을 것이오."

보영 신니의 냉혹한 일성이 떨어지자 아미파 사람들이 일제히 현현 진인을 포위하였다.

일이 이렇게 되자 난처한 것은 바로 최호였다. 최호는 주변 상황을 보고 어째서 현현 진인이 청운자를 죽였는지 단박에 알 수 있었다. 그러나 마모충은 청운자의 뇌수와 함께 갈가리 찢겨졌으니 무엇으로 이를 증명한단 말인가?

패악은 최호가 망설이는 사이 슬그머니 현현 진인의 곁에 서 있었다. 일전이 벌어지면 현현 진인을 도우려는 것이다.

"현현 형제, 걱정 마시오. 까짓 구대문파가 무에 대수요. 그냥 우리끼리 다 해먹읍시다."

낄낄거리는 패악의 말이 반갑기도 하고 어처구니없기도 한 현현 진인이었다. 그가 말한 구대문파에는 곤륜파도 끼어 있었다.

"패 형, 말씀은 고마우나 듣기는 거북하오."

현현 진인의 솔직한 말이었다.

"아미문도들은 들어라! 당장 저자를 잡아 참회동에 감금하여라!"

마침내 보영 신니의 말이 떨어졌다.

"이놈, 대사형의 원수를 갚겠다!"

일갈을 내지르며 가장 먼저 달려드는 사람은 바로 조운자였다.

현현 진인은 조운자의 공격을 슬쩍 피하며 말했다.

"흥! 눈은 있어도 보지 못하는 장님 같으니… 말해 봤자 내 입만 아프니 나도 더 이상은 말하지 않을 거요. 나는 잘못이 없으니 아미파에서 내게 죄를 물을 수 없소. 최 공자, 난 곤륜으로 돌아가겠소."

현현 진인은 아미파와 더 이상의 원한을 지기 싫었다. 그대로 몸을 돌려 산을 내려가려 하였다. 그러나 그 순간 아미파의 제자들이 겹겹이 그의 앞을 막아섰다. 역천과 역지마저 장문인의 명을 거역하지 못하고 현현 진인의 앞을 가로막았다.

현현 진인은 자신이 양보를 하였음에도 아미파에서 자신을 핍박하자 은근히 화가 났다. 마모충을 없애준 것은 오히려 그들을 도와준 것인데 반대로 자신을 공격하자 더 이상 볼 것이 없었다.

가장 앞서서 나오는 조운자를 그대로 들어 바닥에 메다꽂았다. 현현 진인의 상청무상신공은 현장이나 현기에는 미치지 못했지만 조운자나 백운자의 무공에 비할 것이 아니었다.

"이자가 청운 사형에 이어 나까지 죽이려 하는구나!"

조운자가 이를 갈며 발딱 일어나 다시 대들자 아미파의 문도들이 한꺼번에 현현 진인을 포위하였다.

"최 공자, 시비를 명확하게 가리지 않으면 오늘 일은 성사되기 어려울 것이오."

광무 대사는 침통한 표정이었다.

"대사님. 그간 별래무양하셨는지요?"

광무 대사는 생전 처음 본 청년이 자신을 아는 척하자 의아해하였다.

"소협은 빈승을 아시오?"

"당연하지요, 대사님. 제가 바로 유가장의 유천복이랍니다."

유천복이 자신의 이름을 밝히자 거기 있던 모든 사람들은 깜짝 놀라고 말았다. 유천복의 절륜한 모습은 듣던 것과는 많이 달랐던 것이다. 저마다 속으로 유천복이 수옥을 가지고 있는지 묻고 싶은 것을 꾹 참고 있었다.

"유 공자, 오랜만이구려."

서문경이 앞으로 나서자 다들 유천복이 무슨 말을 할지 귀를 기울였다.

그때, 산 아래쪽에서 서추량이 헐떡거리며 달려왔다. 그 뒤를 두공과 능초영이 따르고 있었다. 원래, 네 사람은 같이 움직이고 있었다. 능초영은 한시라도 빨리 북해로 가고자 하였으나 두공과 서추량은 마림의 존재를 무림에 알려야 한다고 입을 모았기 때문이다.

유천복이 생각할 때도 소취란이 뼈에 사무치는 원한을 안고 사라졌으나 조만간 마림의 힘을 빌려 무림에 혈풍을 몰고 올 것이 자명하였다. 미리 방비를 하는 것만이 최상책이라는 생각이 들었다.

출발은 같이 하였으나 유천복보다 무공이 떨어지는 다른 세 사람은 이제야 아미파에 도착하였다.

"장문인."

서문경은 갑자기 나타난 서추량과 두공을 보고 놀라움을 감추지 못했다. 다른 문파 모르게 수옥의 행방을 찾으라고 하였는데 하루도 채 지나지 않아 돌아왔으니 놀랄 수 밖에 없었다. 유천복과 같이 온 것을 보니 혹시 수옥의 행방을 이미 찾은 것이 아닐까?

"네가 이곳에 웬일이냐? 그래, 갔던 일은 잘 되었고?"

서추량이 수옥에 대한 얘기를 꺼낼까 봐 서문경은 미리 선수를 쳤다.

"아버지, 이러고 있을 때가 아닙니다. 소취란이… 마림이……!"

서추량은 자신이 본 것을 그대로 사람들에게 전하였다. 사람들이 갑자기 미쳤던 것과 소취란의 놀라운 무공을 전해 들은 사람들은 모두 깜짝 놀랐다. 소취란의 무공은 벽력구에 의한 것이었지만 그것은 두공만이 알고 있는 사실이었다. 서추량은 말 중에 유천복의 이야기는 회피하였다. 그의 무공이 그토록 고강하다는 것을 인정하기 싫었다. 더구나 그 얘기를 하면 분명 자신과 비교할 텐데 그 꼴을 보느니 차라리 얘기하지 않는 것이 나았다.

사람들은 서추량의 말을 듣자 최호의 이야기가 다 사실이라는 것을 알았다.

"그럼 모두 죽었단 말이냐?"

"네, 저희만 빼고 전부 생매장당했습니다."

각 파의 장문인들은 믿기 어려운 눈치였다.

"설마… 저 말이 사실일까요?"

광무 대사가 입을 열었다. 광무 대사는 유천복의 변한 모습에 궁금한 것이 많았지만 서추량의 이야기가 워낙 놀라운지라 다시 말을 나눌 수가 없었다.

최호는 지금이야말로 적절한 기회라고 생각했다.

"서 공자의 말대로라면 마림이 나타나는 것은 이제 시간문제요."

아까보다 냉정해진 그의 말에 장문인들은 꿀 먹은 벙어리가 되었다. 어젯밤의 천둥 소리가 소취란의 짓이라니… 대체 어떤 무공을 펼쳤기에 그런 것이 가능하단 말인가? 소취란의 무공이 자신들보다 한 수 위인 것이 분명했다. 장문인들은 저마다 안색이 흐려졌다.

"그어게 내가 그애잔소. 마기아고."

황면개는 소취란 이야기가 나오자 신이 나는 듯했다. 개방에서는 진 즉부터 마귀와 마녀가 돌아다니고 있다는 걸 알고 용한 점쟁이에게 부적을 그려 방도들에게 간직하게 하였고, 밤에는 각별한 조심을 하라는 행동 지침을 내려두었다. 이런 게 바로 선견지명이 아니고 무엇이겠는가.

이빨이 몽땅 빠진 황면개 혼자서 히죽히죽 웃는 사이 다른 사람들은 사실 여부를 판단하느라 잠시 전의 일을 잊고 있었다.

그러나 조운자와 백운자는 여전히 현현 진인과 패악과 대치하고 있는 상태였다.

"여! 유 공자, 오랜만이오?"

유천복을 알아본 패악이 반갑게 소리쳤다. 유천복도 패악을 향해 어색하게 웃어 보였다. 무룡의 기억으로 패악은 물론 최호와 아랑까지도 모두 기억이 났지만 어쩐지 친숙하게 대할 수는 없었던 것이다.

그는 최호와도 간단한 눈인사를 주고받았다.

"이보시오. 이 일은 이렇게 마무리 짓는 것이 어떻겠소들? 지금 저

자리는 빈도가 꼭 참석해야 하는 자리란 말이오.”

현현 진인은 마림에 대해 가장 잘 알고 있는 곤륜파가 이런 때 나서지 않으면 위신이 서지 않는다고 생각했다.

그러나 아미파 사람들은 생각이 달랐다. 그들은 바닥에 뿌려진 청운자의 핏자국을 보며 입술을 깨물었다.

“피에는 피! 다른 것은 필요없소.”

평소 청운자를 친형처럼 따르던 조운자의 말이었다.

“하는 수 없군.”

현현 진인은 약간의 실력을 보여주어 이들을 제압하는 것이 가장 빠른 길이라 여겼다.

“내 마모충을 때려잡기 위해 부득이 귀하의 사형을 해치게 되었으니 팔 하나를 태워 그를 흠향하도록 하겠소. 그러니 이번 일은 없던 것으로 하고 빈도를 용서해 주시오.”

현현 진인은 뜬금없는 말을 하더니 돌연 아미파의 마당에 놓여 있는 둥근 솥 쪽으로 다가갔다. 그 둥근 솥에는 손님들을 대접하기 위해 백여 명이 먹고도 남을 국을 끓이고 있었다. 자연 솥 아래는 시뻘건 불길이 활활 치솟고 있었다.

그런데 현현 진인이 오른팔을 돌연 그 불 속으로 쑤욱 집어넣는 것이었다. 보고 있던 조운자는 얼굴이 그만 새하얘지고 말았다.

조운자뿐만이 아니었다. 패악을 제외한 사람들은 모두 그 같은 광경을 보고 놀라지 않을 수 없었다. 패악은 현현 진인의 이 같은 행동을 곤륜에서 이미 한 번 본 적이 있는지라 빙글거리며 웃기만 하였다.

치치직 살이 타는 소리가 사람들의 귀에 들려왔지만 현현 진인의 안색은 태평하였다. 오히려 아미파 사람들이 웅성거렸다.

“사, 사형!”

마찬가지로 얼굴이 핼쑥해진 백운자가 조운자의 소매를 잡았다. 아직 나이가 어린 그는 현현 진인이 이처럼 과격한 방법으로 용서를 청하자 분노가 대번에 가라앉고 오직 놀라울 뿐이었다.

‘아항, 내공으로 팔 둘레를 보호하고 있구나.’

유천복이 보니 현현 진인의 옷은 다 타버렸지만 팔 둘레에는 희미하게 막 같은 게 형성되어 있었다. 그것은 바로 곤륜의 절학인 상청무상신공이었다. 상청무상신공을 익히면 온몸의 모공으로 내공을 뿜어낼 수 있게 되어 불 속에서도 팔을 보호할 수 있는 것이다.

이 같은 사실을 모르는 아미파 문도들은 그저 놀랍고 당혹스럽기만 하였다.

“현현 진인, 이제 알았으니 그만 하도록 하시오.”

영영 진인도 유천복과 같이 현현 진인이 어떤 방법으로 불 속에 팔을 넣고도 태연한지 알았다. 그러나 모공으로 내공을 뿜어 불을 제압한다는 것은 초절정고수가 아니고서는 불가능한 일이었다. 그 자신도 저처럼 할 수 있을지 의문이었다.

‘곤륜을 서역의 변방에 틀어박혀 아무것도 모르는 시골 무지렁이라고 여겼다가는 큰일 나겠구나. 아니다. 아마도 저자는 곤륜에서 가장 무공이 뛰어난 자임에 틀림없다. 그렇지 않다면 현 무림에서 곤륜을 당해낼 문파가 어디 있겠는가?

만일 아미파의 문도들이 모두 달려들어도 그 한 사람을 이기지 못한다면 무림명숙들이 모인 이 자리에서 아미파의 위신은 형편없이 추락할 것이다.

또한 제자들을 두고 자신이나 장문인이 나서 제압하고자 한다면 그

또한 볼썽사납기는 마찬가지였다. 그는 장문인 쪽을 보았다.

"아미제자들은 듣거라. 청운자는 마림의 독에 중독되어 이성을 잃고 광분하다 죽임을 당하였으니, 이후로는 이 일을 발설하지 말거라!"

보영 신니도 영영 진인과 같은 생각이었다. 서추량이 마림의 존재를 말하였고 최호의 말대로 청운자가 마모충에 중독된 것이 사실이라면 할 말이 없는 것이다. 확인할 수는 없었지만 역천과 역지를 저 지경으로 만든 걸 보면 청운자가 평소와 달랐던 것은 분명하였다.

"고맙소, 고맙소. 이처럼 아량을 베풀어 빈도의 죄를 용서하여 주시니 더욱 몸 둘 바를 모르겠구려."

일이 의외로 쉽게 일단락 지어지자 현현 진인이 하하 웃으며 불 속에서 팔을 빼내어 포권을 하였다. 사람들은 현현 진인이 옷은 다 탔으나 팔은 멀쩡한 것을 보고 또 한 번 놀라고 말았다.

사람들이 흩어지고 안으로 들어서는 현현 진인의 귀에 패악이 속삭였다.

"곤륜의 상청무상신공은 언제 봐도 대단하구려. 그 재주만 있으면 어딜 가도 굶어 죽지는 않겠소. 게다가 털 속의 빈대들도 홀랑 타 죽고 말 테니 굉장하지 않소!"

현현 진인은 패악의 말이 쑥스러웠는지 손을 들어 뒷머리를 긁적거렸다. 불에 그슬려 곱슬거리는 털들이 먼지처럼 부서졌다.

화상을 입지는 않았지만 지독한 화기에 털이 타버리는 것만은 현현 진인도 어쩔 수 없었던 것이다.

유천복은 방금 전에 현현 진인이 펼친 장면을 보고 재미있다는 생각을 하였다.

사람들이 돌아간 뒤 그는 솥 가까이 다가갔다. 자신도 할 수 있을 것 같았다. 혀를 낼름거리며 기세 좋게 타오르는 불길이 무섭지 않고 따스해 보였다.

'뜨겁지 않아. 뜨겁지 않아.'

중얼거리며 살며시 손을 내밀었다. 불꽃은 팔을 둥그렇게 고리 모양으로 감싸며 타올랐다. 행여 팔뚝의 솜털 하나라도 다칠세라 조심하고 있는 듯이 보였다.

"정말 뜨겁지 않잖아. 무지자, 봤어? 대단하지?"

유천복은 히죽 웃으며 팔을 빼내었다. 이것으로 어젯밤 나무들이 자신의 말대로 행동했다는 것을 알게 되었다. 무지자가 한 것이 아니었다. 사라진 무지자는 이제 아무것도 해줄 수 없었다.

"무지자, 나는 점점 사람이 아니게 되는 걸까?"

유천복이 중얼거리며 떠난 자리에 가녀린 그림자가 나타났다. 한쪽에서 이 모든 것을 보고 있던 능초영이었다. 그녀는 솥 가까이 다가갔다. 손을 내밀 필요도 없었다. 일 장이나 떨어져 있는데도 화기가 느껴졌기 때문이다.

"역시 어젯밤의 일은 환상이 아니었어. 유 공자는 대단한 무공을 감추고 있는 것이 분명해. 어떻게 두 해 만에 저런 무공을 지니게 되었을까? 무지자라는 귀신의 영향일까? 저자가 정말 유천복이 맞기는 한 걸까?"

능초영의 머리에는 끊임없는 의문들이 피어올랐다.

바보는 원래
복이 많은 법이다

그날 밤, 새로 결성된 무림맹과 그 자리에서 초대 무림맹주로 선출된 서문경을 축하하는 연회가 한창이었다. 최호는 유천복을 보자마자 팽소연의 일이 궁금하였다. 그가 팽소연이 아니라 능초영과 함께 온 것이 못마땅하였다.

"팽 소저는 잘 있소?"

최호가 술잔을 들고 가까이 다가왔다. 팽소연이라는 말에 유천복은 흠칫 놀랐다.

"팽 소저는… 팽 소저는……."

갑자기 유천복의 목소리가 미약하게 떨리기 시작하자 최호는 당황스러웠다. 어젯밤 소취란과 아삼의 일이 있은 후 유천복은 내내 팽소연을 생각하고 있었다. 만

일 그녀에게 무슨 일이라도 생긴다면 평생 후회하며 살 것 같았다.

"그게 사실이오?"

유천복에게 팽소연이 납치되었다는 이야기를 들은 최호의 얼굴이 굳어졌다.

최호는 유천복에게 화가 치밀었다. 그녀가 납치된 지 닷새나 지났는데도 능초영과 한가로이 노닐고 있다니, 팽소연이 안쓰럽게만 느껴졌다.

"유 공자, 어찌 그럴 수가 있소?"

최호의 격앙된 목소리에 유천복이 눈물로 얼룩진 얼굴을 들었다. 워낙 술에 약한 유천복인지라 벌써 취한 것이다.

"왜 그러시오?"

"팽 소저가 없어졌는데 이토록 태평하다니 하는 말이오."

최호가 계속해서 따지듯이 말하자 유천복은 어리둥절한 표정이었다. 팽소연을 걱정해도 자신이 할 텐데 저자가 왜 저토록 화를 내는 것일까? 생각하니 기분이 나빠졌다. 두 사람은 각기 다른 표정으로 한동안 서로를 노려보았다.

"하하하, 이렇게 만나니 전주에서의 일이 생각나네. 동생, 그렇지 않은가?"

갑자기 패악이 솥뚜껑 같은 손으로 두 사람의 등을 팍팍 내려치며 끼어들었다. 유천복은 패악이나 최호가 그다지 반갑지 않았다. 무룡의 기억이 되살아나기는 하였으나 그것은 엄연히 다른 자의 기억이었다. 알고 있다는 것과 나의 기억이라는 것에는 커다란 차이가 있다. 이들과 어울려 전쟁에 나갔던 것은 유천복이 아니라 무룡이었기 때문이다.

"그건 제가 아니라니까요."

퉁명스럽게 대꾸하며 술잔을 홀짝거렸다. 그는 느끼고 있었다. 최호와 패악을 둘러싼 많은 기운들, 감춰진 호흡들, 금정봉 전체가 사람이 내뿜는 숨결에 탁해져 있었다. 바람은 산 정상인데도 후텁지근하기만 했다.

그 때문에 숨 막힐 듯한 기분이 들었다. 술이 과한 탓만은 아니었다.

'다른 사람들은 이게 느껴지지 않나?'

어쩌면 이미 알고 있을 것이다. 적어도 그들은 모두 한 문파를 책임지는 사람들이니까.

어둠 속을 쏘아보았다. 보이지 않는 곳에 숨은 자들은 적어도 오십 명은 되어 보였다. 두 패로 나뉘어진 그들도 어둠 속에 숨어 이쪽을 주시하고 있었다. 정확히는 최호와 패악 두 사람에게서 시선을 떼지 않고 있었다.

"사람이 너무 많아선지 바람도 불지 않는군요."

유천복이 입술을 삐죽 내밀고 이마에 주름을 잡았다. 불만이 가득한 표정이었다.

최호와 패악은 서로의 얼굴을 마주 보았다. 유천복의 기분이 별로인 것 같아 보이니 굳이 건드리지 말자는 암묵적인 표시였다. 그러나 최호는 팽소연의 일이 걱정되어 자꾸만 유천복 쪽으로 시선이 갔다. 지금이라도 당장 같이 찾아 나서자고 말을 건네고 싶었다.

"호호, 마누라 걱정에 몸살이 났군."

눈치 빠른 패악이 입을 나불거렸다.

"패악은 천사도의 일이나 신경 써요."

최호도 나직하고 재빠르게 대꾸하였다.

"저런, 그새 사두도 많이 교활해졌군."

패악은 천사도라는 말이 나오자 그만 혀끝까지 나온 말을 꿀꺽 삼키고 말았다.

삼천교의 일 이후 황제는 신흥 종교에 대해 심한 거부감을 가지게 되었다. 그러나 심약한 마음은 의지할 곳을 찾았고 한왕의 권고에 따라 오랫동안 도교의 본산으로 자리 잡아온 천사도를 국교(國敎)로 지정하였다.

"그래도 어디 패악만 하겠어요? 봉선에 참석해야 할 사람이 내 핑계를 대고 빠져나왔지요."

최호는 계속해서 패악을 물고 늘어졌다. 패악은 더 이상 최호를 자극하다가는 본전도 찾지 못할 것이라 여겼는지 묵묵부답이었다.

황제는 천사도를 신봉하면서 태상개천집부어력함진체도호천옥황상제(太上開天執符魚曆含眞體道昊天玉皇上帝)라는 거창한 존호를 봉하고 태산(泰山)에서 봉선(封禪)을 행하기로 하였다. 또한 궁중에 옥청소응궁(玉淸昭應宮)을 건립하기 위한 큰 토목 공사를 일으켰으므로 나라의 재정은 크게 어려웠다.

"봉선은 광천사(光天使)만 있으면 되는 거야. 거기다 난 황궁 보고를 찾아내야 하는 막중한 임무가 있잖아."

패악의 경솔한 말에 최호의 얼굴색이 변하였다.

"패악! 말 좀 조심해요."

그는 누가 듣지나 않았는지 주위를 둘러보았으나 다른 자들은 이미 얼큰히 취해 이쪽은 신경도 쓰지 않았다. 유천복은 혼자 생각에 잠긴 듯 멍하니 있었다.

"그놈의 전연지맹인가 뭔가는 왜 맺어가지고… 조금만 더 있었으면 완벽하게 승리를 이끌어낼 수 있었는데……."

패악이 투덜대었다. 그것은 최호도 같은 생각이었다. 이번에 요와 맺은 전연지맹에 따라 형 나라인 송은 아우의 나라인 요에 해마다 은 십만 냥과 비단 이십만 필을 보내어 형제국으로서의 도리를 다해야 했다.

그것이 수옥과 송옥을 찾으려는 또 다른 숨겨진 이유였다. 조사한 바에 따르면 송옥이 숨겨진 곳에는 수, 당 양대 황실의 보물이 잠들어 있다는 것이다.

"그건 내가 할 일이고 패악의 일은 따로 있어요."

최호는 패악에게 가장 중요한 것을 상기시켰다.

천사도주는 원래 두 사람이다. 그것은 선과 악을 나타내는 것으로 빛의 존재인 광천사(光天使)와 어둠의 존재인 암영천사(暗影天使)가 그 것이었다. 암영천사는 천사도 내에서도 금기에 속하는 부분이었다. 세상의 빛을 위협하는 존재가 생겼을 때 그것을 멸하는 것이 바로 암영천사의 존재 가치였다.

암영천사군 외에 아무도 알아주지 않지만 패악은 천사도주와 같은 신분이었다.

"그래그래, 나는 마림의 졸개들이나 상대하라 이거지. 떡고물도 안 나오는 일은 다 내게 맡기고 사두는 어서 한몫 잡으라고."

"패. 악."

"그 소리는 이제 지겹네. 자네가 부르지 않아도 내 이름 정도는 외고 있다고. 내가 죽을 날 받아놓은 늙은인 줄 아나? 난 유 공자랑 술이나 해야겠네."

패악은 유천복의 볼멘 표정을 흉내 내며 그 곁에 앉았다. 유천복은 내키지 않았지만 옆으로 움직여 패악의 자리를 내주었다. 최호는 더이상 아무 말도 하지 못하고 패악의 널찍한 등을 잡아먹을 듯이 노려보았다.

용호산의 천사도에서는 확실히 마림의 존재를 알고 있지는 않았으나 천년시대가 도래하면서 마의 기운이 강해졌다는 것만은 느끼고 있었다. 그래서 패악의 암영천사군이 그간의 침묵을 깨고 활동하기에 이르렀던 것이다. 암영천사군의 위력은 곤륜산에서 이미 입증된 터였다. 그들은 사람이 아니라 요괴를 척살하기 위해 만들어진 조직이었다.

날이 저물자 관병들은 아미산에서 모두 물러갔지만 천황수호단과 암영천사군만은 조금의 미동도 없이 자리를 지키고 있었다.

유천복은 최호와 패악의 이야기를 듣곤 있었지만 머리에 담아두지는 않았다. 그는 날이 밝는 대로 유가장으로 돌아가 팽소연을 찾으러 갈 생각만 할 뿐이었다.

"현현 진인은 어디로 갔소?"

다른 쪽에서 다정하게 이야기를 나누고 있던 서추량과 능초영이 다가왔다.

"피곤하다고 방으로 들어갔소."

패악이 말해 주었다. 낮의 일로 인해 현현 진인은 아미파 사람들과 부딪치는 것을 꺼려하였다. 아미파 사람들은 아직도 그를 보는 눈이 곱지 않았던 것이다.

"유 공자는 능 소저와 오랜 친구였다면서요?"

친한 척 옆 자리에 앉는 서추량의 모습 어디에도 설지란의 죽음을 애도하는 빛은 보이지 않았다. 그는 하루 종일 능초영의 뒤만 졸졸 쫓아다녔다. 능초영도 싫지 않은지 서추량의 구애를 한껏 즐기는 눈치였다.

무림맹주가 된 서문경과 오산은 두공과 함께 남들의 이목을 피해 저녁 내내 이야기를 나누고 있었다.

겉으로 보여지는 아미산의 밤은 평화로웠다.

술이 들어간 탓인지 사람들은 앞일에 대해 낙관적이었다. 모두들 수옥과 송옥을 찾아낸 이후의 일에 대해 내심 궁리하였으나 겉으로는 여전히 웃고 즐기는 분위기였다.

광무 대사는 유천복이 광증을 고친 것을 축하하였고 유장추의 죽음을 안타까워했다. 광무 대사와 황면개는 무애 대사와 이자오가 유가장에 머무르고 있다는 것을 알고 있었으나 입 밖으로 내지는 않았다. 두 노인이 유천복 주변을 맴도는 것이 이상했지만 때론 모르는 것이 약이 될 수도 있었다. 두 노인의 기묘한 행동이 어디 하루 이틀의 일이랴.

보영 신니와 영영 진인은 유천복이 예전에 아주 뚱뚱했었다는 것을 믿지 못하는 눈치였다. 사람들이 그 일을 화제로 올리자 어색해진 유천복은 자리를 털고 일어섰다. 예전 자신의 모습이 다른 사람들 눈에는 우스꽝스럽게 보였을지 모르나 그 자신은 그때로 돌아가고 싶은 마음이 굴뚝같았다.

'지금의 내 모습과 그때의 내 모습 중 어느 쪽이 더 좋냐고 묻는다면 나는 서슴없이 그때가 더 좋았다고 말할 것이다. 아버지께서 말씀하시길, 모든 사람에게는 분수란 것이 있다고 하셨지. 그걸 모르고 더 욕심을 부렸다가는 불행이 찾아오는 법이라고. 지금 내 모습은 어쩐지 맞지 않는 옷을 입은 것처럼 불편하니… 팽 소저를 찾으면 유가장으로 돌아가 평생 동안 밖으로 나가지 않을 테다.'

후원에 이르렀을 때였다. 이 나무에서 저 나뭇가지로 휙 하니 날아가는 검은 그림자가 보였다. 자세히 보니 몇 마리의 원숭이가 나무를 타며 장난을 치고 있었던 것이다. 어미 원숭이가 새끼 원숭이의 털을 매만지는 모습이 어둠 속에서도 다정하게 보였다.

유천복은 그만 콧등이 시큰해졌다. 한낱 미물도 저렇듯 부모와 자식 간의 정이 애틋한데 자신은 이제 두 번 다시는 아버지라는 이름을 부를 수 없으니 서러운 생각이 왈칵 들었다.

주먹으로 뜨거워진 눈가를 마구 비벼대다 보니 원숭이의 모습이 갑자기 커다랗게 보였다. 아비 원숭이인가 하여 미간을 좁히고 보니 원숭이가 아닌 사람이었다. 덩치가 큰 도사 한 명이 지붕에서 막 나오고 있는 중이었다.

"저 사람은?"

낮에 보았던 현현 진인이었다. 그는 마치 원숭이처럼 전각 위를 펄쩍펄쩍 뛰어 삽시간에 아미산 아래로 사라졌다.

"원숭이 구경을 나왔을 리도 없고… 이 야밤에 어딜 가는 거지?"

술김에 용감해진 유천복은 현현 진인의 뒤를 밟기 시작하였다. 얼마 가지 않아 현현 진인의 커다란 체구가 눈에 들어왔다.

"옳지. 아직 멀리 가지는 않았구나."

그런데 자세히 보니 현현 진인의 앞에 또 한 사람의 그림자가 있었다. 그자는 낮에 산을 내려간 관군의 복장을 하고 있었다.

"관군은 다 돌아간 것이 아니었나?"

관군은 밤 고양이처럼 날랜 신법을 펼치며 남하하였다. 현현 진인도 곤륜의 절학인 운룡대팔식을 유감없이 펼쳐 그 뒤를 따랐고 유천복 또한 적당한 거리를 두고 현현 진인을 따랐다.

"어라? 이곳은?"

정신없이 두 사람을 따라가다 보니 문득 낯익은 곳에 이르렀다는 것을 깨달았다. 밤이라 미처 깨닫지 못했는데 이제 보니 이곳은 낮에 팽소연이 사라졌던 그 개울이었다.

관군은 개울을 따라 질풍처럼 내달렸다. 수면을 스치는 발자국 소리가 츠츠츠 울려 퍼졌다. 관군의 경공술은 빠른 듯하였으나 그리 고명한 수법은 아니었다. 그와는 달리 현현 진인과 유천복의 발 아래서는 아무 소리도 들려오지 않았다.

두 사람 모두 최상승의 경신법인 초상비(草上飛)를 펼치고 있다는 뜻이었다.

"혹시 저자는 낮에 팽 소저를 납치한 자들과 한패가 아닐까?"

유천복이 그리 생각하고 있을 때였다. 관군은 어느덧 낮에 팽소연과 마술사들이 사라진 개울 근처에 이르렀다. 그는 그 자리를 뱅글뱅글 몇 바퀴 도는가 싶더니 낮의 마술사들처럼 갑자기 픽 하니 사라지는 것이 아닌가?

유천복은 자신의 예상이 맞았다는 것을 알았다. 앞서 가던 현현 진인이 나무 사이에서 몸을 드러내더니 화살처럼 그쪽으로 달려갔다.

그러더니 관군처럼 개울 주위를 뱅뱅 돌기 시작했다.

"앗! 그럼 진인도 저들과 한패란 말인가?"

잔뜩 의심의 눈초리로 지켜보고 있으려니 아니나 다를까, 현현 진인의 모습도 그만 개울 아래로 없어져 버렸다.

유천복도 한달음에 뛰어갔다. 개울물이 소용돌이치는 가운데 머리통이 간신히 들어갈 만한 작은 구멍이 물살에 메워지려는 순간이었다. 자신도 모르게 양손을 합장하여 뻗으며 구멍 속으로 뛰어들었다.

"헉!"

입에서 헛바람이 새어 나왔다. 자신이 마치 누런 뱀처럼 변하여 땅속의 꼬불꼬불하고 좁은 통로를 쏜살같이 이동하고 있었던 것이다.

오래지 않아 앞서 가는 자들의 모습이 시야에 들어왔다. 땅속의 길은 좁고 한 사람이 간신히 지나갈 정도라 뒤를 돌아볼 여유가 전혀 없었다.

그렇게 얼마나 이동하였을까? 현현 진인의 몸이 돌연 위로 솟구치는 것이 보였다. 유천복도 따라서 몸을 구부렸다가 튕기듯이 위로 올라갔다.

막 머리가 땅 위로 오르려는 순간이었다. 갑자기 노도와 같은 장력이 머리를 향해 밀려들었다. 그대로 있다가는 머리통이 잘 익은 수박처럼 깨질 판이었다. 유천복은 목 아래가 아직 땅속에 있다는 것도 잊은 채 양팔을 번쩍 들어 올렸다. 본능적으로 머리를 보호하려고 한 것이다. 그러자 땅이 들썩하며 팔의 움직임에 맞추어 위로 치솟아올랐다.

현현 진인이 뿌려낸 장력은 갑자기 땅에서 솟아난 담에 격중되었다. 퍼억 하는 소리와 함께 메마른 흙덩어리가 사방으로 튀었다.

"헉! 이럴 수가!"

현현 진인은 경악하였다.

유천복은 그 틈을 타 밖으로 나올 수 있었다.

"네놈은 대체 누구냐?"

현현 진인은 유천복을 마림의 인물이라 생각하고 양손을 부채처럼 펼치며 연거푸 장력을 뻗어내었다.

"도사님! 저예요."

유천복이 급히 뛰어나오며 아는 체를 하였으나 이미 현현 진인의 태산 같은 장력이 코앞에 이르고 있었다.

"유 공자?"

자신을 부르는 소리에 자세히 보니 낮에 아미파에서 만난 유천복이 었다.

"아뿔싸! 상대를 살피지도 않고 성급하게 공격하다니! 또 실수를 하였구나! 이를 어쩌누."

서둘러 공력을 회수하고자 하였으나 이미 때가 늦었다. 현현 진인은 유천복이 피 곤죽이 되는 걸 차마 볼 수 없어 소매를 들어 올렸다.

그런데 이게 어찌 된 일인가? 유천복의 몸이 종잇장처럼 얇아져 바람에 날리는 깃털처럼 펄럭대는 것이었다. 깃털은 태풍에 잠시 휘말려 하늘로 솟구쳤으나 곧 아무 일도 없다는 듯이 서서히 땅으로 내려앉았다. 장력은 유천복을 지나쳐 뒤에 있는 벽에 선명한 손자국만을 남겼다.

현현 진인은 자신이 내뿜은 옥심인(玉心印)의 장력이 천 근의 힘은 아닐지라도 능히 오백 근의 힘은 지닌다고 자부하고 있었다. 그런데 유약한 서생처럼 보이는 유천복이 자신의 장력을 간단히 무마시켜 버리자 가슴이 서늘해졌다.

최호와 패악으로부터 그가 천비의 환생자라는 소문은 들었으나 낮에는 별 호감을 갖지 못했다. 여자처럼 곱상한 외모가 영 마음에 들지 않았던 것이다.

그러나 지금 보니 자신의 상상을 초월하는 능력을 지니고 있지 않은가! 현현 진인은 자신의 섣부른 판단이 부끄러워졌다.

"유 공자의 무공이 정말 놀랍소. 게다가 내 이목을 속이고 따라와 지둔술까지 펼치다니……."

유천복은 비로소 땅속을 이동한 수법의 이름을 알았다.

"지둔술이라고요? 저는 그냥 도사님이 파놓으신 구멍 속으로 따라 들어온 것뿐인데요?"

현현 진인은 또다시 놀랐다.

"그냥이라니? 파토진언부도 없이 지둔술을 펼쳤단 말이오?"

"파토진언부?"

유천복이 고개를 갸웃거렸다. 어디선가 들은 듯한 부적이었다.

"지둔술을 펼치는 부적이라오."

"하지만 그런 거 없어도 되던데요?"

현현 진인의 얼굴에 경탄의 빛이 떠올랐다. 그는 품속에서 부적 한 장을 꺼내어 보여주었다.

"이게 바로 파토진언부요. 선문의 문주께서 직접 주신 것이지. 이렇게 강력한 부적을 그릴 줄 아는 무녀는 화령문주뿐이오. 그런데 부적도 없이 은둔술을 펼치다니."

"아깐 지둔술이라고 했잖아요?"

유천복은 현현 진인의 설명에 흥미를 느꼈다.

"전부 은둔술의 일종이오. 도가에 이르기를 옛 선인들이 수련이 높아지면 오둔(五遁)이라고 불리는 토둔(土遁), 광둔(光遁), 지둔(地遁), 수둔(水遁), 운둔(雲遁)의 다섯 가지 운송 수단을 부릴 수 있었다고 하오. 이것은 각기 흙, 빛, 땅, 물, 구름의 힘을 빌려 엄청난 속도로 이동하는 방법이오. 세월이 지나면서 이 오둔술은 실전되어 전설로만 내려오게 되었소. 그러나 오래전 사부님께서 지둔술만은 사라지지 않았을 것이라 하시더니… 화령문주가 쓸모있을 거라고 했을 때는 내 믿지 않았었는데… 문주는 마림이 지둔술을 펼치는 것을 알고 있었군."

유천복은 비록 전생의 기억이나 무룡의 기억이었지만 마림의 인물들이 지둔술을 쓰는 것을 보았었다.

"맞아요. 전에도 이런 방법으로 도망갔었지요."

"지둔술은 땅속에 길을 뚫는 것이나 마찬가지라 할 수 있소. 한번 생긴 길은 오랜 시간이 흘러도 남아 있지."

"길이 남아 있다면 다른 사람들도 전부 사용할 수 있나요?"

유천복은 혹시 북해까지도 이 방법으로 갈 수 있지 않을까 여긴 것이다.

"길을 안다고 다 다닐 수 있는 것은 아니오. 도력이 높은 도사들도 진언부가 있어야지만 술법을 부릴 수가 있다오."

현현 진인이 뒤를 돌아보며 웃었다.

"그런데 이곳이 어디죠?"

유천복이 사방을 둘러보며 말했다.

"음… 이곳은 운남이군. 장문인이 마림의 본거지가 운남에 있을 거라 하시더니 사실이었군. 저기 보이는 것이 바로 창산이오."

현현 진인이 가리키는 곳에는 정말 창처럼 삐죽삐죽 솟은 산의 모습이 어둠 속에서도 확연히 보였다. 한 시진도 지나지 않은 것이 분명했다. 사천에서 운남으로 오려면 아무리 빨라도 족히 이틀은 쉬지 않고 내달려야 하는 거리였다. 그런 거리를 한 시진 만에 당도하다니 지둔술의 위력이 참으로 놀라웠다.

"참! 근데 그자는 어디 있지요?"

문득 생각났다는 듯이 유천복이 말했다. 현현 진인은 유천복의 말에 말문이 막혀 버렸다. 두 사람 다 쫓던 자를 까맣게 잊어버리고 있었던 것이다.

"아이쿠! 이런, 괴한을 쫓아왔다는 것을 잊고 말았오. 유 공자가 쫓아오는 것만 신경 쓰다 보니… 이런 낭패가 있나. 허허, 다 잡은 고기를 놓치고 말다니… 마림의 본거지를 알아낼 좋은 기회였는데."

현현 진인은 자신의 어리석음을 탄식하였다.

"저 때문에 그리되어 면목이 없습니다. 그런데 그자는 누굴까요?"

유천복은 그제야 궁금하던 것을 물어보았다.

"그건 나도 모르오. 단지 낮에 마모충을 보았기에 또 다른 마림의 흔적이 있지 않을까 경계하고 있던 중에 한 방에서 몰래 나오는 그자를 발견하여 쫓아왔을 뿐이오."

현현 진인도 유천복처럼 무작정 미행을 했던 것이었다.

"그자는 그 방에서 무얼 하고 있었는데요?"

유천복의 말에 현현 진인의 얼굴이 벌게졌다. 그러고 보니 무엇 때문에 그자를 미행하려 했는지 이유가 불분명했다.

"그게… 그자가 그만 바람처럼 달아나는 통에 쫓느라 무얼 했는지도 보지 못했다오."

항상 침착하라는 장문인의 말을 듣는데도 현현 진인의 성급함은 쉽사리 고쳐지지 않는 모양이었다.

"허허, 이놈의 급한 성정은 수행을 거듭해도 전혀 나아지지가 않는구려."

현현 진인이 겸연쩍은 듯이 말했다.

"아직 늦은 건 아닙니다."

유천복은 발바닥에 느껴지는 진동을 찾았다. 미세한 땅의 진동으로 그자가 남쪽을 향해 가고 있다는 것을 알 수 있었다.

"이쪽이에요."

아니나 다를까! 얼마 안 가 두 사람은 거대한 세 개의 탑을 마주하게

되었다. 탑 주위에는 한 치 앞도 구분할 수 없을 정도로 짙은 안개가
서려 있었으나 두 사람을 막을 수는 없었다.

관군의 모습을 한 자는 중앙에 가장 높게 솟아오른 흰 탑 앞에 서 있
었다.

"바로 저기 있어요."

탑의 아래쪽에는 공처럼 둥글고 하얀 건물이 있었다. 관군이 다가가
니 벽이 스르르 열렸다.

두 사람이 쫓아갔으나 이미 관군의 모습은 벽 속으로 사라져 버린
후였다.

"바로 이곳이 마림의 본거지가 분명하구나. 그런데 어디로 들어간
걸까?"

현현 진인은 벽을 더듬기도 하고 두드려 보기도 하였으나 회 칠한
벽은 꿈쩍도 하지 않았다.

"여기에는 문이 없는데… 마림의 술법은 정말 놀라지 않을 수 없구
나."

도가의 본산이라 일컬어지는 곤륜파에서도 이런 술법은 처음 보는
것이라 현현 진인은 거듭 감탄만 하였다.

"비켜서세요."

유천복은 벽의 네 귀퉁이에 붉은 주사로 쓰여진 주문을 보았다. 현
현 진인의 눈에는 아마 보이지 않는 모양이었다. 유천복이 손바닥을
위로 펼친 채 지그시 응시하자 곧 작은 불덩어리가 생겨났다.

"그것은 삼매진화가 아닌가? 대체 유 공자는 공력이 어느 정도길래
삼매진화를 자유자재로 펼친단 말인가!"

현현 진인은 자신이 너무 감탄만 하고 있다고 생각하였으나 어쩔 수

없었다. 지난번 마림이 곤륜산에 올랐을 때도 놀랐지만 오늘 하룻밤에
도 놀라운 일들이 연이어 벌어지고 있었다.

유천복이 손바닥을 오므렸다가 휙 뿌리자 불꽃은 네 개로 나누어져
각각 벽의 네 귀퉁이로 날아갔다. 팟 하는 희미한 소리가 들리더니 거
짓말처럼 눈앞에 거대한 청동의 문이 드러났다.

"우물 안 개구리라는 말은 바로 이럴 때 쓰는 것이렷다. 앞으로 얼
마나 더 놀라운 일이 생기든 나는 이제 두 번 다시는 놀라지 않겠다."

현현 진인은 결심한 듯이 중얼거리며 문을 올려다보았다.

높이가 일곱 자, 둘레가 다섯 자는 되어 보이는 어마어마하게 큰 문
이었다. 문과 테두리에는 온갖 악귀들이 흉측한 모습으로 뒤엉켜 있었
는데, 마치 살아 움직이는 듯 정교하였다.

두 사람은 문 안으로 들어가자 등 뒤의 문은 흔적도 없이 사라졌다.

"안쪽에도 주문이 걸려 있네요."

유천복이 말하며 돌아보았다. 그런데 현현 진인의 모습이 이상했다.
그는 유천복이 보이지 않는 듯 두 손을 허공에 휘두르며 유천복의 이
름을 부르고 있었다.

"유 공자, 유 공자, 어디로 갔소?"

현현 진인은 문을 들어서자마자 유천복의 모습도 문도 사라져 버리
자 당황하였다. 자신이 서 있는 곳은 빛도 어둠도 없는 무(無)의 공간
이었다. 바닥을 내려다보는 순간 발 밑이 허전해지더니 몸이 한없이
아래로 추락하였다.

"으악! 함정이로구나."

팔다리를 버둥버둥거리는데 누군가 손을 휙 낚아챘다. 정신을 차리
고 보니 유천복이 바로 곁에 서 있었다.

"조심하세요. 이곳은 건물 전체가 술법에 걸려 있으니 눈에 보이는 것이 다 환상이라고 생각하시면 될 거예요."

현현 진인은 고개를 끄덕였다. 두 사람이 있는 곳은 좌우로 길게 뻗은 통로 중간이었다. 유천복은 벽처럼 보이는 곳을 가리켰다.

"이건 벽이 아니에요. 저쪽에 뭐가 있는지는 보이지 않지만 벽이 아닌 것만은 틀림없어요. 통로처럼 보이는 저곳이 오히려 막혀 있는걸요."

현현 진인은 이곳의 괴이함이 생전 듣도 보도 못한 것이라 생각했다. 유천복의 모습을 놓쳤다가는 이곳에 영원히 갇힐지도 모른다는 두려움이 생겨났다. 유천복을 따라 벽처럼 보이는 곳으로 걸어갔다.

현현 진인은 몇 발자국 앞으로 걸어나가다 멈추어 섰다. 유천복이 멈추었기 때문이다.

눈앞에는 엄청나게 넓은 광장이 있었다. 중앙에 흑의를 입은 수백 명의 사람들이 모여 있었다. 두 패로 나뉘어 한쪽에서는 무기를 들고 무술을 익히고 있었으며 한쪽에서는 주술을 배우고 있는 것처럼 보였다.

"유 공자, 저자들도 환상이오?"

"술법이 걸려 있는 것은 문 안쪽뿐이었나 봐요."

유천복은 겁먹은 얼굴로 현현 진인을 쳐다보았다.

흑의인들도 갑자기 눈앞에 나타난 유천복과 현현 진인의 모습을 멀뚱히 보고 있었다.

"침입자다! 잡아라!"

가장 가까운 곳에 서 있던 흑의인이 돌연 소리를 지르자 큰 소동이 벌어졌다.

사방에서 금세 고함 소리와 기합 소리가 터져 나왔고, 각종 암기와 화살들이 빗발치듯 두 사람을 향해 날아왔다.

"도사님, 얼른 피하세요!"

유천복이 소리치며 달리기 시작했다. 그러나 현현 진인은 오히려 냉랭하게 코웃음을 쳤다.

"흥! 환상이 아니라면 오히려 잘된 일이오."

현현 진인은 신형을 허공에서 번개처럼 회전시켜 곧장 앞서 오는 흑의인들을 향해 짓쳐들어 갔다. 가장 먼저 달려오던 다섯 명의 흑의인이 일제히 비명을 지르며 쓰러졌다. 비명 소리가 채 가시기도 전에 현현 진인의 모습이 동에 번쩍 서에 번쩍 하더니 흑의인들이 가랑잎처럼 떨어져 나갔다.

"도사님, 이쪽이에요! 빨리 오세요."

유천복은 눈앞에 일직선으로 뻗은 통로가 나타나자 뒤도 돌아보지 않고 몸을 날렸다. 현현 진인은 유천복이 있는 곳으로 몸을 날렸으나 통로처럼 보이는 술법이 걸려 있는 벽에 부딪치고야 말았다.

콰당!

곤륜산을 제 집처럼 드나드는 운룡대팔식도 단단한 벽 앞에서는 아무 소용이 없었다. 눈앞이 아찔하더니 이내 북두칠성이 오락가락했다.

"아, 이런 빌어먹을… 왜 내가 진작 부적 쓰는 법을 익히지 못했을꼬. 사부님께서 나처럼 성정이 급한 자는 부적을 그릴 수 없다고 관두라 하셨지. 젠장할! 말코도사 같으니."

현현 진인은 연달아 유천복에게 약한 꼴을 보인 것이 창피했는지 있는 대로 사부를 원망하였다.

유천복의 도움으로 통로로 들어선 현현 진인은 뒤를 돌아다 보았다.

어쩐 일인지 흑의인들은 더 이상 쫓아오지 않고 뒤에서 거친 욕설과 함께 무기를 던질 뿐이었다.

"왜 쫓아오지 않지요?"

유천복이 물었다.

"하하, 이 도사님의 무용에 겁을 집어먹은 것이 틀림없소."

두 사람이 다다른 곳은 또 다른 넓은 대전이었다.

그것은 아주 희미하고 가느다란 소리였다. 멀리서, 혹은 가까이서 누군가 몰래 소곤거리는 것 같은 소리. 유천복이 대전 안에 들어설 때부터 계속 들려오고 있었다. 마치 거미가 거미줄로 미끄러지는 소리처럼 희미하여 인간에게는 절대로 들릴 리 없었다.

—누군가 왔다.

그렇게 말한 것은 세 번째 기둥이었다.

—다들 조용하라구. 저자가 바로 천비의 환생자인 유천복이야. 우리 말을 들을지도 몰라.

여덟 번째 기둥은 유천복을 본 적이 있었다.

—설마, 우리 말을 들을 수 있을 리 없어.

세 번째 기둥이 다시 말했다.

—가두어 버릴까?

다섯 번째 기둥의 말이었다.

—가두자.

—가둬 버리자.

—빠져나가지 못할 거야.

현현 진인은 대전을 지탱하던 기둥들이 다가오는 것을 보고 기절할 뻔하였다.

"아니, 기둥들마저도 술법에 능통하다니! 대체 이곳은 어떤 곳이냐?"

여덟 개의 기둥은 마치 살아 있는 것처럼 두 사람을 에워쌌다.

"기둥들이 술법을 부리는 것이 아니에요. 누군가 기둥 흉내를 내고 있는 거지요."

유천복은 모기가 앵앵거리는 듯한 소리를 듣고 있었다. 기둥들이 인간은 절대로 들을 수 없다고 생각하는 그 소리가 처음보다 분명히 선명하게 들려오고 있었던 것이다. 그러나 아직 내용까지 알아차릴 만큼 확실한 소리는 아니었다. 대신 그는 기둥에서 느껴지는 미약한 호흡을 감지했다.

"기둥이든 사람이든 상관없다."

현현 진인은 기둥들을 밀어내려 안간힘을 썼으나 오히려 발이 주르륵 뒤로 밀리자 얼굴색이 시뻘개졌다. 그의 용력은 곤륜파에서도 이름난 것이었다. 그가 힘으로 밀어내지 못하는 것이 있다니 눈으로 보고도 믿기 어려웠다.

"흐흐흐, 나를 쫓아 아미산에서 이곳까지 오다니 과연 제법이구나."

홀연 기둥 바깥쪽에 두 사람이 쫓아온 관군의 모습이 나타났다. 현현 진인은 그자의 얼굴을 자세히 보려 했으나 그때마다 부옇게 안개가 끼인 것처럼 눈앞이 흐려져 끝내 얼굴을 알아보지 못하였다.

"네놈은 누구냐? 아미파에서 무슨 짓을 하고 온 것이냐?"

현현 진인이 물었다.

"흐흐, 그것은 네놈들이 돌아가면 알 것이다. 그러나 과연 돌아갈 수 있을까?"

그자가 한 팔에 걸치고 있던 붉은 천을 몸에 두르자 다시 모습이 사라졌다.

"앗! 이자가 다시 어디로 간 거지?"

현현 진인이 두리번거렸다.

유천복은 붉은 천이 바닥에서 스르르 움직여 중앙의 제단 쪽으로 흘러가는 것을 보고 있었다. 고막을 송곳으로 찌르는 듯한 이상한 음성이 들려왔다. 알아들을 수는 없었지만 짐승이 흐느끼는 것 같은 소리가 간헐적으로 높아졌다 낮아졌다 되풀이되었다.

그러자 그것들이 나타났다.

"헉!"

현현 진인은 갑자기 벽과 바닥이 파도치듯 일렁거리는 것을 보고 숨 넘어가는 소리를 내질렀다.

대전 중앙에는 제단이 있고 그 뒤쪽으로 거대한 마왕상이 있었다. 붉은 천은 제단의 중앙에 이르렀다. 온통 하얀 대전 안에서 오직 그곳만이 붉은색이었다.

"윽, 징그러! 정말 많이도 숨어 있군요."

유천복은 그것들의 수를 눈으로 세다 질린 듯이 말하였다.

"많다니, 무슨 말이오?"

현현 진인이 물었다.

"저기 흰 보자기 같은 걸 둘러쓰고 있는 것들 말이에요."

유천복이 손가락으로 가리킨 곳은 벽이었다. 새하얀 벽에서 마치 공 같은 것들이 튀어나오려는 듯 불쑥불쑥 움직였다. 현현 진인은 좀 전보다 더욱 놀라 소리쳤다.

"저것들이 대체 뭐요?"

이목구비도 없이 사람의 형상을 한 허여멀건 물체들이 수도 없이 바닥에서 일어서더니 우우 소리를 내며 다가왔다.

"저도 모르지만 사람이 아니라는 것만은 분명해요. 숨을 쉬고 있지
않으니까요."

숨을 쉬고 있지 않다는 것! 그것은 두려운 말이었다.

이곳까지 오는 동안 평온하던 유천복의 숨소리가 거칠어졌다. 그는
다가오는 물체들의 정체를 보고 싶지 않았다. 하지만 저 하얀 것을 벗
겨내지 않고는 상대할 수 없다는 것을 어렴풋하나마 깨달았다.

바닥이 물컹해졌다. 유천복이 입술을 깨물며 현현 진인을 쳐다보았
다. 현현 진인이 서서히 일어서는 바닥을 발로 쿵쿵 내려쳤으나 소용
이 없었다. 이미 하나둘이 아니었다.

"제가 백포(白布)를 벗기면 도사님께서 처리해 주세요."

"백포?"

굳이 물을 필요도 없었다. 유천복의 양손이 빠르게 움직여 하얀 천
을 걷어내자 그 밑에서 보기에도 흉측하게 생긴 마귀들이 튀어나왔으
니까.

"어서 때려잡으세요!"

유천복이 소리쳤다. 백포가 벗겨진 마귀들은 끽끽 소리를 내지르며
고목나무 같은 손으로 얼굴을 가리느라 정신이 없었다. 저마다 거무튀
튀한 피부에 긴 송곳니, 짐승 같은 발톱과 소의 꼬리 같은 것이 달려
있었다.

"옳아! 이제 보니 그 속에 이런 해괴한 것들이 숨어 있었구나."

나타난 것들이 사람이 아님을 알자 현현 진인은 비로소 강맹한 무위를
자랑하였다. 곤륜의 절학들이 그의 손에서 펼쳐졌다. 옥심귀일강기(玉心
歸一罡氣), 옥심귀일공(玉心歸一功)을 연거푸 펼치자 마귀들은 변변한 저
항도 못한 채 퍽퍽 소리를 내며 터져 버렸다. 두 사람은 삽시간에 마귀들

이 터지면서 뿜어낸 누렇고 푸른 액체를 잔뜩 뒤집어쓰게 되었다.

"으… 이게 뭐야?"

유천복은 끈적끈적하고 더러운 가래처럼 보이는 그것들이 아교처럼 몸에 들러붙자 몸서리를 쳤다.

"젠장, 냄새 한번 고약하군. 거기다 끈끈해서 팔을 쉽게 움직일 수가 없네."

현현 진인의 말대로였다. 마귀들이 죽으면서 내놓은 액체는 강력한 점성과 독성을 가진 물질이었다. 두 사람은 삽시간에 고치 속에 갇힌 번데기처럼 몸을 움직일 수 없게 되어버렸다.

두 사람이 옴짝달싹도 못하게 된 순간 온 대전이 떠나갈 듯한 괴성이 들려왔다.

"하, 이것들이 우리를 잡았다고 기뻐하는 모양이군."

현현 진인이 침을 퉤 뱉었다. 유천복은 삼매진화를 일으켜 고치를 태워 버리려다 곧 마음을 바꾸었다. 팽소연이 어디 있는지 알아보고 난 후에 처리해도 늦지 않을 것이다.

"저기 나타났어요!"

유천복이 말한 대로 제단 위에는 어느새 그 관군이 앉아 있었다.

"흐흐, 천비의 환생자라는 것도 별것 아니구나."

귀마전주인 혈포단(血布緞) 저부(猪符)는 의기양양해 있었다. 보아하니 대단한 능력을 갖고 있는 것 같지도 않은데 어째서 마림주는 물론이고 다른 전주들까지 유천복을 높게 평가하는 것인지 알 수 없었다. 자신이 유천복을 잡으면 다음 대의 마림주가 되는 것도 영 불가능한 일은 아닐 것이다.

마림의 삼마전 중 가장 비밀에 싸여 있는 귀마전!

저부는 귀마전의 유일한 마도사이자 전주였다. 귀마전이 그토록이나 비밀스러운 것은 말 그대로 마귀들만 있기 때문이었다. 팔령들이 부리는 마수나 무영전에나 소환하는 귀졸들도 모두 귀마전이 있기에 가능하였다. 그리고 혈포단 저부는 이 귀마전의 마귀들을 통솔하는 자였다.

세상에는 양기가 너무 강해 음의 존재인 마귀들은 섣불리 움직일 수가 없었다. 만일 마귀 혼자 세상에 나가려고 했다가는 양기를 쏘여 흔적도 없이 사라지고 말 것이었다. 그들은 마도사들이 도력으로 감싸주어야지만 움직일 수 있는 존재였다. 그렇지 않으면 귀마전주가 주술을 걸어둔 백포를 뒤집어써야만 양기로부터 자신들의 존재를 보호할 수가 있었다.

곤륜산에서 흘러나온 생기맥(生氣脈)은 중원을 두루 돌아 마침내 이곳으로 온다. 그래서 이곳은 중원에서 가장 음기가 강한 곳이라고 할 수 있었다. 마귀들은 음기맥(陰氣脈)이거나 무기맥(無氣脈)이 아니면 모습을 드러낼 수 없었다.

마림은 오랫동안 이곳에 귀마전을 만들고 마귀들을 불러들였다. 그 대가로 마귀들은 마림의 마도사들에게 자신들을 부릴 수 있도록 해주었던 것이다. 마귀들은 자신을 부리는 마도사에게만 진면목을 보일 수 있었다. 자신의 진면목을 알아보는 자에게는 싫어도 복종해야 하는 것이 그들의 운명이었다. 그래서 백포를 쓰고 주술을 부려 자신들의 얼굴을 알아보지 못하도록 하는 것이다.

그러나 마귀들을 부릴 수 있는 마도사들의 숫자는 너무 적었다. 그것이 마림이 아직까지 세상에 나가지 못하는 이유였다. 귀마전의 마귀들은 마존이 부활하여 자신들이 활개 칠 날을 기다리며 몇천 년 동안 기다려 왔다.

"너희가 잡아온 소저를 어쨌느냐?"

유천복이 물었다.

혈포단 저부가 히죽 웃더니 자신이 앉은 제단을 발로 통통 두드렸다. 그러자 작게 고함치는 소리가 들려왔다.

"그녀라면 이곳에 있지. 네놈이 안다 한들 어쩔 수 없으니 알려주는 것이다."

유천복은 제단을 이루고 있는 것이 네 마리의 마귀라는 것을 알았다. 다른 곳의 마귀와는 달리 그들이 쓰고 있는 것은 회색 빛의 천이었다.

"그래? 고맙군."

팽소연이 이곳에 있다는 것을 확인하자 유천복은 크게 기뻐했다.

저부는 유천복이 기뻐하는 모습을 보며 이상한 생각이 들었다. 마귀들의 피로 이루어진 저 고치는 절대로 풀어지지 않는다… 라고 생각했으나 그것은 오산이었다.

갑자기 유천복이 들어 있던 고치 속에서 눈부신 금광이 줄기줄기 뻗쳐 나오더니 이내 쩍쩍 소리가 들려오며 고치가 갈라졌다. 유천복이 고치 속에서 훌쩍 뛰어나와 현현 진인도 꺼내주자 저부는 벌떡 일어섰다.

"오냐! 네놈이 과연 한 수를 숨기로 있었구나. 데려갈 수 있으면 데려가 보거라!"

그의 말이 끝나자마자 제단이 무너지더니 이내 전신이 푸르스름한 마귀가 네 마리나 나타났다. 그들은 저부의 도력에 힘입어 보자기를 뒤집어쓰지 않고도 움직일 수 있게 된 것이다.

유천복은 그중 한 마귀의 손에 붙들려 있는 팽소연의 모습을 발견하고 반갑게 소리쳤다.

"팽 소저, 무사하오?"

팽소연의 얼굴에는 화색이 돌고 전신에서도 활달한 기운이 넘쳐흐르는 것으로 보아 별다른 일은 겪지 않은 모양이었다. 그러나 입만 벙긋거리고 소리가 들리지 않는 걸 보니 금제가 걸려 있는 것이 분명하였다.

팽소연은 두 번째 기둥에 다가가자마자 마귀에게 붙들리는 신세가 되고 말았다. 마음이 불안하여 안절부절못하고 있을 때 유천복의 음성이 들려온 것이다.

"문주님께서는 역시 날 찾고 계셨어. 여기예요, 여기!"

그녀는 목이 터져라 외쳤다. 자신의 목소리가 유천복에게는 들리지 않는다는 것을 모르고 있었다. 그때 사방의 벽이 소리없이 무너지더니 눈앞에 유천복이 서 있는 것이 보였다. 유천복의 주위에는 자신이 보았던 기둥들이 둘러쳐져 있었다. 일렬로 서 있던 기둥들이 지금은 둥글게 모여 있었다. 팽소연은 유천복을 소리쳐 불렀다.

"문주님!"

유천복이 이쪽을 보았다. 허공에서 눈이 마주치자 그만 눈물이 핑 돌았다. 황산을 내려온 이래 그와 같이 있었던 시간이 얼마나 되었던가? 어째서 항상 같이 있고 싶은 소망마저도 이루어지지 않는 것인지 그녀는 운명이 야속하기만 했다.

얼마 만에 보는 것인지 알 수는 없었으나 유천복의 모습은 더욱 늠름해져 있었다.

팽소연은 자신을 붙들고 있는 자를 밀어내려 하였으나 그자의 힘이 얼마나 센지 강철 같은 손아귀를 좀처럼 풀어낼 수 없었다.

"이것 좀 놓으라구요!"

짜증을 내며 고개를 드는 순간, 그녀의 두 눈에 들어온 것은 사람의 모습이 아니었다.

"까아아악! 문주님! 이게 뭐예요?"

팽소연이 본 것은 푸른 피부에 빗자루처럼 마구 엉킨 머리카락과 길다란 송곳니가 삐죽 나온 괴물이었다.

"팽 소저! 놀라지 마시오. 이놈들, 그 손을 놓거라!"

팽소연이 버둥거리며 기겁하는 모습을 보자 유천복은 마음이 급해졌다. 달려나가려 하였으나 앞에는 허연 물체들이 빽빽이 들어차 있었다.

유천복은 앞으로 달려나가며 양손을 번개처럼 움직여 백포를 벗겨내었다. 마귀들이 아무리 백포를 벗지 않으려고 해도 소용이 없었다. 손놀림이 얼마나 빠른지 전혀 저항할 수 없었다.

백포 아래서 마귀들이 속속 튀어나오다 현현 진인에게 얻어맞고는 질펀한 액체를 토하며 죽어버렸다.

끊임없이 달려들던 백포마귀들은 상대가 되지 않는다고 생각했는지 썰물이 빠지듯 삽시간에 사라져 버렸다.

"팽 소저는 왜 이쪽으로 오지 않는가?"

현현 진인이 갑자기 말했다. 그는 주위에 아무도 없는데도 이쪽으로 오지 않는 팽소연이 이해가 되지 않았던 것이다. 유천복은 그제야 팽소연을 잡고 있던 마귀들이 보이지 않는 주술에 걸려 있다는 것을 알았다.

"마귀들에게 잡혀 있어요."

"엇! 왜 내 눈에는 보이지 않지?"

현현 진인은 자신이 계속 묻기만 하는 것이 마음에 들지 않았지만 그래도 어쩔 수 없었다. 유천복에게는 보이고 자신에게는 보이지 않는 것들이었다.

화령문주에게 얻어온 부적은 파토진언부 두 장과 개안부 한 장뿐이었다. 현현 진인은 서둘러 개안부를 꺼내어 눈 위에 붙이고 주문을 외어 부적이 화르르 타자 그제야 마귀들의 모습을 볼 수 있었다.

선문에서 주술의 부적을 그릴 수 있는 것은 문주인 화령뿐이었다. 강력한 주술력을 가지는 것을 그리는 것은 화령으로서도 어마어마한 심력을 사용하지 않으면 안 되었다. 그 덕분에 화령은 십오 세부터 성장이 멈추고 말았다.

"저것은 건예자(乾𩴤子)로구나. 운남에는 광산이 많아 건예자도 많다더니……."

현현 진인은 대번에 팽소연의 곁에 있는 마귀들의 정체를 알아보았다.

"건예자가 무슨 마귀죠?"

"건예자는 광산에서 광석을 캐다 사고로 죽은 시체가 변하여 된 귀신이라오. 이것은 흙과 쇠붙이에서 기를 흡수하여 시체가 귀신으로 변한 것인데 강시랑 비슷한 것이오."

현현 진인이 아는 대로 설명해 주자 유천복이 고개를 끄덕였다.

"어떻게 죽이지요?"

"저것도 귀신이니 빛을 무서워할 것이오."

"그런데 이 기둥을 어떻게 빠져나가죠?"

유천복은 팽소연에게서 시선을 떼지 못한 채 기둥을 발로 툭툭 쳤다. 백포마귀들이 사라지고 기둥은 더욱 좁아져 두 사람을 바짝 가두어놓았다. 현현 진인이 위를 올려다보았다.

"경공술을 써서 뛰어 넘어가는 것은?"

현현 진인이 말과 함께 위로 솟구치려 하였다. 그러자 기둥들의 윗부분이 마치 인사를 하듯이 구부러지더니 위를 막아버렸다.

"이런 젠장. 이것들이 사람 말을 알아듣나?"

현현 진인이 투덜거리며 다시 아래로 내려왔다.

유천복은 두 사람을 에워싼 기둥들을 보았다.

"음, 여기에는 구미호(九尾狐), 응룡(應龍), 사교(蛇蛟), 백원(白猿), 짐귀차(酖鬼車), 화광수(火光獸), 풍생수(風生獸), 분운(奔雲)이라고 쓰여 있군."

현현 진인은 기둥이 위로 둥근 형태를 이루며 기울어진 곳에 쓰여진 글귀만을 빠르게 읽었다. 유천복은 고개를 갸웃거렸다.

"기둥의 이름들인가요?"

"그런 모양인데……."

이 여덟 개의 기둥이 바로 마림의 팔령이 머무는 곳이었다.

유천복은 그들 중 응룡과 분운을 상대해 본 적이 있었다. 그러나 지금 팔령의 모습은 유천복의 눈에도 보이지 않았다. 그들은 귀신에 가까운 자들로 능력이 높아 완벽하게 기둥 속에 몸을 숨기고 있었다.

"그냥 다 부수어 버리는 게 좋겠어요."

유천복이 기둥들을 노려보았다. 양팔이 푸른 빛을 띠더니 서서히 주먹 주위로 강기가 모여들었다.

일곱 개의 기둥들은 잠시 고민에 빠졌다.

─우리가 끼어들 필요는 없잖아.

여덟 번째 기둥이 황급히 말했다. 그는 한 번만 더 죽으면 살아날 수 없었다. 다른 기둥들이 대답하기도 전에 스르르 물러나 길을 터주었다.

―겁쟁이!

다섯 번째 기둥이 비웃었다.

―흥! 저자를 불러들인 건 귀마전주야. 팔령주의 명령을 잊었어? 우
린 수옥과 송옥을 차지하려는 자들만 상대하면 되는 거야. 수옥과 송
옥을 찾기 전에는 유천복을 죽일 수 없다고 했잖아.

―그건 여덟째 말이 맞아.

유천복은 고개를 갸웃했다. 전에는 죽이지 못해서 안달이더니 지금
은 죽일 수 없다?

"마림주도 꽤나 변덕스러운 자인가 보네요."

"유 공자, 뭐라고 했소?"

현현 진인은 여덟 번째 기둥이 서 있던 쪽으로 빠져나갔다.

"아니에요. 마림이 생각처럼 무서운 곳은 아니라는 생각이 들었어
요. 하하."

유천복이 저부의 앞으로 나서며 말했다.

―혹시 저자가 우리 말을 들은 것이 아닐까?

여덟 번째 기둥이 조심스럽게 물었다. 그는 자신이 비밀을 말한 것
이 아닌가 걱정이 되었다.

―그럴 리가 없어. 저자는 기둥이 아니니까.

세 번째 기둥이 부인했다.

―맞아, 기둥의 말은 기둥만 알아들을 수 있어.

다들 세 번째 기둥의 말이 맞다고 하자 여덟 번째 기둥은 그제야 안
도하는 눈치였다.

제45장

수심파랑활

혈포단 저부는 전직이 광부였다. 그의 집안은 대대로 운남에서 광부 일을 했었는데 저부가 어렸을 때 아버지와 함께 갱도에 들어갔다가 낙반 사고를 당했다.

아버지는 그 자리에서 즉사하고 저부는 생매장당한 채로 일 년이나 갱도에 갇혀 살아야 했다.

빛조차 들어오지 않는 갱도에서 어린 소년이 혼자 살아남을 수 있었던 것은 바로 건예자를 만났기 때문이었다. 몇백 년 동안 갱도에서 사고를 당한 사람은 많았고 그들 중 일부는 건예자로 변하여 살고 있었다.

저부는 건예자들이 일러주는 대로 흙과 금속의 기를 흡입하여 사는 법을 배웠다. 그러나 그들처럼 완전히 호흡을 끊고 죽은 시체가 되기는 싫었다. 그래서 죽은

시체와 땅속에 사는 짐승들을 잡아먹으며 생명을 유지하였다.

일 년이 지나 마을의 광부들이 우연히 저부를 발견하였다. 그러나 사람들은 저부가 살기 위해 아버지의 시신을 훼손한 것을 빌미로 그를 때려죽이려 하였다.

인간이 아니라 괴물로 여겼던 것이다. 실컷 매를 맞고 갱도로 돌아온 저부는 밤에 건예자들을 모두 이끌고 마을로 돌아가 사람들을 모조리 죽여 버렸다. 그리고 갱도에서 건예자들과 살기 시작했다.

갱도에 있는 건예자 중에서 가장 오래된 건예자는 살았을 때 유명한 도사였다고 했다. 그는 밖에다 빛이 들어오지 않는 집 한 채를 지어 자신들과 그곳에서 함께 살자고 하였다. 그 대신 자신이 알고 있는 모든 술법을 전해주겠다는 것이다.

건예자는 빛을 쐬면 온몸이 썩어 문드러지며 고약한 악취를 풍기는데, 이 냄새를 산 사람이 맡으면 죽게 된다. 건예자와 함께 산다는 것은 저부에게는 대단히 위험한 일이었다. 그러나 그는 일단 약속을 하고 술법을 배웠다. 귀신들은 거짓말을 못하지만 저부는 귀신이 아니었다.

저부는 술법을 모두 배운 뒤에 밖으로 나와 바구니에다 태운 도사 건예자를 밖으로 끌어당겼다. 그리고 바구니가 중간쯤 이르자 바구니에 묶인 줄을 끊어버렸다. 도사 건예자는 또 한 번 죽었고 아래 남아 있던 건예자들은 저부를 죽이기 위해 난동을 부렸다. 저부는 술법을 부려 갱도를 완전히 무너뜨린 뒤 자신과 친한 건예자들만 구해주었다.

그 뒤 저부는 마림에 들어가게 되었고 건예자들에게 배운 방법으로 마귀와 귀신들을 조종하여 귀마전주에 이르렀다. 마림 내에서도 고대 마림의 부적을 그릴 줄 아는 자들은 림주를 포함해 단 네 명뿐이었다.

지금 저부의 곁에 있는 건예자는 갱도에서 유일하게 데리고 나온 자
들이었다. 이 건예자들은 마귀라기보다는 움직이는 시체와 마찬가지
였으므로 빛이 없는 곳에서는 백포를 쓰지 않아도 행동이 자유로웠다.

"잡아라!"

저부가 명령하자 잿빛 그림자가 유천복의 주위를 빠르게 돌기 시작
했다. 그 속도가 어찌나 빠른지 밖에 있던 현현 진인의 눈에는 유천복
의 모습이 보이지 않을 정도였다. 건예자들은 긴 팔다리를 이용해 유
천복의 몸을 꽁꽁 휘감아 버렸다. 건예자들이 매달리자 유천복은 마치
수천 근의 바윗덩어리가 매달린 것처럼 몸이 무거워졌다.

"문주님!"

팽소연은 안타까운 마음에 발을 동동 굴렀다.

유천복은 건예자를 떨궈내려고 안간힘을 썼으나 소용이 없었다. 건
예자들은 자연의 순리에 역행하는 자들이라 여환무단신공의 호신강기
가 먹히지 않았던 것이다. 거기다 양팔마저 묶여 버려 묵검을 쥘 수조
차 없었다. 아까 마귀의 고치에 갇혀 있을 때와는 다른 형국이었다.

"유 공자, 기다리시오. 내가 구해주리다!"

현현 진인이 십여 장의 장력을 내뿜으며 유천복을 구하기 위해 달려
들려 했으나 그의 몸도 어느새 백포를 뒤집어쓴 마귀들에게 잡혀 꼼짝
할 수가 없었다. 주술에 걸린 백포를 벗겨내지 않는 이상 현현 진인은
마귀들을 공격할 수가 없었다.

유천복은 머리 속이 아득해졌다. 너무 겁없이 날뛰어 이런 낭패를
겪는구나라고 생각하였다.

"하지만 아버지께서 말씀하시길 호랑이 굴에 들어가더라도 정신만
바짝 차리면 호피를 얻어 나올 수 있다고 하셨지!"

다행히도 묵검의 검병이 바로 검지 아래 있었다. 유천복은 정신을 집중하여 몸 안의 기를 손끝으로 모아 묵검 쪽으로 조금씩 밀었다. 건예자들이 아무리 단단히 올무를 만들었다 하더라도 틈은 반드시 있기 마련이었다. 거무튀튀한 묵검의 끝 부분이 밖으로 삐져 나오는 순간이었다.

"잡았다!"

검신이 균형을 잃고 유천복의 손 쪽으로 떨어졌다. 비단 폭이 갈기갈기 찢기우는 듯한 소리가 울려 퍼지더니 건예자들의 올무가 마침내 풀려 버렸다.

바닥에는 이제야 비로소 죽어버린 건예자들의 시신이 어지러이 널려 있었다.

유천복은 잇달아 묵검을 휘둘러 현현 진인과 팽소연을 구해내었다. 팽소연은 마침내 유천복을 만나게 되자 기쁜 나머지 제자리에서 팔짝팔짝 뛰었다.

"문주님, 얼마나 기다렸다구요!"

어둡고 탁하며 음습한 이곳에서 오직 팽소연이 서 있는 곳만은 활기차게 빛나고 있는 듯했다. 유천복은 팽소연의 일신에 건강한 생기가 가득 차 있는 것을 느꼈다. 그녀의 생기가 너무 강해 아마 마귀들도 어쩌지 못하고 그냥 가두어둔 것이 분명하였다.

"팽 소저, 그런데 이들이 어째서 그대를 잡아간 것이오?"

"그건 저도 모르겠어요. 혹시 제 미모에 혹해서 마왕의 부인으로 삼으려고 했던 것이 아닐까요?"

팽소연은 유천복이 곁에 있자 대담해져서 마왕상을 올려다보며 농담을 하였다.

"내가 얼마나 걱정하였는지 아시오?"

"저는 문주님께서 반드시 구하러 오실 줄 알았어요."

한 쌍의 젊은 연인들은 이마를 마주 대하고 그간의 얘기를 하느라 정신이 팔려 있었다.

"이런 죽일 놈 같으니……."

저부는 자신의 형제나 마찬가지인 건예자들이 너무나 쉽게 당하는 것을 보자 피가 위로 확 솟구쳤다.

"이 요괴 놈아! 지금 누가 누굴 탓하고 있는 게냐?"

기가 막힌 현현 진인이 저부를 상대하기 위해 달려나갔다. 그러자 저부가 다시 주문을 외웠다. 저부의 몸이 길게 늘어나며 한 필의 길다란 붉은 천으로 변하였다. 이 혈포단은 땅속의 흙과 광물들의 기운만을 모아 만들어진 것이라 단단하기가 강철 같고 또한 강력한 자성을 띠고 있어 어떤 무기라도 혈포단에 들러붙으면 떨어지지 않았다.

"아앗!"

현현 진인이 혈포단에 손을 대자마자 혈포단은 마치 살아 있는 뱀처럼 현현 진인의 몸에 도르륵 말려 버렸다.

"이런 낭패가……."

현현 진인은 유천복이 건예자에게 묶였다가 풀려나는 것을 보고 자신도 할 수 있을 것이라 여겼다. 그러나 그것은 생각뿐이었다. 혈포단은 강철처럼 몸을 조여들어 움직이기는커녕 숨조차 쉴 수 없었다.

유천복과 팽소연이 구하러 달려갔으나 두 사람도 이내 혈포단에 묶여 하늘로 거꾸로 쳐 들린 신세가 되고 말았다.

"문주님, 어쩌죠?"

아래쪽에서 팽소연이 말했다. 그녀는 유천복이 함께 있는 한 아무것도 두렵지 않았다.

"팽 소저, 잠시만 참으시오."

애정이 담뿍 담긴 그 말투에 팽소연은 다시 달콤한 기분에 젖어들었다. 그녀는 머리 쪽으로 피가 쏠려 기절할 듯이 어지러웠으나 마음은 봄날처럼 따스했다.

그러나 유천복의 마음은 말과는 달랐다. 혈포단이 아까의 건예자들과는 달랐다.

'이걸 어떻게 풀지?

혈포단은 위로 스르르 움직이더니 마왕상 쪽으로 움직여 갔다. 혈포단의 한쪽 끝이 마왕상의 머리에 걸쳐지자 세 사람은 마치 말린 고기를 매달아놓은 것처럼 허공에 매달렸다. 혈포단의 자성이 얼마나 강한지 마왕상의 여덟 개 손에 들린 무기들마저도 끼긱 하는 소리를 내며 혈포단이 움직이는 쪽으로 끌려가고 있었다.

"문주님, 어지러워요! 아직 멀었나요?"

팽소연은 유천복이 구해줄 것을 추호도 의심하지 않는 듯이 물었다. 현현 진인은 지금 상황에 전혀 어울리지 않는 팽소연의 말에 기가 막히듯 실소를 터뜨렸다.

"정말 재밌는 소저군요. 유 공자도 이들에게 잡혀 있는데 어찌 소저를 구해줄 수 있겠소?"

현현 진인이 체념 섞인 어조로 말하였다. 그는 여기서 이대로 죽어 혹시 현성 사제처럼 괴물이 된 채 사문으로 돌아가 누를 끼칠까 걱정이 되었다.

―킥킥, 바보들! 혈포단에 잡히고 말았네.

다섯 번째 기둥이 웃었다.

─혈포단은 어떤 걸로도 베어지지 않으니 저들은 이제 말라 죽고 말 거야.

여섯 번째 기둥이 안됐다는 듯이 말했다.

─혈포단을 자를 수 있는 것은 무단검밖에는 없어.

두 번째 기둥이 잘난 척하였다.

'무단검?'

유천복의 귀에 그 말이 웅웅 울려 퍼졌다.

─저놈이 천비의 환생자 맞아? 어떻게 자신의 검도 알아보지 못하지?

네 번째 기둥이 말했다.

─그건 첫째가 무단검에 술법을 걸었기 때문이지. 무단검은 신수인 맥의 뼈로 이루어져 있어 마기를 지닌 자는 잡을 수 없으니 백옥 속에 넣어버렸잖아.

두 번째 기둥은 자신이 아는 바를 말하였다.

'백옥 속의 검?'

그때 유천복의 눈은 마왕의 첫 번째 팔에 들려진 무기를 보고 있었다. 다른 일곱 개의 팔에 달린 무기들은 모두 혈포단을 향해 있는데 유독 그것만 제자리를 지키고 있었기 때문이다.

"저게 바로 무단검이다!"

유천복은 저도 모르게 소리를 지르며 몸을 움츠렸다 세게 튕겨내었다. 그 바람에 위에 있던 현현 진인과 팽소연은 마왕상의 몸에 쾅 하고 부딪치고 말았다.

"아얏! 문주님, 아파요."

팽소연이 울상을 지었다. 그러면서 그녀는 묘한 예감이 들었다. 유

천복은 검을 얻고 자신들은 이곳을 빠져나가게 될 것이었다. 그것은
어쩐지 정해진 운명처럼 느껴졌다. 그렇다면 자신이 납치된 것도 운명
인 것일까?

"미안하오. 저 검을 잡아야겠어요."

유천복은 또 한 번 몸을 크게 움직였다. 혈포단은 움직이지 않으려
했으나 세 사람의 무게로 추가 되어 이리저리 흔들렸다. 유천복의 몸
이 좌우로 흔들렸다. 무단검에 가까이 다가갈수록 엄청난 기운이 몸
안에 들어차는 것을 느낄 수 있었다.

마지막으로 한 번 더 마왕의 배를 힘껏 차며 무단검 쪽으로 움직여
간 유천복은 마침내 턱과 목을 이용해 무단검의 끝을 집을 수 있었다.

팽소연의 눈앞으로 거대한 검이 기울어지고 있었다. 그 순간 그녀는
온몸이 오싹해짐을 느꼈다. 이 검은 왜 이곳에 있는 것일까? 마치 유천
복이 가져가길 바라는 것처럼. 아주 옛날부터 그의 것이었던 것처럼
검은 자연스럽게 유천복에게 향하고 있었다.

팽소연은 아직까지 유천복이 천비의 환생자라는 이야기를 듣지 못
했다. 그것은 유가장으로 돌아온 후 유천복이 너무 상심해 있기 때문
이기도 했지만 그녀 자신도 그때의 일을 듣고 싶지 않다는 이유도 있
었다. 유천복이 가진 또 다른 기억은 그녀의 몫이 아니었고 그걸 인정
하는 것이 싫었다. 그녀가 아는 사람이 다른 사람이 되어버리는 일은
두 번 다시 경험하고 싶지 않았다. 그녀는 유천복이 자신을 떠나 버릴
까 봐 두려웠다. 사람들은 죽음 자체보다는 죽음의 예감을, 이별 자체
보다는 이별의 예감을 더 무서워하는 법이다.

유천복이 검을 잡기 위해 몸을 이리저리 흔드는 통에 혈포단이 조금
느슨해졌다.

"으라차차!"

그때를 놓치지 않고 유천복은 무단검을 움켜쥐었다.

우르르! 콰지직!

벼락이 내리꽂히는 듯한 소리가 들리더니 거대한 백옥의 검이 산산이 부서지며 작은 검신이 모습을 드러냈다. 검은 손 안에 딱 맞은 크기였다. 검병과 검신을 모두 합해도 길이가 팔꿈치를 넘기지 못하였다. 그러나 유천복이 여환무단신공을 운용하자 사정이 달라졌다.

검은 자라고 있었다. 여환무단신공을 운용할수록 검은 길어졌고 커졌으며 무거워졌다.

"하하. 고맙다, 기둥들아."

유천복은 크게 웃으며 검을 휘둘러 혈포단을 베어냈다.

"으아악!"

혈포단이 허리부터 뭉텅 잘려 나가더니 피분수를 뿜어내며 아래로 뚝 떨어졌다.

"너희들이 알려주었구나."

저부의 참혹한 음성에 기둥들은 몸을 부르르 떨었다.

─우리가 알려주지 않았다!

─이령이 말한거야!

─나도 들었어!

"이령… 네놈이……."

저부는 두 번째 기둥을 노려보았다. 두 번째 기둥은 저부의 몸이 붉은색의 핏물로 화하여 대리석 바닥으로 스며들 때까지 세 번째 기둥 뒤에 숨어 있어야 했다.

─저놈이 기둥의 말을 할 줄이야 내가 어찌 알았겠어!

─네놈은 이제 큰일 났다. 림주가 이걸 알면 목숨 한 개는 꼼짝없이 바쳐야 할 거야.

두 번째 기둥은 꿀 먹은 벙어리처럼 아무 말도 못하였다.

일곱 개의 기둥들은 유천복 등 세 사람이 대전을 빠져나갈 때까지 기둥의 본분을 다하고 있었다. 주위는 다시 한없는 정적 속으로 빠져들었다.

*　　　　*　　　　*

어두운 석실에 한 사람이 부복해 있었다. 고개를 들자 검고 짙은 눈썹을 제외하면 특별히 튀는 구석이 없는 지극히 평범한 얼굴이 드러났다. 그가 보고 있는 곳은 석실의 한쪽 벽이었다. 다른 벽들과 다른 것은 검은 천이 드리워져 있다는 것뿐, 특별히 이상할 것도 없어 보였다.

"유천복이 팽소연을 구해갔습니다."

단조롭고 무덤덤한 목소리의 사내는 전동이었다.

"큭큭, 당연한 일이지. 그렇게 되도록 꾸몄으니 당연히 그렇게 되어야겠지. 검은?"

바람 한 점 없는데 마치 누가 잡았다 놓기라도 한 듯이 벽에 걸린 검은 천이 펄럭거렸다.

"가져갔습니다."

"다행이군. 크크. 뇌공(雷公)이 천뢰법(天雷法)을 얻었으니 휘두르는 일만 남았군. 전동, 자네도 앞으로 조심하지 않으면 좀 아프겠는걸! 크크."

언뜻 드러난 벽에 희끄무레한 것이 나타났다가 사라졌다. 그러자 섬뜩하게도 검은 천의 중앙에 사람의 얼굴 형태가 드러났다. 마치 사람의 머리를 잘라 검은 천으로 뒤집어씌운 듯한 형상이었다.

"알고 있습니다."

전동이 대답했다.

"계집이 눈치를 챈 것 같지는 않던가?"

"네!"

석실 안은 한동안 정적이 흘렀다.

"자네는 내게 묻고 싶은 게 많겠지?"

고요를 깨고 먼저 입을 연 것은 벽이었다. 아니, 정확히는 벽과 동화되어 있는 마림주였다. 그는 전동의 대답을 기다리지 않았다.

"아마 그럴 게야. 하지만 자네는 한 번도 묻지 않았지. 저 무식하면서도 용감한 팔령들과 달리 자네는 단 한 번도 내게 묻지 않았어. 사실 말이네만 난 물어보는 걸 싫어해. 큭큭."

전동은 여전히 말하지 않았지만 알고 있었다. 마림주가 원하는 것은 복종뿐이라는 것을. 물어본다는 것은 신뢰할 수 없다는 것과 같은 말이다. 만일 그가 마림주를 신뢰하지 않았다면 계약은 이루어지지 않았을 것이다.

"난 그래서 자네가 좋아. 자네가 처음 날 찾아왔을 때가 기억나네. 그때도 나는 여기 있었지. 그때 자네가 내게 처음으로 했던 말 기억나나?"

어떻게 잊을 수가 있을까? 마림주와 만나지 못했다면 그때 그는 스스로 죽음의 품에 뛰어들었을 만큼 필사적이었다.

"선문과 곤륜, 아니, 세상에서 좀 안다 하는 작자들은 마림이 태고적부터 있어왔다고 생각하지만 그건 사실이 아냐. 마림은 바로 전동

자네로부터 생겨난 것이지. 크크크, 자네가 날 찾아와 신이 되고 싶다고 했을 때 난 정말 오랜만에 흥분을 느꼈다네."

그랬다. '신(神)'이 되고 싶었다. 전동의 그 말을 듣자 몸속 아주 깊은 곳에서 미세하게 떨려오는 전율을 느낄 수 있었다.

"흐흐… 자네의 뜻은 내 생각과 딱 맞아떨어졌지. 도사와 중들이 아무리 경을 읽고 선을 행해도 저 오만한 천계의 문은 열리지 않네. 그들이 허락하는 것은 바로 무계(巫界)뿐이지. 하늘과 땅, 삶과 죽음의 경계에 서 있는 곳! 그곳이 바로 많은 사람들이 가고자 하는 곳일세. 그걸 아는 순간 나는 절망했네. 이 불쌍한 세상 사람들이 애타게 부르짖는 수많은 신들은 저 위에서 이곳을 보며 비웃고 있다네. 그들은 우리가 올라오는 것을 원하지 않지. 그건 저기 꿈틀거리는 구더기가 파리가 되기 싫으니 인간이 되게 해달라고 하는 것과 마찬가지야."

전동의 눈에 석실 귀퉁이에 버려진 심장이 들어왔다. 선명한 붉은색으로 꿈틀거리고 있는 것의 본질이 무엇인지 알고 싶지 않았다.

"크크크, 우화등선이니 열반이니 사람들이 말하기 좋아하는 그것들의 실체를 알고 나면 그들은 얼마나 좌절할까? 세상은 정말 재밌는 곳이야. 진실은 사람들을 움츠러들게 하지만 거짓말은 사람들을 광분하게 하지. 난 오랫동안 그걸 잊고 지냈어. 그 교묘한 즐거움을 말이야."

마림주의 말은 틀림없었다. 위선은 사람들을 흥분시킨다. 그래서 옛사람들은 위선이 가장 더러운 죄악이라고 말했던 것이다. 그걸 알고 있었기 때문에.

"하지만 이번에는 자네가 잘못했어. 저걸 보게."

전동은 다시 꿈틀거리는 심장을 보기 위해 목을 움직였다.

"무의전주가 내 영을 빙자해 유천복을 죽이려고 할 때 자네는 내게 물었어야 했네. 그랬다면 일령과 무의전주가 저 지경까지 이르지는 않았을 게 아닌가."

"죄송합니다."

처음으로 전동이 입을 열었다.

"큭큭. 자네를 탓하려는 게 아니야. 마림은… 아니, 세상의 멍청이들이 마림이라고 알고 있지만, 우리 둘이 있을 때는 그냥 무림(巫林)이라고 하세나. 사실 무림이면 어떻고, 마림이면 어떻고, 환교면 또 어떻나? 크하하하. 정말 중요한 건 이름이 아니지."

정말 중요한 건… 마림주가 이 말을 꺼내자 전동의 입가가 아주 미약하게 떨려왔다. 그것은 마치 웃음을 참으려고 하는 것 같았다. 마림주는 전동에게 하려던 말이 무엇인지 잊었음이 분명했다.

그것은 이 세상에 너무 오래 남아 있는 존재들의 공통된 병이라고도 할 수 있었다. 얘기가 길어질수록 요점은 흐려지고 장황하게 변해가는 것이다.

전동은 잠시 다른 생각을 해보기로 했다. 힘차게 뛰고 있는 심장… 일령은 아마도 죽을 맛일 것이다. 심장 안에 갇혀 있어야 하다니 답답해서 미칠 노릇이겠지. 하지만 심장을 뛰게 만드는 것은 일령의 피가 아니면 불가능한 일이니 어쩔 수 없었다.

"무(巫)가 제자리를 잃어버리게 된 것은 바로 사무장(師巫長)이면서 인간들 편에 섰던 헌원 때문이었지. 그 옛날, 무인(巫人)들이 인간들을 다스렸을 때는 아무런 문제가 없었어. 무지한 인간들은 무인들을 신적인 존재로 떠받들었지. 사실 인간이면서 신의 능력을 가진 자들을 두려워하지 않을 수 있겠나? 헌원은 참을 수가 없었겠지. 천족의 비호를 받는 인간들이 있다는 사실 자체를 말이야. 그리고 그들은 무인들을 우습게 여긴다는 것도 아마 그자의 자존심을 건드렸을 테지. 그래서 마존과 계약을 맺은 것이야. 바로 자네와 내가 그랬던 것처럼 말일세."

전동은 이 이야기를 수도 없이 들었다. 마림주는 자신이 유일한 무인의 정통 혈맥을 이은 자라는 걸 내세우기 좋아했다. 그러기 위해서 아득한 옛날의 이야기를 꺼내는 것이다.

"우리 무인이 마존과 손을 잡지만 않았어도 무의 위치가 이렇게까지 전락하지는 않았을 게야. 그것이 바로 내가 헌원의 후예들을 증오하는 이유라네. 나는 그자가 만든 세상을 싫어하네. 그것은 천족의 후예였던 천비도 마찬가지지. 우리는 둘 다 헌원을 증오해. 내가 천비에게 호감을 느끼는 것은 바로 그 때문이야. 우리 두 사람이 힘을 합치면 다시 무림의 시대가 올 것이네. 크하하하! 사람들이 모르는 것은 바로 그거라네."

마림주가 말하는 '사람' 중에는 전동 자신도 들어 있었다. 그러나 그는 '아는 사람'이었다. '아는 것'과 '모르는 것'은 시작과 끝만큼의 차이가 있다.

사람들은 죽음을 두려워한다. 그러나 죽음이란 두려움이면서 또한 매혹적인 단어였다. 삶이 힘들면 사람들은 죽음을 그리워한다. 만일 아프지 않게 죽는 법을 '안다면' 삶이 고단한 사람들은 신이 허락한 시간 이전에 전부 죽어버렸을지도 모를 일이다. 그러나 '아픔'에 대한 두려움은 모르는 것에 대한 두려움이기도 했다. 또한 사후 세계를 '안다면' 사람들은 삶에 대한 애착을 느끼지 않을 것이다.

전동은 자신이 '알고' 있다고 생각했다. 림주는 흥이 난 듯 이야기를 이어갔다.

"무인들은 원래 이 세상의 비밀을 알고 있는 자들이지. 그러나 헌원의 계약으로 마성에 젖어버린 무인들은 인간들과의 성교(性交)를 즐기게 되었지. 그러자 무혈(巫血)은 점점 탁해졌고 능력을 잃어버리고 말았어. 이제는 주술과 부적의 도움이 아니면 어떤 능력도 발휘할 수 없지.”

그것은 전동도 안타까워하는 일이었다.

이백 년 전, 환교의 교주였던 환영검마는 그 스스로 환교를 멸문시키고 환교십마를 주살하였다. 그 역시 신이 되고 싶었던 것이다. 생은 창조해 낼 수 없지만 죽음은 창조해 낼 수 있다는 것이 그의 생각이었다. 그는 환교를 제물로 바치고 스스로 죽음을 택함으로써 새로운 것을 창조해 내려 하였지만 결과는 실패였다.

역대 이래로 신이 되고자 했던 자가 어디 환영검마뿐이었으랴. 헌원 이후의 제왕들은 모두 잊혀진 신성(神聖)을 찾기 위해 죽음도 마다하지 않았다. 그로 인해 무인들은 간신히 명맥을 유지할 수 있었지만 이미 사라진 무력(巫力)은 돌아올 리 없었다.

환영검마에게서 가까스로 벗어난 전동은 환영검마의 비급을 찾아내는 일에 착수하였다. 흩어졌던 환교십마(幻敎什魔)의 후예들을 모아 환교를 다시 부흥시키려던 그의 꿈이 좌절된 것은 바로 소선, 즉 약선 때문이었다.

“자네가 날 찾아와 신이 되고 싶다고 했을 때 나는 잊었던 사실을 또 하나 알게 되었지. 바로 완전한 무인을 만들어낼 수 있을지도 모른다는 사실이었어. 아마 자네가 말한 소선이란 자가 원한 것도 그거였을 테지. 흐흐, 우습지 않나? 무력을 잃어도 무혈이 탁해져도 그들은 기억하고 있네. 사라진 신의 능력을 발휘하고 싶어하고 그것은 ‘새로운 것을 창조하고 싶은 욕망으로 변하게 되지. 그래서 생겨난 것이 환(幻)

이 아닌가!"

무환(巫幻)!

환교를 부흥시키기 위해 고서를 뒤지던 전동은 거기서 저 두 글자를 찾아내었다. 그리고 진정한 무야말로 환을 이루는 가장 중요한 열쇠라는 것을 깨닫고 중원 전체를 샅샅이 뒤졌다.

그래서 생기맥(生氣脈)이 스러지고 무기맥(巫氣脈)이 생겨나는 곳에서 그와 만나게 되었던 것이다. 아주 옛날부터 마림으로 불리웠던 곳! 그가 이곳에서 얼마나 오랜 세월 동안 존재하였나 하는 것은 전동조차도 알 수 없었다.

사백 년 전 처음 만났을 때도 그는 이곳에 있었고 지금도 이곳에 있다. 화석화되어 버린 그의 육체는 이미 움직일 수 없었지만 그것은 단지 껍질일 뿐 실체는 아니었다.

"나는 생각했네. 아주 긴 세월이었지. 잃어버린 무인의 혼을 가지고 태어나는 아이가 있다면 어떨까? 잃어버렸던 고대 무인의 능력을 가지고 태어나는 아이가 있다면, 그 아이로부터 역사는 시작되겠지. 크흐흐… 자네한테만 말해 주지. 사실 나는 질투하고 있었던 거야. 헌원이 이룬 것을 내가 이루지 못할 리 없다고 쭈욱 생각해 왔지. 왜냐면 말이지……."

마림주는 잠시 뜸을 들였다. 이 부분이 그가 가장 즐기는 곳이었다. 전동은 긴장하는 체했다. 마림주는 전동이 이야기를 기다리고 있다는 걸 알자 기쁜 듯했다.

"크크크, 왜냐면 내가 바로… 헌원이기 때문이야. 크크크… 크하하하!"

석실이 큰 소리를 내며 부서질 듯이 흔들렸다. 마림주의 웃음소리는 마림탑 전체를 울려 인근에 사는 사람들까지도 공포에 떨도록 하였다. 마림주의 이름이 헌원이라는 것은 그가 바로 공손헌원의 피를 정통으로 이은 혈맥이라는 뜻이었다.

그는 자신의 선조를 증오하고 또한 질투하였다. 자신이 당연히 지녔어야 할 능력을 없애 버린 것과 자신이 지배할 세상을 가로채 버린 것을 용서할 수 없었던 것이다.

"모든 것은 수옥과 송옥에서 비롯될 거야. 천비의 증오와 마존의 본능이 이 세상을 공포로 뒤덮는 동안 내 계획은 착실히 수행되어 그 위에 찬란히 빛나게 될 거야. 크흐흐흐… 전동, 자네 이런 말 아나? 원래 연꽃은 진흙 속에서 피어날 때가 가장 아름답다고 하더군. 사람들은 진흙 속에서 굴러다니게 되겠지. 연꽃을 피우기 위해서 말야. 크크크……."

전동은 이제 본론을 말해도 될 거라고 생각했다. 마림주의 이야기는 항상 중요한 것에서 시작해서 진흙 속의 연꽃이 나오면 끝이 났다. 이제 그걸 확인시켜 주는 말만 남아 있었다.

"그런데 전동, 자네가 하려 했던 말이 무엇이었지?"

바로 저 말이었다. 전동은 오랫동안 참았던 숨을 길게 내쉬었다.

"명령없이 곤륜을 친 팔령들의 처벌입니다. 혈포단 저부 역시 팔령들의 처벌을 강력히 주장하고 있습니다."

"아, 그랬지! 멍청한 것들, 좀 더 기둥 속에서 반성하고 있으라고 해. 차라리 목 위에 달려 있는 머리통을 다 떼어내서 구미에게 줘버리든지 해야지."

마림주의 눈이 찡그려지는 바람에 검은 천에는 긴 주름이 몇 겹이나 잡혔다.

“구미… 아니, 일령과 무의전주의 처결을 하명해 주십시오.”

전동은 마림주가 다른 말을 꺼낼 수 없도록 빠른 어조로 말했다. ‘중요한’ 얘기를 듣는 것은 한 번으로 족했다. 지난번처럼 멋모르고 두 번이나 중요한 이야기를 듣고 있다간 구미에게 머리통을 떼어가라고 스스로 말하게 될지도 모를 일이었다.

검은 천의 한쪽 끝이 펄럭거리며 심장 쪽으로 움직였다.

“지저분한 것을 중오하는 구미가 이렇게 돼버리다니 마음이 아프구먼.”

마치 그 말에 대답이라도 하듯 심장에 녹색으로 빛나는 한 쌍의 눈이 생겼다.

“알았어. 구미의 기분은 알겠지만 무의전주의 부탁을 무시할 수도 없지. 무의전주 역시 내 계획에서 아주 중요한 일을 해주어야 하니까 말이야. 소선이라는 자는 정말 천재였던 게야. 나도 생각지 못한 일을 먼저 해내다니 존경하지 않을 수 없구먼. 그렇게 죽어버리다니 안타까워… 혹시 말이야.”

마림주가 하려는 말이 무엇인지 아는 전동이었다.

“거절했습니다.”

검은 천이 벽에 부딪치며 마치 혀라도 차는 것처럼 츳츳 소리를 내었다.

“그래? 다시 살면 재미있는 일이 많을 텐데.”

“소선은 완전한 소멸을 원했습니다.”

“크크크… 완전한 소멸이라… 약은 자 같으니… 전동 자네와 같구만.”

마침내 전동의 얼굴에도 미소가 피어올랐다.

불멸의 기억을 얻는 대가로 희생해야 하는 것은 찰나의 안식이다. 그것이 바로 불쌍한 인간들의 숙명이다. 이 고리를 끊어버리는 것이 바로 전동의 오랜 염원이었다.

"무의전주인 소취란은 내가 생각해 오던 무인의 원형과 닮았네. 아쉬운 것은 아직까지 남아 있는 인간의 마음이야. 그것만 버린다면 새로운 종족으로 거듭날 수 있거늘…… 최초일 수 있는 기회를 스스로 박탈하려 하는 걸 보면 역시 껍질만 진보했다는 얘기지. 껍질 속에 틀어박혀 이 위대한 계획에 동참하지 않으려 하니 부탁을 들어줄 수밖에."

또다시 검은 천이 벽과 마찰하며 철썩거리는 소리를 내었다.

"저 심장을 넣어놓을 그릇을 찾아오게. 조금 힘들 거야. 소선이라는 작자가 만든 독의 성질이 고약하더군. 제 스스로 있을 곳과 있지 말아야 할 곳을 알아채더란 말야. 게다가 동료가 아니면 맹공을 퍼부어 몰살시켜 버리니 심장에 맞는 몸뚱이를 찾는 것이 만만치는 않을 거야. 그렇다고 마냥 끌지는 말게. 구미가 참는 것에도 한계가 있으니 말야. 구미가 참지 못해서 저 심장이 터지기라도 하는 날엔 무의전주도 날아가는 거지. 그러면 소선 같은 자가 나타나길 또 기다려야 하는데… 난 이제 기다리는 게 제법 지루해서 말야. 지금처럼 완벽한 때는 자주 오지 않는 법이거든."

마림주의 말대로 완벽한 때는 쉽게 오지 않는다. 자신이 마림주와 만날 때만 하더라도 모든 것이 이토록 딱딱 들어맞으리라고는 기대하지 않았었다. 그러기에 더욱 놓칠 수 없는 기회였다.

"유천복과 소취란, 둘 중 어느 쪽이 성공할지는 아무도 알 수 없어. 크흐흐, 그건 천신도, 마존도, 나도 모르는 일이네. 우리는 그저 지켜보기만 할 뿐이야. 심심하면 가끔 아무것도 모르고 있는 무지한 인간들이나 자신들만 안다고 생각하는 어리석은 선문과 곤륜을 가끔 흔들어 보는 것도 괜찮지. 위기의식을 느껴야 일이 빨리 진척될 테니까. 아, 그러려면 멍청한 팔령들도 다시 꺼내줘야겠군. 멍청이는 멍청이들끼리 놀아야 재미있는 법이니까. 크흐흐."

전동의 머리 속은 빠르게 움직였다. 가장 먼저 해야 할 것은 그릇을 찾는 일이었다. 아삼의 심장이 들어갈 만한 자가……?

*   *   *

두 구의 시체 모습은 참혹 그 자체였다. 배가 갈라지고 심장이 사라졌다. 도저히 사람이 한 짓이라는 생각이 들지 않았다.

사람들은 아침을 먹기 전이어서 다행이라고 생각했다.

영영 진인은 하루 사이에 자신의 제자 셋이 모두 죽임을 당하자 어이가 없는 듯했다.

"그러니까 이 방에서 나간 것이 바로 현현 진인과 유 공자가 틀림없다는 말이오?"

최호의 유순한 눈매가 날카롭게 빛나자 역천을 찔끔하여 고개를 떨구었다.

"트, 틀림없습니다. 저만 본 것이 아니라 여기 역지도 함께 봤습니다."

역천의 옆에는 얼굴에 멍이 시퍼렇게 든 역지가 함께 서 있었다. 벌벌 떨고 있는 역천에 비해 역지는 비교적 침착하였다.

"맞습니다. 저희가 막 저쪽 모퉁이를 돌아 나오는데 사숙들의 방에서 두 분이 함께 나와 전각 위로 사라지는 것을 분명히 봤습니다. 저희가 왜 현현 진인을 곤경에 빠뜨리는 이야기를 하겠습니까."

사람들은 낮에 청운자로부터 두 사람을 감싸준 것이 현현 진인이므로 이 두 사람이 그를 모함할 리는 없다고 여겼다.

"이 일은 반드시 명명백백하게 밝혀야 하오. 본 무림맹주가 선출된 날에 이런 불미스러운 일이 벌어졌으니 무림맹의 명예를 위해서라도 범인을 꼭 색출하여 죄를 물을 것이오!"

서문경이 단호한 어조로 말하자 모두들 동의의 뜻을 나타내었다.

"하지만 빈승은 도저히 그 이유를 알 수가 없군요."

광무 대사가 조심스럽게 말하였다.

"이유야 뻔하지 않습니까? 여기 조운자와 백운자께서는 낮의 일을 따지려 하셨을 테고 현현 진인은 그만 욱하는 성정을 이기지 못하고 싸움이 벌어졌던 것이 틀림없습니다."

서문경이 단정을 지었다.

"현현 진인은 그렇다 치고 유 공자는 무슨 이유로?"

광무 대사가 다시 물었다.

"지나다 싸움에 휘말린 거겠지요. 유 공자는 예전부터 쓸데없는 일에 참견하길 좋아하는 성미였지요."

최호는 이 모든 상황이 미심쩍었다. 그러나 증인이 두 사람이나 있고 그들이 나온 방에는 두 사람의 시신이 있었다. 여기 모인 사람들은 모두 그 시간에 대청에 있었다. 오직 범인으로 지목받은 두 사람만이 이곳에 없는 것이다.

이래서야 꼼짝없이 범인으로 몰릴 판이었다.

"일단은 두 사람의 이야기를 들은 후에 결정을 해도 늦지……."

서문경이 최호의 말을 잘랐다.

"무슨 소리요? 이는 아미파만의 문제가 아니라 전 무림맹의 권위에 도전하는 중대한 범죄요! 오늘 이 시간 이후 본 무림맹주는 전 무림에 두 사람의 척살령을 내리겠소. 누구든지 곤륜파의 현현 진인과 유가장의 유 공자를 발견하는 사람은 그들을 단죄할 수 있소. 본 무림맹은 이 문제가 해결되기까지 최 공자의 말을 수락할 수가 없소. 따라서 마림의 문제는 이후에 다시 의논합시다."

서문경이 못을 박자 최호의 얼굴이 일그러졌다.

"그랬다가는 전 무림이 마림의 손에 넘어갈지도 모릅니다."

무림이 협조하지 않으면 마모충을 막을 수 있는 방법은 없었다. 혹여 마모충에 중독된 무림인사를 만난다 하더라고 그에 대한 암묵적인 합의가 이루어지지 않으면 문파 간에 원수가 되는 것은 시간문제였다.

바로 지금이 그런 경우였다.

"이 두 사람도 마모충 때문이라고 우길 작정이시오?"

영영 진인이 두 제자의 싸늘한 시신을 내려놓으며 최호에게 따지듯이 물었다.

"그런 것이 아니라 어느 한쪽의 말만으로는 진위를 가리기 어렵다는 뜻입니다."

최호도 굽히지 않았다. 어떻게든 무림과의 동맹을 이끌어내는 것이 목적이었기 때문이다.

"진위 여부라니요. 그럼 본 파의 제자들이 거짓을 말하고 있다는 말씀입니까?"

얌전해 보이기만 하던 조조 사태마저 격양된 어조로 되물었다. 최호가 보니 아미파 사람들은 간신히 분노를 억누르고 있어 더 이상 자극하였다가는 큰 사단이 벌어질 듯 보였다. 그것은 다른 문파 사람들도 마찬가지였다.

장문인들은 저마다 비슷한 생각을 하고 있었다. 어쩌면 이 모든 것은 무림을 약화시키기 위한 황궁의 계략일는지도 모른다. 무림의 고수를 무조건 죽여놓고 마모충이니 마림의 짓이니 하여 떠넘겨 버리면 누가 알 수 있겠는가? 사람들은 미심쩍은 눈으로 최호를 보았다.

"이 일은 무림맹주의 의견에 따르는 것이 좋겠소."

영영 진인의 말에 장문인들은 고개를 끄덕였다. 마모충을 직접 보기 전까지는 의심의 끈을 놓을 수가 없었다.

두공은 공교롭긴 하나 잘된 일이라 생각했다. 황궁과 손을 잡았다가는 어떤 이득도 남기기 힘들었다. 수옥과 송옥은 물론이고 벽력구에 관한 것도 황궁에서 독점하려 할 것이 분명하기 때문이었다.

벽력구만 손에 넣을 수 있다면 무림은 황궁과는 또 다른 독자적인 세력을 구축할 수 있을 것이다. 그럼 황제가 뭐가 부러우랴.

방으로 돌아온 최호는 탁자를 손으로 내려쳤다.

"멍청한 자들, 일의 시급함을 전혀 모르고 있어!"

"호호, 장문인들은 멍청한 자로 뽑는 것이 상례라는 걸 사두는 몰랐나?"

패악이 평소처럼 얄미운 어조로 속을 긁었다.

"흥! 그건 천사도도 마찬가지인 모양이군요."

이번에는 최호도 지지 않았다.

"호호, 인간들은 원래 벽을 쌓아 올리고 거기에다 창을 뚫고는 시원타 하고, 호수를 메워 집을 짓고는 마당에 연못을 파 물고기를 풀어놓는 우매한 자들이지."

"암영천사가 되더니 많이 유식해졌군요, 패악."

최호는 더 심하게 빈정댔다.

"또 나한테 화풀이를 하는군. 자네는 정이 너무 많아. 포기라는 걸 모르지. 일단 사건이 벌어지면 인간들이 제일 먼저 하는 짓이 뭔지 아나? 편을 가르는 것이라네. 적과 나! 선(善)한 존재라 하더라도 내 편이 아니라면 그것은 곧 악마가 되는 거라네. 저들은 그런 족속이야."

마지막 말은 다분히 냉소적인 말이었다. 오늘따라 평소보다 더 예민해 보였다. 최호는 패악을 뚫어져라 보았다.

"마치 패악 자신은 사람이 아닌 것처럼 말하네요."

"흐흐, 나는 내 스스로를 잘 알고 있지. 나만큼 날 아는 사람도 없을 거야, 아마."

그 말은 최호의 말에 대한 해명은 아니었다. 하지만 최호는 더 이상 묻지 않았다. 패악과 말장난을 하기엔 복잡한 일이 너무 많았다.

유천복이 팽소연과 현현 진인과 함께 돌아왔음을 알았을 때 최호는 결정을 내려야 했다. 대청으로 나가자 무림맹 사람들은 이미 세 사람을 몇 겹의 포위망으로 가둔 후였다.

이래서야 이미 굳어버린 뇌의 구조를 자랑하는 서문경을 비롯한 무림맹 전체는 어떤 식으로든 구제 불능이라고 보고할 수밖에 없었다.

최호는 일의 경중을 따질 줄 모르는 자들과는 연계하지 않는 편이 더 좋을지도 모른다 자위하였다.

그러나 무림맹과의 일이 틀어진 이상 마림과의 전면전은 불가능했다. 관군을 동원하면 내란(內亂)의 구실이 되어 외세의 침입을 불러올 수도 있는 문제였다.

“그러게 내 뭐랬나? 뭐든 선수를 치는 것이 중요하다고 했지!”

혀를 차는 패악의 말은 무림맹의 일을 뜻하는 것이라 생각하기로 하였다. 패악의 시선은 유천복의 팔에 꼭 매달려 있는 팽소연을 가리켰지만.

아침은 우울한 생각으로 보내 버리기에 적당한 시간이 아니었다. 그리고 그것 말고도 생각해야 할 것들이 아주 많았다.

생위동실친
生爲同室親

수정처럼 맑은 물이 작은 그릇 안에서 찰랑거렸다. 새하얀 그릇 바닥에 그려진 수줍은 매화 꽃잎은 물이 찰랑거릴 때마다 수면 위로 피어오르는 듯했다.

사내는 들고 있던 자기 병을 열어 하얗고 붉은 두 종류의 가루를 물에 털어 넣었다. 연분과 연지가 서로를 얼싸 안자 매화는 더 이상 피지 않았다. 맑은 물은 점차 붉은빛을 띠어가고 있었다.

"색이 너무 붉잖아!"

머리를 빗으며 사내의 행동을 힐끔 보던 여인이 앙칼진 소리를 내었다. 여인의 말대로였다. 물빛은 너무 붉어 마치 핏물이 담겨 있는 것 같았다.

백리향은 황궁이나 삼천교에서 바르던 진주분(珍珠

粉)을 구하지 못해 잔뜩 화가 나 있었다.

여자들이 바르는 백분은 몇 가지가 있는데, 그중에서도 진주분은 신분이 귀한 여자들이 주로 바르는 것으로 일반 백성들은 구경조차 하지 못하는 것이었다. 이런 시골에 그런 귀한 화장품이 있을 리 없다. 그걸 모를 리 없은 백리향이었지만 이렇게라도 화풀이를 하지 않으면 돌아버릴 것만 같았다.

"뭐 해? 색이 너무 붉다니까."

도비류는 멍하니 있다가 다시 백분을 물에 조금 섞었다.

백리향은 거울 앞에 놓여 있은 작은 자기병들을 이것저것 열어보며 한숨을 쉬었다.

"망할 놈의 여편네는 도대체 화장도 안 하고 사나, 옥녀도화분뿐이라니……."

옥녀도화분(玉女桃花粉)은 익모초(益母草)에 석고분(石膏粉)을 섞은 것으로 진주분보다는 못하였으나 역시 가격이 비싸 일반 백성들은 구하기 힘든 것이었다.

보통의 여자들은 백분을 바르는 것을 대단히 귀중한 일로 생각하였다. 젊은 여자들은 백분만을 발라 병적인 아름다움을 강조하고 싶어했다. 양귀비도 즐겨 했다는 이 화장법은 병약한 모습을 보여 사내들의 보호 본능을 자극하기 위함이었다.

백리향은 그런 화장법과는 거리가 멀었다. 그녀는 이마에 붙이는 여러 가지 꽃 모양의 화전(花鈿)이나 볼에 그리는 사홍(斜紅), 또 볼에 붙이는 면엽(面靨) 등을 이용하여 화려하게 꾸미는 것을 좋아했다.

예전의 도영은 백분을 바르지 않아도 눈같이 희었다. 그녀를 위해 매번 언지산(焉支山)에서 나는 연지를 사다 주었지만 도영은 한 번도 그 연지를 쓰지 않았다.

"도영은 화장을 싫어했는데……."

도비류는 화장 그릇을 내밀며 중얼거렸다. 도영이란 말이 나오자 백리향의 안색이 일그러졌다. 그녀는 도비류가 자신을 그 이름으로 부른다는 것을 알고 있었고 또한 병적으로 싫어했다.

"도영이라고 하지 말랬잖아! 오라버닌 변했어. 그 늙은이를 죽인 뒤부터 이상해졌다구. 알아?"

석대(石黛)를 이용해 누에나방의 눈썹처럼 가늘게 눈썹을 그리던 거울 속의 백리향이 소리쳤다. 관자놀이까지 길게 그려진 가느다란 눈썹은 어색했으나 도비류는 아무 말도 하지 않았다.

"도영이 저렇게 변한 것은 나 때문이야. 날 기다렸을 텐데……."

술병 너머로 붉은 얼굴에 새빨간 입술을 한 요염한 백리향을 보며 도비류는 작게 말했다.

앵두같이 작고 빨간 입술이 벌어지며 분홍빛 혀끝이 살짝 보였다. 그녀는 눈썹을 그릴 때 혀를 내미는 버릇이 있었다. 그걸 볼 때마다 도비류는 그녀의 죽음을 상기하곤 했다. 백리향의 얼굴 위로 혀를 물고 자결한 도영의 얼굴이 겹쳐졌다.

붉은색은 피! 피는 죽음을 상징한다.

도영은 한 번 죽었었다. 하지만 지금 저곳에 앉아 있었다. 그는 어쩌면 그녀가 도영이 아닐지도 모른다고 생각했다. 그러다 이내 고개를 저었다.

그럴 리 없다. 그녀는 도영이다. 도영이 분명하다.

한 방에서 서로 사랑하고 살을 섞고 자신을 보듬어주는 것은 바로 살아 있는 도영이었다.

　도비류는 그녀가 변한 것이 모두 자신 때문이라고 생각했다. 죽음을 경험하였으니 변하지 않는 것이 오히려 이상할 것이다. 누구나 죽음은 두려워하는 법이다. 그러면 자신은?

　가슴 한구석이 답답해졌다. 도영을 만났지만 자신은 여전히 죽음을 갈망하고 있지 않은가? 왜일까? 그토록 만나고 싶어하던 도영을 만났는데 어째서 자꾸 다른 여자가 생각나는 것일까?

　공허한 눈빛… 마치 자기 자신을 들여다보는 듯한 눈빛을 가진 여자가 그곳에 있었다.

　"보기 싫어……."

　문득 백리향의 손짓이 멈추었다. 도비류의 목소리를 들은 것이다. 그녀의 눈빛이 사나워졌다.

　"흥! 난 다 알아. 그 미친년 때문이지? 오라버니는 언제나 그랬어. 날 품고 있을 때조차도 그년을 보고 있었지. 내가 모를 줄 알아? 도영이란 년이 바로 그년이지!"

　백리향은 능초영을 말하고 있었다. 언젠가 도비류가 그녀를 보며 스치듯이 '영매'라고 불렀었다.

　볼 바깥쪽에 그려 넣으려던 초승달 모양의 사홍(斜紅)이 마음 먹은 대로 되지 않았다. 백리향은 들고 있는 얇은 붓을 바닥에 팽개쳤다.

　"정말 되는 일이 없어! 처음부터 내가 말한 대로 수옥을 훔쳐 도망쳤으면 좋았잖아! 삼천교도, 수옥도 없어지고 이젠 그 늙은이조차 숨어버렸어. 어떻게 할 거야?"

　따지듯이 묻는 백리향의 말에 도비류는 술병을 들어 보였다.

　"다 없어졌지. 술도 마시면 없어지는 것처럼… 술이 떨어졌어."

　백리향의 입가가 파르르 떨렸다. 그녀는 손에 잡히는 물건들을 닥치는 대로 던졌다. 자기로 된 알록달록한 화장병들은 아무런 저항 없이 그녀가 던지는 대로 날아갔다.

파삭!

화장병이 깨지며 파편이 튀어 도비류의 얼굴과 손에 작은 상처들을 내었다. 그런데도 도비류가 아무런 반응도 보이지 않자 백리향은 답답함을 참지 못하겠다는 듯이 소리를 질렀다.

"이 술주정뱅이 같은 새끼야! 널 믿고 황궁을 나왔다니 내가 미쳤지, 미쳤어! 네놈이 그 잘나 빠진 삼초검이라는 걸 알고 내가 환장을 했던 거야! 늙은 말 뼈다구가 배 위에 올라타는 것이 끔찍하게 싫었지. 지겨워서 죽을 것만 같았어. 그래서 젊은 말로 갈아타면 하늘에 오를 수 있을 거라 생각했었어. 당신은 그렇게 해줄 수 있었다구! 천하에서 당신을 이길 수 있는 사람은 손에 꼽을 정도라고 했잖아. 한데 왜지? 당신은 날 위해 수옥을 가져다 주겠다고 했으면서 왜 그러지 않았지?"

왜 그러지 않았냐구?

도비류는 생각했다. 도영의 말대로였다. 왜 그러지 않았을까? 사람들은 모두 수옥을 원하고 그녀도 그걸 원한다고 했지. 수옥을 가져다 달라고 했어.

하지만 그는? 도비류는 아니었다. 그는 수옥을 찾고 싶지 않았다. 불로장생이니 천하제일이니 하는 것들은 그에게 아무 의미도 없었다. 그게 슬펐다.

언제나 도영에게 의미가 있는 것들은 자신과 상관없는 것들이었다. 도영이 차지하고 싶어하는 것이 도비류 자신이 아니라는 사실은 그를 슬프게 만들었던 것이다.

도영이 사랑하는 것은 언제나 그가 아니었다. 전에는 제왕을 사랑하였고 지금은 수옥을 사랑하고 있다.

한 방에서 지내며 사랑을 나누어도 도영의 머리 속에 있는 것은 그가 아니었다. 그렇다. 도비류는 수옥을 질투하고 있었다. 도영이 수옥에 집착하고 있는 게 싫었다. 도비류의 머리 속에서 수옥은 이미 살아 있었고 증오의 대상이었다.

"난… 수옥이 싫어."

"싫다고? 그럼 좋은 게 뭐가 있지? 이 썩어 빠질 몸뚱어리? 오라버니가 좋아하는 것이 그거야? 죽으면 썩어서 구더기가 득실거릴 이 몸뚱어리가 전부냐고? 난 싫어! 난 그렇게 허무하게 죽을 수는 없다고! 난 전부 가질 거야. 하나도 빠짐없이 전부 가질 수 있었는데, 오라버니는 그걸 해줄 수 있었는데 그러지 않았어!"

말을 하다 보니 점점 화가 치밀었다. 백리향은 방 안의 물건을 부수며 난동을 부렸다. 마침내 더 이상 부술 물건들이 없자 그녀는 도비류를 때리기 시작했다.

도비류는 그녀의 주먹과 발길질에 몸을 내주었다. 오히려 그녀가 자신을 때릴 때면 그는 마음이 편했다. 용서받는 느낌이 들었다.

"이 미친 새끼야! 나가 죽어! 내가 원하는 대로 해주지도 못할 거면서 왜 날 찾아왔어!"

백리향은 억울했다.

그녀는 도비류가 삼초검이라는 걸 안 순간 자신의 운명이 바뀔 것이라 여겼다. 지금까지 남의 손에 이끌려 살아왔지만 이제부터는 스스로 자신의 삶을 주도적으로 이끌어 나가고 싶었다. 도비류와 함께라면 그게 가능할 것 같았다.

"그것만이 내 희망이었는데……."

도비류의 가슴을 두들기던 그녀의 손에서 차츰 힘이 빠졌다. 양황에게서 수옥을 훔쳐 내어 세상의 모든 권력과 힘을 한손에 쥐는 상상을 했었다. 그래서 황궁을 탈출하여 삼천교로 왔던 것인데 도비류는 그녀의 생각대로 움직여 주지 않았다.

“희망…….”

도비류는 도영과 함께 사는 것만이 유일한 희망이었다. 그리고 그녀의 희망도 자신이길 바랐다.

“내가 잘못 생각했어. 진작에 미친놈이라는 걸 알아봤어야 하는 건데…….”

한참을 울먹거리던 백리향은 도비류의 품에서 빠져나왔다. 그리고 다시 거울 앞에 앉아서 화장을 하기 시작했다.

“이렇게 된 이상 나도 내가 하고 싶은 대로 할 거야. 내 방식대로 하겠어. 내 소망을 이루어줄 다른 사람을 찾을 거야! 오라버니보다 더 강한 자를 찾을 거야!”

“그러지 마.”

도비류가 작게 말했다. 도영이 저런 식으로 말하는 것은 참을 수가 없었다. 그녀가 자신을 떠나는 일은 두 번 다시 볼 수 없었다.

그러나 백리향의 말은 매정했다.

“오라버니는 더 이상 내게 이래라저래라 할 권리가 없어. 우리는 이제부터 남남이야. 각자의 길을 가는 거야. 두 번 다시 내 앞에 나타나지 마!”

“가지 마…….”

도비류가 할 수 있는 말은 그것이 전부였다.

“흥! 웃기고 있네.”

하지만 그녀는 웃지 않았다. 도비류는 그녀가 웃는 모습을 보고 싶었다.

그때였다. 방문이 와지끈 소리를 내며 부서져 나갔다.

손에 무기를 든 한 떼의 사람들이 금방이라도 방 안으로 뛰어들 듯이 험한 기색을 드러내고 있었다. 거친 음성이 방 안에 울려 퍼졌다.

"저놈들이냐?"

백리향은 돌아보지 않았다.

몰려온 자들이 누군지 보지 않아도 알 수 있었다.

두 사람이 있는 곳은 난주(蘭州)였다.

삼천교가 황궁에 의해 무너지자 백리향은 약선의 행방을 수소문했다. 그녀의 예상대로라면 양황 모자가 죽은 지금 수옥의 행방을 알고 있는 사람은 약선밖에 없다. 그녀의 생각대로 약선은 북쪽으로 가고 있었다. 약선의 뒤를 쫓아 이곳까지 왔으나 그만 종적을 잃어버리고 말았다.

영정현(永靖縣)에 이른 백리향은 아무 집이나 들어가 안방을 차지하였다. 물론 그녀가 그럴 수 있었던 것은 도비류가 있었기 때문이다.

몰려온 사람들은 달아났던 집주인이 데려온 자들이었다.

"저 계집과 사내가 트, 틀림없습니다!"

집주인은 난데없는 날벼락을 맞아 새파랗게 질려 있었다. 간밤에 들이닥친 남녀는 아무런 말도 없이 가족들을 해치고 집을 차지하였던 것이다. 오직 그만이 목숨을 부지하였다.

이 집의 주인은 원래 난주에서 가장 큰 방파인 장보방(壯堡房)의 제자였다. 같이 온 자는 쌍수검(雙手劍) 이옥(李玉)이라 불리는 장보방의 부방주 중 하나였다.

　이옥은 한 번도 난주 밖으로 나가본 적이 없는 인물이었다. 아니, 굳이 나가려는 생각조차 해본 적이 없었다. 난주에서는 장보방주를 제외한 어느 누구도 두렵지 않은 그였다. 젊은 시절 넓은 강호로 나가 웅심을 펼쳐 보고자 하는 꿈을 꾼 적도 있었으나, 그는 욕심이 적은 사내였다.

　이옥은 얻을 수 있는 이상의 것을 바랐다간 죽음뿐이라는 것을 일찌감치 깨닫고 있었다. 그는 항상 자신의 분수를 지키려 했으며 터무니없는 오기와 만용을 부리지 않는 것을 늘 자랑으로 삼았다. 사람들은 그가 약삭빠르기는 했지만 아랫사람에 대해서 그리 엄한 편이 아니었기에 그를 좋아했다.

　덕분에 별다른 치욕스러운 일 없이 나이 사십에 장보방의 부방주가 될 수 있었다. 그러나 오늘 이옥은 묘한 흥분을 맛보고 있었다. 이상하게 가슴이 두근거렸으며 누구든 닥치는 대로 죽여 버리고 싶은 살의를 느꼈다.

　방 안의 두 남녀는 수십 명의 사람들이 몰려왔는데도 아랑곳하지 않고 제 할 일을 하고 있었다.

　"뭐 하는 자들인가?"

　마침내 이옥이 입을 열었다.

　방 한구석에 앉은 사내는 이옥의 말에도 고개를 들지 않았다. 이옥은 그거 하나만으로도 사내가 죽을 이유가 된다고 생각했다. 이옥의 미간에 세로로 패인 검은 주름이 더욱 깊어졌다. 그것은 요 근래 들어 생긴 것으로 이옥의 인상을 어둡게 하는 데 일조를 하였다.

　사내의 몰골은 엉망진창이었다. 드러난 어깨에는 여기저기 손톱 자국이 나 있었다. 아무래도 계집에게 맞은 모양이었다. 이옥은 비릿하게 웃었다.

"멍청한 놈, 계집에게 맞고 사는 주제에 우리 장보방을 건드렸으니 죽어도 할 말을 없을 것이다."

사람들은 이옥의 말에 다들 껄껄거렸다. 사내는 부끄러운지 시종일관 고개를 들지 않았다. 그는 양 무릎 사이에 얼굴을 파묻고 있을 뿐 등에 매달린 검조차 꺼내려 하지 않았다.

이옥은 거울 앞에 앉은 계집에게 눈길을 주었다. 그의 눈이 삽시간에 화등잔만하게 커졌다.

"호오, 저런 미색은 내 평생 처음 보는구나. 개똥 속에서 연꽃이 핀 격이 아니더냐."

백리향의 미모에 넋이 나간 이옥은 침을 꿀꺽 삼켰다. 사십 평생에 처음 보는 미녀가 아닌가! 사막의 모래바람만이 가득한 이곳에서는 볼 수 없는 미색이었다. 이곳의 여자들은 거친 모래바람에 시달려 살갖도 거칠고 여자다운 맛이 없었다. 그런데 저 여자의 피부는 방금 목욕을 끝내고 나온 것처럼 물기가 촉촉한 것이 티 하나 없어 보였다. 저런 여자와 같이 지낼 수만 있다면 어떤 대가를 치른다 해도 아깝지 않을 것이다.

백리향은 이옥이 거울 속의 자신을 보고 있다는 걸 깨닫고는 살짝 웃었다. 새빨간 입술이 벌어지며 하얀 이빨이 드러나자 이옥은 강렬한 음심이 동하는 것을 느꼈다. 원래 이옥은 여색을 그리 탐하는 성격이 아니었다. 그러나 요 근래 들어서는 여자만 보아도 아랫도리가 불끈 서는 것이 주변에서 무슨 약을 먹었냐고 놀릴 정도였다.

이옥은 무슨 일이 있더라도 저 계집을 차지하고 말겠다는 생각을 했다. 벌써부터 그녀가 자신의 몸 아래서 신음을 내지르는 듯한 상상에 몸이 후끈 달아올랐다.

"저런 미녀가 이런 건달과 한패일 리가 없다. 이는 분명 저놈이 이 여인을 납치한 것이 분명하다. 나 장보방의 부방주 이옥은 오늘 강호의 도리를 바로잡기 위해서라도 이 음적 놈을 살려둘 수가 없구나!"

이옥이 그럴듯한 말을 늘어놓으며 방 안으로 들어섰다. 장보방의 다른 사람들은 오랜만에 부방주의 쌍검을 견식할 기회가 생겼다며 희희낙락하였다.

"이놈! 검을 빼 들어라!"

이옥이 멋들어지게 양손의 검을 엇갈리게 휘두르자 바닥의 먼지가 풀썩거리며 일어섰다. 그는 미녀 앞에서 자신의 검술을 뽐내고 싶었다. 언제나 적을 맞을 때는 침착하던 그가 오늘만은 어쩐 일인지 들뜨는 가슴을 주체 못하고 철모르는 십대처럼 굴고 있었다.

"네놈이 나를 무시하는 것이냐? 이놈, 나 이옥은 검을 들지 않는 사람을 상대한 적은 없었다. 어서 검을 들거라!"

장보방 사람들은 웃었다.

설마 하니 계집한테 맞고 사는 사내가 부방주를 이길 것이라 생각지 않은 탓이리라.

한참 동안 멋진 말을 쏟아낸 이옥은 이 정도면 방 안의 미녀도 자신이 충분히 참았다는 것을 인정해 주리라 생각하고 검을 휘둘렀다.

방 안의 사내는 여전히 양 무릎에 고개를 파묻고 있었다. 이옥은 자신이 너무한 것이 아닌가 했지만 곧 그런 생각을 지워 버렸다.

미인은 원래 용감한 자의 몫이기 때문이었다.

"미안하지만 죽어줘야겠다!"

이옥의 검이 막 도비류의 머리통을 반으로 가르려 하고 있었다. 이상한 일이었다. 이옥은 검을 들고 있던 자신의 양손이 손목과 분리되는 것을 지켜보았다. 차가운 얼음 조각이 손목 위에 놓인 것처럼 섬뜩한 느낌… 철컹 하는 소리와 함께 쌍검이 바닥으로 떨어지는 소리가 들려왔다. 그리고 보이지 않는 얼음 조각이 다시 허리를 그었다.

피는 많이 나지 않았다.

사람들은 이옥이 어떻게 해서 방바닥에 쓰러졌는지 볼 수가 없었다. 아무리 눈을 크게 뜨고 있던 자라고 해도 그건 마찬가지였다.

양손과 허리가 잘린 이옥의 시신이 바닥으로 넘어지는 것을 본 사람들이 그제야 비명을 지르며 한꺼번에 덤벼들었다.

"다 죽여!"

백리향은 화장을 마저 끝내려는 듯이 바쁘게 손을 놀렸다.

하나 도비류에게 덤벼들었던 장보방의 사람들은 그의 머리카락 한 올 베어낼 수 없었다.

백리향이 사홍을 다시 그린 뒤 마지막으로 입술 연지를 발랐을 때 방 안에는 십여 구의 시체가 나뒹굴고 있었다.

그녀는 가볍게 미간을 찡그렸다.

"오라버니가 어쩐 일이야? 그전에는 내가 아무리 말해도 쓸데없이 검을 휘두르는 법이 없더니 오늘은 살인하지 못해 죽은 귀신이라도 들러붙은 거야?"

백리향은 신발에 피가 묻지 않도록 조심하며 도비류에게 다가갔다. 도비류의 옷에는 술이 흘러내린 자국만 있을 뿐 한 방울의 핏자국도 없었다. 그는 여전히 고개를 숙이고 있었다. 아까와 다른 것이 있다면 지금은 양 무릎 사이에 삼초검이 놓여 있다는 것이 다를 뿐이었다.

"누구든… 덤비면 죽인다."

도비류가 이 사이로 뱉어낸 말에 백리향은 몸을 흠칫 떨었다. 어찌된 일일까? 한 번도 이렇게 살기 어린 말을 한 적이 없었는데… 이번 싸움을 시작하기 전에는 이렇게 무시무시한 느낌이 들지 않았었다.

백리향은 도비류가 숨을 몰아쉴 때마다 섬뜩한 살기가 피어오르는 것을 느끼며 몸서리를 쳤다.

도비류의 미간에 서린 한 가닥 검은 기운을 그녀는 보지 못했다. 좀 전까지는 없었던 것이었다. 그녀는 지금 막 새로 떠오른 계획에 잔뜩 정신이 팔려 있었다.

"흐응, 장보방이라고……?"

*   *   *

유천복 일행 역시 난주에 도달해 있었다.

아미산에서 최호와 패악의 도움으로 무림맹의 저지를 뚫고 탈출한 유천복은 유가장으로 돌아와 행장을 꾸렸다. 무림맹이 들이닥치기 전에 북해로 가려는 것이다.

최호는 곤륜으로 가 앞일을 의논하겠다고 하였다. 곤륜과 선문은 서로에 대해 잘 알고 있으니 마림을 막고 수옥과 송옥을 찾는 일에 서로 긴밀한 협조를 얻을 수 있을 것이다.

소취란의 일을 겪은 뒤 능초영은 마림의 존재에 겁을 집어먹고 무조건 유천복과 동행하겠다고 하였다.

"대체 왜 능 소저와 함께 가지 않으면 안 된다는 거지요?"

그 사실을 안 순간부터 계속 토라져 있는 팽소연은 지금까지도 유천복에게 화가 나 있었다. 수옥봉을 품에 안은 채 삐쳐 있는 그녀를 보는 것만으로도 유천복은 유쾌해졌다.

단지 한시라도 빨리 수옥과 송옥을 찾아내어 이 모든 일을 마무리 짓고 싶었다. 그리고 팽소연과 유가장으로 돌아가 다시는 무림 일에 관여하지 않을 생각이었다.

강을 따라 올라가다 보니 양가죽으로 만든 뗏목들이 있었다. 검게 그을린 사공들이 나무 상앗대로 뗏목을 걷어 올려 모래 위에서 말리고 있는 모습이 보였다. 일행은 두 패로 나뉘어 뗏목을 타고 가기로 하였다. 봉호문도들이 먼저 뗏목에 올랐다.

사람들을 태운 양가죽 뗏목은 세찬 강바람에 이리저리 흔들리는 것이 한눈에도 엉성해 보였다.

"유 공자님, 설마 저걸 타고 이 강을 건너려는 것은 아니겠지요?"

육중한 홍묘아 뒤에서 강바람을 피하던 능초영이 질린 듯한 표정으로 말했다. 팽소연은 자신이 하려던 말을 능초영이 먼저 해버리자 울상을 지었다. 능초영은 보란 듯이 유천복의 팔을 잡고 있었다.

"흥! 난 저 뗏목을 탈 거예요!"

팽소연이 냉큼 팽총 쪽으로 달려갔다. 그녀는 유천복이 자신을 잡을 것이라 기대했으나 유천복은 불안해 보이는 뗏목을 보고 있을 뿐이었다. 그리고 그는 저쪽의 뗏목이 크니 더 안전할 것이라 생각하고 팽소연이 그쪽에 타는 것이 좋으리라 여겼다.

"팽 소저는 그렇게 하시오. 아무래도 팽 단주님과 함께 있는 편이 나을 것 같소."

유천복의 무심한 말에 팽소연은 입술을 꼭 다물었다. 금방이라도 울음을 터뜨릴 것처럼 눈가가 파르르 떨렸다.

"맘대로 하세요! 다시는 문주님과 말하지 않을 거예요!"

유천복은 팽소연이 화를 내자 당황하였다.

"팽 소저가 왜 저러지?"

독갈은 어이가 없었다. 정말 그 이유를 모르고 있는 건지 유천복의 머리통을 열어 확인해 보고 싶을 정도였다.

"꼭 이걸 타고 가야 해요?"

무척 겁이 난다는 듯이 능초영이 말했다.

"다른 방법이 있으면 말해 보시오."

독갈은 능초영보다 더 불안한 표정으로 근심스럽게 말하는 유천복을 보며 고개를 저었다. 정말 알다가도 모를 사람이었다. 초절정의 무공을 가지고 있다는 것이 믿기지 않을 뿐이었다.

"배를 타고 가면 되잖아요."

능초영이 불만스럽다는 듯이 입을 내밀었다.

"이곳은 배가 없습죠. 배를 가지고 있는 것은 장보방뿐입니다요. 하지만 배를 내어주지는 않습니다요. 여기 사람들은 다 이걸 타고 강 건너로 간답니다. 손님은 얼마든지 있으니⋯⋯."

누런 이를 드러내고 웃은 사공은 싫으면 타지 말라는 식으로 말꼬리를 흐렸다. 그 말대로 강을 건너려면 이 방법밖에는 없으니 배짱을 부리는 것이었다. 조금이라도 돈을 더 받기 위해서였다.

"그럼 장보방이란 곳에 가서 배를 빼앗아 오면 되겠군요."

아무렇지도 않게 말하는 능초영의 말에 사공이 안색을 굳혔다. 장보방은 난주에서 가장 큰 방파로 관에서조차 함부로 대하지 못하는 곳이었다. 이렇게 안하무인으로 나오는 것을 보면 분명 그만한 이유가 있을 것이다.

예로부터 경험 많은 사공들이 항상 하는 말이 있다.

오래 살려면 반드시 피해 가야 할 두 종류의 사람이 있는데, 한쪽은 도둑이고 한쪽은 건달이다. 물론 건달이라는 것은 무림인을 뜻하는 말이었다. 이 두 종류의 사람을 가까이 했다간 재물을 잃거나 목숨을 잃게 된다고 하였다.

이 눈치 빠른 사공은 눈앞의 사람들이 그중 한 종류의 사람일 거라 짐작했다. 설마 두 종류의 사람을 동시에 만났으리라고는 생각조차 하기 싫었다. 어쨌거나 그는 더 이상의 잔머리를 굴리지 않았고, 그 덕에 조금 더 살 수 있었다. 사공은 튕기다가 돈을 더 받기는커녕 목숨조차 부지하기 어려울까 봐 서둘러 말을 했다.

"날이 어두워지면 강을 건너기 힘듭니다요. 어서 결정을 내리십시오."

아까보다 훨씬 공손한 어투였다.

유천복은 이미 강을 건너기 시작한 뗏목을 보며 망설였다. 그러나 뗏목 끝에 앉아 이쪽을 노려보고 있는 팽소연을 보자 마음을 굳혔다. 팽소연을 향해 열심히 손을 흔들며 소리쳤다.

"팽 소저, 먼저 건너가 있으시오! 나도 곧 가겠소!"

능초영은 예전의 유천복이 자신에게 환심을 사려 했던 일을 떠올렸다. 그러자 괜히 심통이 났다.

"유 공자님, 물에 빠지기라도 하는 날엔 어쩔 거예요?"

이대로 한 쌍의 연인을 두고 보자니 배가 아플 지경인지라 능초영은 좀 더 시간을 끌기로 작정했다.

"어쩜담? 난 헤엄을 못 치는데……."

두 사람은 동시에 싯누런 강물을 보며 고개를 좌우로 흔들었다.

독갈은 능초영과 똑같이 구는 유천복이 한심해서 하품이 나올 뻔했다. 유천복이 무공을 펼치는 것을 본 적이 있는 독갈이었다. 저렇게 겁 많은 사내가 어찌 그런 무공을 펼칠 수 있는지 참으로 희한한 따름이다.

"내가 알 바 아니지."

유천복과 능초영이 양가죽 뗏목을 놓고 왈가왈부하는 동안 독갈은 홍묘아에게 다가갔다.

"아묘, 듣고 있는 거지?"

독갈은 울퉁불퉁한 거북의 등껍질처럼 변한 홍묘아의 손을 살짝 쓰다듬었다. 어디를 보아도 예전의 발랄했던 모습은 찾아볼 수 없었다.

"이게 뭔지 알겠어? 바로 마유의 검이야."

독갈은 거무튀튀한 검을 홍묘아의 손에 살며시 올려놓았다. 무단검을 되찾은 유천복이 묵검을 그에게 준 것이다. 그는 지귀녀가 홍묘아라는 확신이 있었다. 변함없이 반짝거리는 눈동자, 지금은 빛을 잃었지만 끝이 살짝 올라간 저 고양이 같은 눈매는 오직 홍묘아만의 것이었다.

"마유가 이걸 알면 배를 잡고 웃을 텐데… 잠시도 가만히 있지 못하는 천하의 홍묘아가 이런 꼴이 될 줄이야……. 도수께 연락을 했으니 곧 너를 구하러 다들 올 거야. 답답하더라도 그때까지 조금만 참아."

따스한 독갈의 손길에도 홍묘아의 무표정은 여전했다.

갑자기 급한 목소리가 독갈을 불렀다.

"어서 타시오. 저들이 코앞에 다다랐소."

능초영이 몸을 부르르 떨었다.

"정말 이렇게 작은 걸 탄다구요?"

"어쩔 수 없소. 능 소저도 앞서의 뗏목을 탈 걸 그랬나 보오."

능초영은 자신에게 그다지 호의적이라고 할 수 없는 팽소연과 봉호 문도들의 얼굴을 떠올렸다.

"하는 수 없죠."

"유 공자, 내 다시 한 번 말하지만 능 소저를 조심하시오."

독갈은 홍묘아가 뗏목에 오르는 것을 도우며 말했다. 그의 눈은 여전히 미심쩍은 듯 능초영을 노려보았다.

"호호, 내가 또 유 공자를 공격할까 봐 그러는 거예요? 염려 마세요. 우리는 오랜 친구 사이라구요."

"흥! 그전에는 오랜 친구 사이라 독수를 쓴 것이오?"

"지난 일을 들추어 다시 싸우자는 거라면 나 또한 사양치 않겠어요."

능초영이 싸늘하게 말하며 홍묘아에게 눈짓을 하였다. 홍묘아가 앞을 막아서자 한 걸음 다가서던 독갈은 이내 뒤로 빠졌다.

"도문의 공자께서는 걱정하시지 않으셔도 돼요. 오히려 걱정은 제가 해야 하는 것 아닌지요? 도둑과 동행하게 되었으니 다들 귀중품이 있거들랑 단단히 간수하셔야 할 거예요."

능초영의 말에 가장 놀란 것은 사공이었다. 그는 피해야 할 두 종류의 사람을 모두 만났다는 생각에 걱정이 태산 같았다. 차라리 장보방의 배를 타고 가라고 권할 것을 괜히 붙잡았다는 생각마저 들었다.

"도둑은 물건을 훔치지만 요녀는 사람을 죽이지."

독갈 역시 한 치의 양보도 없이 맞대응했다.

사공은 노를 쥔 손이 덜덜 떨리는 것을 애써 참고 있었다. 백주대낮에 도둑질과 살인을 공공연하게 떠드는 자들이니 그 흉흉함이 어떨지 보지 않아도 알 수 있었다.

능초영은 사공의 두려움을 알아채고는 배시시 웃었다.

"걱정 마세요. 내가 아무리 손속이 독랄하다 하나 원하는 것을 찾을 때까지 서로에게 해를 끼치지 않기로 유 공자와 이미 약조를 하였으니까요."

"약속이란 원래 깨지라고 있는 것이지."

말로는 이러니저러니 해도 독갈은 능초영과 따로 갈 생각이 없었다. 홍묘아도 홍묘아지만 능초영이 말한 것이 더 맞는 이유였다. 수옥을 가지고 있다는 것을 뻔히 알고 있는데 독갈이 도둑인 이상 그걸 알면서 두고 볼 수는 없었다. 문제는 수옥을 어디다 감추고 있느냐 하는 것이다. 그의 예민한 감각으로도 능초영이 어느 곳에 수옥을 감추었는지 짐작조차 할 수 없었다.

"쿵쿵. 우리는 어떻게 할까? 쿵쿵."

무애 대사의 커다란 엉덩이에 짓눌려 얼굴조차 보이지 않던 이자오가 불쑥 말했다. 이자오는 팽소연을 찾아온 것이 유천복이었기 때문에 아직도 벌칙을 수행 중이었다. 무애 대사는 북해에 도착하여야 벌이 끝난다고 하였다.

"글쎄다."

유람을 나온 듯 콧노래까지 흥얼거리는 무애 대사와 죽은 듯이 보이는 이자오는 유가장을 나온 이후 단 한 번도 대화를 나누지 않았다.

독갈은 그제야 두 늙은이도 옆에 있었다는 것을 깨달았다.

"쿵쿵, 작은 뗏목은 아무래도 불편할 테니 저쪽의 큰 뗏목을 타자. 쿵쿵."

이자오는 이미 출발하여 강 위에 있는 뗏목을 가리켰다.

"개코 놈이 그걸 타려 할 때는 분명히 다른 이유가 있을 테니 난 이 쪽의 작은 뗏목을 탈 테다."

누가 뭐라 할 것도 없이 무애 대사가 오른발로 이자오의 옆구리를 툭툭 쳤다.

"쿵, 아얏! 이 땡중이 옆구리에 구멍이라도 뚫을 작정이로군. 쿵쿵."

이자오 엄살에 무애 대사는 껄껄 웃기만 하였다. 매번 이자오에게 당하기만 하던 무애 대사는 요즘 생활이 아주 만족스러웠다.

유천복은 비틀거리며 뗏목에 오르는 이자오가 안쓰럽게 느껴졌다.

"대사님, 뗏목은 흔들림이 많아 균형을 잡기 어려우니 강을 건널 때 만이라도 개코… 아니, 견비 어르신 등에서 내려오시는 것이……."

"그게 좋겠습니다. 물살이 세어 행여 빠지기라도 하는 날에는 급류 에 휩쓸려 시체도 찾기 어렵습지요."

사공마저 한마디 거들자 이자오는 속으로 뛸 듯이 기뻐하였다.

"쿵쿵, 땡중아! 저 말 들었으면 냉큼 내려오너라! 쿵쿵."

"싫다. 어떻게 잡은 기회인데 내가 내릴 줄 알고!"

무애 대사는 유천복과 사공의 조언을 일언지하에 거절하였다.

"이놈아! 강에는 나만 빠지느냐? 우리 둘이 늙은 물귀신이 된다 한 들 누가 애통해하겠느냐? 죽은 우리만 억울하지. 쿵쿵."

무애 대사가 듣고 보니 이자오의 말이 일리가 있었다. 비가 온 지 얼 마 지나지 않은 탓인지 넘실거리는 강은 한번 빠졌다간 시체도 찾지 못할 듯했다. 어차피 강 위니 이자오가 도망을 갈 수도 없을 터였다.

"흐음, 내 부처 같은 자비심을 지녔으니 이번 한 번만 개코 네놈 청 을 들어주기로 하겠다."

이자오는 무애 대사가 자신의 말에 넘어오자 희희낙락하였다.

"쿵쿵. 아이구, 어깨야. 이놈아, 얼른 내려오거라! 쿵쿵."

이자오는 속으로 무애 대사가 어깨에서 내려오기만 하면 그 즉시 백 리 밖으로 달아날 계획을 세우고 있었다. 뗏목에 오르면 말짱 도루묵이 될 터이니 기회는 지금밖에 없었다. 그리고 다시 한 이십 년 산속에 숨어 지내면 지깟 놈이 날 어찌 찾으랴 하는 속셈에서였다.

그러나 무애 대사도 만만치 않았다. 그의 양 발목은 마치 이자오의 어깨에 달라붙은 것처럼 꿈쩍도 하지 않았다.

"이놈아! 누가 지금이랬냐? 저 뗏목 위에 올라서면 내리겠다는 말이지. 지금 내렸다가 네놈이 도망이라도 치면 나만 손해지 않느냐?"

무애 대사가 자신의 속을 꿰뚫어 보자 이자오는 더욱 큰 소리로 쿵쿵거렸다.

"쿵쿵! 부처를 믿는 땡중이 그렇게 의심이 많아서야 어디다 쓰겠냐. 자고로 믿는 자가 복을 받는 법인데. 쿵쿵."

겉으로는 점잖게 말하는 이자오였지만 속은 시커멓게 타 들어갔다. 어그적거리며 뗏목 쪽으로 걸음을 옮기는 이자오의 어깨 위에서는 무애 대사가 콧노래를 흥얼거리고 있었다.

'이런 망할 땡중새끼가 자라를 삶아 먹었나. 음흉하기로 치면 저기 저 능가 년보다 더하구나. 에잉, 망했다. 쿵.'

뗏목이 출발하고 조금 뒤, 한 떼의 무리들이 강가에 나타났다. 하지만 무림맹 사람들은 멀어지는 유천복 일행을 보며 고함을 지를 뿐이었다. 강변에 말려놓은 뗏목에 바람을 불어넣어 쫓아오려면 시간이 꽤 걸릴 터였다.

"흔들림이 꽤 심하네요."

능초영은 뗏목이 물살에 심하게 흔들리자 나무 틈새를 꽉 움켜잡았다. 두 명의 사공 중 앞에서 뗏목을 젓던 겁 많은 사공은 묻지도 않은 말을 쏟아내기 시작했다.

"소저께서는 염려하지 않으셔도 됩니다요. 이게 이래 뵈도 튼튼하기로 치면 나무로 만든 배 못지않습니다요. 우리 마을에서 가장 큰 뗏목은 아니지만 열 명을 태워도 끄떡없습니다요."

사공의 말이 옳았다. 물살은 셌으나 뗏목은 의외로 안전했다. 작은 바위에 부딪쳐도 금방 퉁 하고 튕겨 나와 제자리를 잡는 것이 신기했다.

"이건 어떻게 만드오?"

팽소연은 분명 이렇게 물었으리라. 유천복은 팽소연을 생각하며 사공에게 물었다. 양 가죽 뗏목을 같이 탔더라면 틀림없이 손뼉을 치며 좋아했을 텐데 괜히 따로 떨어져 뗏목을 탔나 그제야 후회가 되었다. 팽소연이 탄 뗏목은 이미 멀어져 그녀의 면목을 알아볼 수 없을 정도가 되었다.

유천복의 마음도 모르는 사공은 할 말이 생기자 얼른 뗏목을 만드는 방법을 설명하였다.

"뗏목을 만들기 위해서는 일단 양털을 완전히 깎아낸 다음에 양의 목과 사타구니를 갈라 가죽을 벗겨냅니다. 이것을 바짝 말려 소금과 참기름을 발라 부드럽게 문지른 뒤, 썩거나 물에 젖는 것을 방지하기 위해 오동나무 기름을 발라둡지요. 그리고는 앞다리 하나만 공기구멍으로 남겨두고 목을 비롯한 나머지 구멍은 죄다 끈으로 단단히 붙들어 매면 양가죽 부대가 만들어집니다요. 마지막으로 양가죽 부대를 버들가지로 짠 틀에 하나씩 올려놓고 차례대로 연결하면 끝입지요. 부대에 바람을 불어넣고 구멍을 단단히 묶으면 세상 다시없는 물살에도 끄떡

없습죠. 우리 마을에서 가장 큰 뗏목은 육백 개의 양가죽을 연결한 것인데, 그건 서역을 오가는 상인들의 산더미 같은 화물도 실을 수 있습니다요. 사공만 해도 여섯 명이나 된답니다요.”

사공은 은근히 자부심을 내비쳤다.

유천복은 고개를 끄덕이다 다시 물었다.

“그런데 배가 더 안전하지 않소?”

앞쪽에서 무릎을 끓고 뗏목을 젓던 젊은 사공이 대답했다.

“배는 만들기도 힘들 뿐더러 관리도 어렵습니다요. 이곳에서는 이 양가죽 뗏목이 없으면 생활할 수가 없습죠. 강 건너 친척 집을 찾아가려 해도 그렇고, 강 건너 밭에 거름을 주거나 곡식 한두 포대를 운반할 때도 이 뗏목만 있으면 걱정이 없습니다요. 강으로 나가 바람만 불어넣으면 어디든 갈 수 있으니까요. 물살을 거스르는 곳만 아니면 가지 못할 곳이 없습니다요.”

“그건 왜 그렇죠?”

유천복은 최대한 자세하게 알아두었다가 팽소연에게 설명해 줄 요량으로 자꾸 물었다. 화나 있어 사공에게 묻지 않았는지도 모르기 때문이다. 능초영도 사공의 이야기가 재미있었는지 유천복 옆으로 다가왔다.

“유 공자, 조심하시오.”

능초영이 다가서는 것을 본 독갈이 주의를 주었다. 그는 능초영의 독장을 경계하기 위해 한시도 그녀에게서 눈을 떼지 않고 있었다. 지금까지로 보아 홍묘아는 혼자서는 아무 짓도 못하는 듯하니 능초영만 감시하면 별다른 일은 생기지 않을 것 같았다.

“호호, 제가 유 공자님께 도둑보다 위험한 사람이 될 줄은 꿈에도 몰랐는데요. 존장께서 아셨다면 매우 애석해하셨을 거예요."

능초영은 아무렇지도 않게 말하였으나 눈빛만은 차갑게 가라앉았다. 유장추와 함께 능운겸을 생각한 것이리라.

원래의 계획대로 유천복과 함께 움직이는 것이 모든 면에서 합당하였다. 소취란도 소취란이지만 유천복을 따라가는 편이 도비류를 더 쉽게 찾을 수 있을 것이다. 만에 하나 도비류를 찾지 못하게 되더라도 유천복을 미끼로 하면 도비류를 유인할 수 있을 것이다. 유천복에게는 미안한 일이지만 아버지의 원수를 갚기 위해서라면 얼마든지 그를 이용할 생각이었다.

아무리 유천복의 주위에 구름 같은 고수가 있을지라도 마음만 먹으면 유천복을 다시 중독시켜 데려가는 것은 어린애 손목 비트는 것보다도 쉬운 일이었다.

능초영은 유천복의 성격에 대해 누구보다 잘 알고 있었던 것이다.

젊은 사공은 상앗대를 들어 강의 위쪽을 가리켰다. 그곳에는 몇 명의 사공들이 양가죽 뗏목을 지고 상류로 올라가고 있는 것이 보였다.

"저게 뭐 하는 거요?"

유천복이 손을 이마에 얹고 강 상류 쪽을 보았다.

"아, 저거요! 이곳에는 물살을 타고 내려갈 적엔 사람이 뗏목을 타지만 물살을 거슬러 오를 적엔 뗏목이 사람을 탄다는 노래가 있습죠. 양가죽 뗏목은 가볍기 때문에 물살을 거슬러 올라갈 수는 없습니다요. 그래서 강을 건널 땐 뗏목을 지고 상류로 올라가 비스듬히 강기슭으로 건너야 합지요."

사람들은 그제야 사공들이 뗏목을 지고 가는 이유를 알았다.

"쿵쿵. 이쯤 되었으니 이제 내려오란 말이다! 쿵쿵."

강 한복판에 이르도록 내려오지 않는 무애 대사 때문에 이자오는 화가 잔뜩 난 모양이었다.

"어디 보자. 허허. 그래, 설마 네놈이 물고기가 아닌 이상 이곳에서 도망치기야 하겠느냐."

마침내 무애 대사가 이자오의 어깨에서 내려왔다. 십수 일을 무애 대사를 업고 다니던 이자오는 날아갈 듯이 몸이 가볍자 자신도 모르게 양가죽 뗏목 위에서 펄쩍펄쩍 뛰었다.

퉁퉁 소리를 내며 뗏목이 크게 흔들리자 사공들과 능초영의 안색이 변하였다.

"아고, 어르신! 아무리 그래도 그렇게 뛰시면 안 됩니다요. 뒤집어지기라도 하는 날엔 다들 꼼짝없이 물귀신이 되고 만다구요."

사람들이 만류하였지만 기분이 좋아진 이자오를 말릴 수 있는 사람은 없었다.

무려 십여 장이나 둥실 뛰어올랐다가 내렸다 하던 이자오가 문득 강의 위쪽을 보며 말했다.

"쿵쿵, 여긴 이런 뗏목만 있는 건 아닌가 보군. 쿵쿵."

이자오의 말에 모두 강 위쪽을 보았지만 아무것도 보이지 않았다.

"저 위쪽에는 장보방의 배가 있습죠."

"장보방?"

모두들 고개를 갸웃거렸다.

제47장

사위동혈진

死爲同穴塵

죽어서는
한 무덤에 묻히리라

돛대를 온통 붉은 꽃으로 장식한 배는 아름다웠다. 뱃전에 앉은 사람들이 강물 위로 붉은 꽃잎을 뿌리고 있는 모양새가 한가롭기만 했다.

날리는 꽃잎은 사람들의 머리와 어깨 위에 떨어져 내렸다. 붉은색은 경사로움과 상서로움의 상징이다. 사람들은 선량한 효자를 적자(赤子)라고 부르고, 여성의 화려한 화장을 홍장(紅裝)이라 부른다. 홍안(紅顔)은 여성들의 아름다운 얼굴을 가리키는 동시에 미인을 가리키는 말이기도 하다.

특히 뱃사람들은 붉은색이 액을 막고 자신을 지켜준다고 믿기 때문에 붉은 꽃으로 배를 치장하는 것을 좋아하였다.

배가 가까이 다가오자 물살이 크게 출렁거렸다.

"아니, 저런 배가 있는데 왜 이런 뗏목을 타고 가야 하는 거냐?"

무애 대사는 출렁거리는 물살을 보다가 어지럼증을 느꼈는지 눈을 감았다.

"쿵쿵. 땡중 네놈이야 배를 타든 뗏목을 타든 내 어깨 위이긴 마찬가지일 텐데 무슨 상관이냐. 쿵쿵."

이자오가 어깨를 주무르며 툴툴거렸다.

"저건 장보방주가 혼례를 치르는 배입죠."

사공이 노를 들어 붉은 꽃을 가리켰다. 혼례라는 말에 사람들은 모두 배를 쳐다보았다.

"장보방주는 여섯 명의 부인과 첩이 있는데 이번에 또 첩을 맞는답니다. 그런데 적들이 혼례를 방해할까 봐 매번 저렇게 강물 위에서 혼례를 올리지요."

"아름다운 장식이군요."

능초영은 높게 매달린 붉은 꽃을 보자 가슴 한쪽이 찌르는 듯이 아파왔다. 능운겸이 돌아오면 혼례를 올리겠다고 말하려 했었다. 좋아하는 사람이 생겼다고, 그가 바로 강호에서 삼초검이라 불리우는 자라고, 지독한 술꾼이라고… 능운겸은 술꾼 사위라 더 마음에 든다고 했었다.

하나밖에 없는 사위 놈이 주도(酒道)도 모르는 쑥맥이면 어쩌나 걱정했다고 말하던 아버지의 시원한 웃음소리가 귓전을 맴돌았다. 능운겸은 유천복을 사위로 맞게 되는 것이 아닐까 걱정했었다. 그러다 능초영이 좋아하는 사람이 도비류라는 말을 듣고는 딸년이 사람 보는 눈이 높다고 은근히 자랑하곤 했다.

'그러나 아버지, 이 딸년이 사람을 잘못 본 탓으로 결국 가문을 망치

고 아버지조차 구천을 떠도는 혼백이 되고 말았으니 이 불효를 어찌해야 할지요.'

능초영의 볼 위로 눈물이 또르르 흘러내렸다. 삼천교를 나오며 두 번 다시는 울지 않으리라 맹세했었지만 흐르는 눈물을 막을 수는 없었다.

'앞으로는 절대로 울지 않을 것이다. 수옥과 송옥을 찾아 천왕문을 다시 천하제일의 문파로 만들고 그자에게 복수하기 전까지 절대로!'

그녀는 손끝에 묻어나는 한 방울의 눈물을 강물에 뿌리며 두 번 세 번 다짐하였다.

"쿵쿵, 드디어 기회가 찾아왔구나. 쿵쿵."

이자오는 가까이 다가오는 배를 눈여겨보고 있었다. 될 수 있는 한 무애 대사와 멀찍이 떨어져 도망칠 기회만 엿보고 있던 그였다. 저 배가 뗏목을 지나쳐 갈 때 올라탈 심산이었다.

무애 대사는 배에서 울리는 풍악 소리에 정신이 팔려 있었다. 이자오는 지금 도망가지 않으면 죽을 때까지 저 뚱보 땡중을 업고 다닐지도 모른다는 공포심으로 가득 차 있었다.

북해로 가는 길도 아득한데 스스로 고생을 자초할 필요가 없었다.

이대로 저 배에 올라타 중원으로 되돌아가 숨어버리면 땡중이 무슨 재주로 자신을 찾을 것이냐? 이자오는 자신이 매우 똑똑하다고 생각되어 저절로 마음이 흡족하였다.

배가 다가옴에 따라 뗏목이 더욱 출렁거렸다. 사람들은 저마다 제 한 몸을 지탱하느라 찰나지간에 이자오가 백학충천(白鶴沖天)의 수법을 펼쳐 배에 올라타는 것을 막지 못하였다.

"아이쿠, 개코 놈이 도망을! 내 말이 저 배에 올라탔다! 뭐 하느냐! 어서 저 배를 따라가거라!"

무애 대사는 발을 동동 구르며 사공에게 달려갔다. 영문을 모르는 사공은 눈만 멀뚱멀뚱 뜬 채였다.

"이놈아, 뭐 하느냐! 그건 천금을 주고도 살 수 없는 말이란 말이다! 헐헐, 내가 이십 년 만에 잡은 말인데 이대로 놓친다면 억울해서 어쩐 다."

그러나 뗏목 위에서 별달리 뾰족한 방법이 있을 리 만무했다. 능초 영은 무애 대사가 애처럼 투정을 부리는 것을 보고 놀리듯 한마디 하 였다.

"그렇게 억울하면 활이라도 쏴 배를 끌어당기시던지요."

유천복은 능초영이 무애 대사를 놀리는 것이 못마땅하여 한마디 하 였다.

"능 소저, 어른께 그 무슨 버릇없는 말이오."

"누가 버릇이 없다는 거예요? 저 배를 끌어당기지 않고서야 어찌 대 사님의 말을 되찾을 수가 있겠어요."

능초영이 천연덕스럽게 말했다.

"배가 물살을 거스를 수는 없다고 아까 사공이 말하지 않았소."

"그거야 이 뗏목 얘기지요. 배란 원래 물살을 거슬러 가는 것인 줄 모르셨나요? 여기 무지자가 있다면 내 말이 옳다는 걸 알았을 텐데."

능초영이 아쉽다는 듯이 말하자 유천복은 깜짝 놀랐다.

그러고 보니 지금껏 무지자를 잊고 있었다. 돌연 무지자에게 미안한 마음이 들었다.

한 해가 넘도록 한 몸이었는데 이토록 까맣게 잊어버리다니… 사람 의 기억이란 이토록 간사한 것이었다. 아니, 기억이란 놈은 유독 유천 복에게만은 별다른 효력을 발휘하지 못하는 모양이었다.

어떤 사람들은 사소한 일도 오래 기억하는 반면, 유천복 같은 자는 큰일도 금방 잊어버리고 마니 화병이 날래야 날 수 없는 성격인 것이다.

무지자는 지금쯤 어디에 있을까? 도로 수옥에 들어가 버린 것은 아닐지… 그나마 자신이 이 정도의 무공이라도 배워 죽지 않고 살아 있을 수 있는 것도 알고 보면 모두 무지자의 덕이었다.

유천복이 그동안 무지자와 지냈던 일을 떠올리며 감상에 젖어 있을 때였다.

흘러간 배를 보며 잠시 생각에 잠겨 있던 무애 대사가 유천복을 머리 위로 번쩍 집어 올렸다.

"어엇!"

풍덩!

유천복은 아무런 방비도 없이 십수 장이나 날아가 강물 속으로 처박히고 말았다.

"커헉!"

놀란 것은 유천복뿐만이 아니었다. 사공들은 말할 것도 없고 능초영과 독갈도 이 돌연한 사태에 할 말을 잃고 있었다. 앞서 간 봉호문도들을 태운 뗏목에서도 이 같은 일을 보았으나 발만 구를 뿐 뾰족한 방법이 없었다.

그러나 정작 무애 대사는 무덤덤했다.

"배를 끌어당길 수 없으니 내가 가는 수밖에 도리가 없지 않느냐. 나 같은 늙은이가 찬 강물에 빠졌다가 병이라도 나면 어쩌느냐? 네놈은 젊으니 병이 나도 사흘이면 거뜬할 게다."

무애 대사는 웅얼거리더니 한 모금의 숨과 함께 몸을 허공 중에 뽑아 올렸다. 그러나 인간이 새가 아닐진대 어찌 하늘을 날 수 있으랴.

한 번의 숨으로 십수 장이나 건너간 무애 대사는 힘이 부치는 듯 강물로 떨어지려 하였다. 그러나 물에 빠진 것은 아니었다. 무애 대사가 발을 디딘 곳에는 정확하게 유천복의 머리통이 있었다.

허부적거리다 그제야 물속에서 막 떠오른 유천복의 머리통은 또 한 번 강물 속으로 처박히고 말았다. 무애 대사는 유천복의 머리통을 힘껏 밟고 또 한 번 공중으로 날아올랐다. 이번에는 강물에 떨어지는 일 없이 사뿐히 앞서 가던 배 위로 올라설 수 있었던 것이다.

"저, 저분은 신선이십니까?"

노를 젓는 것도 잊은 채 입을 헤벌리고 있는 사공들이 더듬거리며 말했다.

뗏목에서 배의 거리는 삼십여 장이 훌쩍 넘었다. 무공고수들의 경신법은 바람을 타고 하늘로 오른다고 심심치 않게 말하지만 무애 대사가 펼친 등평도수(登萍渡水)의 수법은 달마의 일위도강(一葦渡江)에 비교하여도 전혀 손색이 없었다.

껄껄거리며 웃는 무애 대사의 웃음소리만이 강바람을 타고 멀리까지 울려 퍼졌다.

그나저나 유천복은 물을 한 바가지나 삼킨 후에야 사공의 도움을 얻어 간신히 뗏목 위로 올라올 수 있었다. 자다가 날벼락을 맞은 유천복은 제정신이 아니었다.

그가 물에 빠진 것은 봉호문의 무룡천 이후 두 번째였다. 그러나 무룡천에서는 신구가 있어 물속이라는 느낌이 들지 않았었다.

"괜찮으시오, 유 공자?"

독갈이 유천복의 등을 두드렸다. 두 명의 사공은 이미 뗏목에 탄 자들이 인간이 아니라고 생각한 듯 잔뜩 겁에 질려 있었다.

"쿨럭쿨럭, 마, 망할 늙은이……."

유천복은 기침을 하며 물을 토해내었다.

"불쌍한 유 공자님, 두 망령난 노인네들 때문에 고생이 말이 아니네요."

능초영이 생긋 웃었다.

"쿨럭쿨럭, 능 소저, 그, 그런 말은 왜 해가지고… 쿨럭."

"어머, 전들 그게 가능하다고 생각했나요. 정말 대단한 노인네들이지 뭐예요."

그녀는 정말 다행이라고 생각했다. 아무리 배가 가까이 다가왔다지만 수직으로 몸을 날려 배에 오른 이자오의 경신법이나 유천복을 발판 삼아 삼십여 장을 날아간 무애 대사나 인간 같지 않기는 마찬가지였다. 두 노인네의 무공은 상상을 초월하여 조부인 검황 능소천과 견주어도 승패를 가늠하기 어려울 듯하였다. 내심으로 껄끄러움이 없지 않았는데 스스로 사라졌으니 이제 유천복을 상대하기에 거리낄 것이 없었다.

그녀의 뜻 모를 웃음과는 상반되게 독갈의 표정은 더욱 어두워졌다.

'저 요녀가 무슨 생각을 하고 있는지 뻔하구나. 유 공자를 이용해 송옥을 차지할 생각이겠지만 내가 있는 한 계획대로 되지는 않을 거다. 수옥과 홍묘아, 둘 다 놓칠 수는 없지.'

"배가 돌아옵니다!"

사공이 앞을 가리키며 말했다. 두 명의 사공은 배가 다시 다가오자 벌벌 떨며 뗏목 위에 납작 엎드렸다. 유천복이 보니 뱃전에 의기양양하게 서 있는 것은 이자오를 올라탄 무애 대사였다.

"헐헐, 내 말을 잡았으나 어찌 어린것들을 두고 갈 수 있겠느냐. 내 신랑에게 허락을 구하였으니 어서 오르거라."

유천복은 무애 대사에게 욕을 바가지로 해주려다가 배를 얻어 타게 되자 욕을 꿀꺽 삼켰다. 장보방의 배가 은천(銀川)까지 간다는 사공의 말을 방금 들었기 때문이다.

그는 이미 강변에 도착해 있는 팽소연과 봉호문도들을 보았다. 팔짝 팔짝 뛰고 있는 작은 형체는 분명 팽소연일 것이다.

'어차피 은천에서 만나기로 했으니 괜찮겠지.'

유천복은 느긋하게 생각하기로 하였다.

배에 오르자 낭패한 표정의 이자오와 잔뜩 흥이 난 무애 대사가 네 사람을 맞이하였다. 이자오는 입이 한 자나 나와 있어 유천복 등이 인사를 해도 받으려 하지 않았다.

배 안에는 혼례식 때문인지 수십 명의 사람들이 있었다. 어릿광대들이 이곳저곳에서 손님들의 흥을 돋우었다.

찢어진 종이 모자를 쓰고 귀에는 붉은 고추를 걸고 누덕누덕 기운 가죽 옷을 입은 어릿광대 한 명이 그들을 안내했다. 얼굴에는 검고 붉은 칠을 하고 흰 분가루를 발라 우스꽝스럽기 그지없었다. 유천복은 또다시 팽소연 생각을 하였다.

"오늘은 저희 방주님의 혼례식 날입니다. 술과 음식은 많고 손님이 새로 오셨으니 경사가 아닐 수 없습니다."

귀 뒤에 노란 꽃을 꽂고 머리에 수박 껍질을 뒤집어쓴 익살맞게 생긴 사내가 중앙에서 한껏 흥을 돋우고 있었다.

그 앞에는 살이 너무 쪄서 눈, 코, 입의 구분이 안 가는 뚱보사내 하나가 앉은 것인지 누운 것인지 자리하고 있었다. 그자가 바로 신랑이며 장보방의 방주인 모양이었다.

유천복 일행은 신랑 앞으로 가 의례적인 축하 인사를 올렸다.

장보방은 혼례식과 더불어 약재와 모피 등의 화물을 싣고 은천으로 가는 중이라고 하였다. 유천복은 운이 좋다고 생각했다. 은천까지 가는 배를 만나기는 쉽지 않다고 들었기 때문이다.

대막(大漠)을 지나 북해로 가기 위해서는 어차피 은천을 거쳐 가야 했다. 봉호문 사람들과는 중도에 길이 어긋나더라도 그곳에서 만나기로 미리 약조하였기 때문에 걱정이 없었다.

"같이 이 배를 탔으면 좋았을 텐데."

그렇긴 해도 여전히 아쉬움이 남았다.

신부는 아직 선실에 있는 모양이었다. 장보방의 방주는 주운(舟運)이라는 자로 술이 올라 불콰한 얼굴과 수레바퀴처럼 둥근 그의 체구에 딱 맞는 이름이었다. 그러나 목소리만큼은 일파의 방주로 손색이 없을 만큼 우렁찼다.

"하하! 혼례를 축하해 주기 위해 오셨다니 감사하오. 감사하오."

주운의 말에 유천복은 두 노인네를 힐끔 쳐다보았다. 아무래도 두 노인네가 되지도 않은 말을 늘어놓은 것이 틀림없어 보였다.

유천복이 어물쩡거리자 능초영이 재빨리 그의 손을 잡아끌어 자리에 앉혔다.

능초영을 보는 주운의 눈빛이 심상치 않았다.

"이제 보니 처가 쪽이 모두 미인이었군요."

"쿵쿵. 그럼그럼, 저 계집애는 바로 그년의 동생이지. 자네 신부 말일세. 애야, 어서 형부께 인사 여쭙거라. 쿵쿵."

이자오가 입에서 나오는 대로 주워섬기자 일행은 모두 멀뚱한 표정이 되었다. 무애 대사는 한술 더 떠 얼른 능초영을 앞으로 밀었다.

처가라고? 얼토당토않은 소리라고 반박하려던 능초영은 이자오가 열심히 찡긋거리는 눈을 보며 떨떠름하게 말할 수밖에 없었다.

"환대에 감사드립니다… 형부."

"그럼그럼, 잘 왔네, 처제. 푹 쉬다 가게. 아니, 아예 이곳에서 살아도 괜찮다네. 언니가 혼자서 얼마나 적적하겠나."

주운은 헤벌쭉 웃으며 은근슬쩍 능초영의 손을 쓰다듬었다. 능초영은 주운의 피둥피둥 살찐 손을 잘라 버리고 싶은 걸 억지로 참고 있었다.

"큼큼. 고년이 어릴 때부터 음흉했지. 연락하지 않으면 우리가 모를 줄 알고. 큼큼."

"그럼요. 장인어르신 말씀이 백 번 천 번 지당하십니다."

서슴지 않고 이자오를 장인이라고 부르는 주운의 말을 듣고서야 일행은 어찌 된 일인지 감 잡을 수가 있었다.

졸지에 신부의 두 오라버니가 되어버린 유천복과 독갈은 아무 말도 못하고 음식을 집어 먹을 뿐이었다.

"그런데 저기 검고 못생긴 여자도 따님입니까? 내 평생 저런 추녀는 처음 보기에 드리는 말씀입니다."

주운이 말하는 것은 홍묘아였다. 독갈은 울컥하여 먹던 그릇을 탕 하니 내려놓았다. 그 소리가 얼마나 컸던지 장보방 사람들은 일순간 조용해졌다. 유천복이 얼른 독갈의 그릇에 고기 몇 점을 더 얹었다. 그러자 주운은 그가 음식이 모자라서 화가 났다고 생각했는지 수하들로 하여금 음식을 더 내오도록 하였다.

"큼큼. 저년은 어릴 때 몹쓸 병을 앓아서 그렇다네. 큼큼. 자네는 예쁜 마누라를 얻는 것을 홍복이라 생각해야 하네. 큼큼. 만약 그년도 병에 걸렸다면 자네가 어찌 오늘날 이처럼 즐거운 혼사를 치를 수 있었겠는가? 킁킁."

"장인어른의 말씀이 백 번 지당하십니다. 암요. 허허허."

이자오와 무애 대사는 주운과 술잔을 주고받으며 떠들썩하니 흥청거렸지만 유천복과 다른 사람들은 접시에 코를 박고 고개조차 쳐들지 않았다.

유천복은 신부가 나오기만 하면 들통날 거짓말을 천연덕스럽게 하는 이자오가 야속하였다.

"개코 늙은이가 왜 저런 쓸데없는 짓을 하는지 모르겠소."

개코 '어르신'에서 개코 '늙은이'가 되어버린 이자오의 뒤통수를 노려보던 유천복의 말이었다.

"무슨 속셈이 있겠지요. 설마 아무런 생각도 없이 거짓말을 할 리가 있겠습니까?"

독갈은 화가 풀리지 않는 듯 독한 화주를 따라 입에 털어 넣었다.

"그건 독 형이 몰라서 하는 소리라오. 저 두 놈의 망할 영감탱이들이 무슨 생각을 하는지는 오로지 신만이 알고 계실 것이오."

유천복이 마신 화주 한 잔에 두 '늙은이'는 다시 '망할 영감탱이'가 되어버렸다.

잠시 후 주운의 호탕한 목소리가 다시 들려왔다.

"하하! 이제 혼례를 올리지요. 이봐라! 아래로 내려가서 신부의 오라버니께 가족들이 왔다고 전하거라!"

신부의 오라버니를 불러오라는 주운의 말이 떨어지자 다들 대경실색하였다.

세 사람은 동시에 서로의 얼굴을 마주 보았다. 능초영과 독갈은 같은 생각을 하고 있었다. 여차하면 일전을 각오할 생각이었다.

그러나 두 노인만은 여타의 상황이 어찌 돌아가는지도 모르고 여전히 먹고 마시느라 정신이 없었다.

"쿵쿵. 그럼그럼, 신부의 얼굴을 보아야지. 내 딸년을 보지 못한 지 십 년도 넘어 그년이 아빌 알아볼지나 모르겠소. 쿵쿵."

"흐흐, 설마 그럴 리가요? 아무리 오래 헤어져 있었다 하더라도 몰라볼 리가 있겠습니까? 장인어른과 처가 식구들이 새 사위를 속였다면 모르겠지만요."

주운이 비웃었다고 느낀 것은 유천복뿐만이 아닌 듯했다.

"그럼 그렇지. 저런 말도 안 되는 거짓말에 속아 넘어갔다고 생각하는 우리가 어리석었소."

독갈은 주운의 냉소 어린 말을 듣고 먹고 있던 접시를 내려놓았다.

세 사람은 신부와 신부의 오라버니라는 자가 나오는 선실의 안쪽 문을 뚫어져라 쳐다보았다.

"흐흐. 그래그래, 열심히 보고 있거라. 신부가 너희 놈들을 모른다고 한마디만 하면 너희는 그 길로 물고기 밥이 될 테니. 흐흐… 하하하하!"

주운이 미친 듯이 웃어 젖히자 그동안 쥐 죽은 듯하던 배 안에선 갑자기 폭소가 터져 나왔다.

지금까지 술과 음식을 먹고 있던 장보방의 졸개들은 어느새 다들 날이 시퍼렇게 선 무기를 들고 흉흉한 기세를 드러내었다.

"헐헐. 개코야, 이자들이 왜 이렇게 웃는 거냐?"

"쿵쿵, 꺼억! 낸들 아냐? 다들 술이 취해서 정신이 나간 게지. 쿵쿵."

이자오와 무애 대사는 사태 파악이 제대로 안 되는 눈치였다. 그새 술을 퍼마신 모양이었다.

"모르시면 어떻게 해요? 견비 어르신이 이렇게 만들었잖아요!"

울상을 하고 견비의 팔을 잡아끈 것은 유천복이었다.

"킁킁, 어라? 이게 누구더라. 유가장의 그 어린 놈이잖아. 킁킁, 이 놈아! 여긴 웬일이냐? 킁킁."

이자오의 횡설수설에 유천복은 그만 앞이 캄캄해졌다. 비록 무공의 고수일지는 모르지만 유천복에게는 악연도 이런 악연이 없었다.

"킁킁. 이보게, 사위. 이놈이 누군 줄 아나? 킁킁."

"흐흐. 글쎄다, 장인영감."

주운은 술이 떡이 되도록 취한 두 노인네는 거들떠보지도 않았다.

"킁킁. 몰라? 그럼 내가 알려주까? 킁킁. 아니다, 땡중 네가 나보다 더 먼저 알았으니 네놈이 말해라. 킁킁."

"헐헐, 그런가? 저 소협은… 근데 저놈이 누구냐? 딸꾹."

무애 대사는 말을 마치지 못하고 끝내 이자오와 함께 한쪽으로 폭 쓰러지더니 그대로 천둥 소리처럼 코를 골며 잠이 들어버렸다.

"아이고, 이 영감탱이들아! 대체 나보고 어쩌란 말야!"

유천복이 질겁을 하여 튀어 일어서서 두 노인을 발로 쳤으나 이미 코가 삐뚤어지게 술을 퍼마신 늙은이들은 마치 죽은 노새처럼 움직이지 않았다.

그사이 어느새 선실 밖으로 나온 신부는 주운의 옆에 서 있었다. 너무 뚱뚱해서 일어서지도 못하는 주운은 신부를 무릎에 앉혔다.

"어서 오시오, 부인! 이자들이 부인의 가족이라고 하는데 사실이오?"

커다란 붉은 꽃을 머리에 단 신부의 얼굴을 가린 붉은 수건이 서서히 위로 올라갔다.

그러자 한눈에도 요염함이 물씬 풍기는 미녀가 모습을 드러냈다.

"저 여자는?"

신부의 모습을 보고 가장 놀란 것은 능초영이었다. 신부가 백리향이라는 것을 안 순간부터 능초영의 가슴은 세찬 방망이질을 해댔다.

그녀가 있으면 그도 있을 것이다.

백리향의 작고 빨간 입술이 벌어지며 주운의 귀에 대고 뭐라 속삭였다.

"하하하. 부인이 알 리가 없지. 알 리가 없어. 재미있다. 저 두 노인이 배에 올라 신부의 아버지라 하는 말을 들었을 때부터 이런 장면을 떠올렸지. 어떻소, 부인? 정말 재미있지 않소?"

주운은 무공이 고강해 보이는 두 노인은 이미 취했고 자신들의 인원수가 많으니 이들을 제압하는 것이 그리 어렵지 않으리라 생각하였다.

백리향은 능초영을 정면으로 보고 있었다. 그녀의 눈에 조소가 떠올라 있는 것을 본 능초영의 눈에서 새파란 불길이 활활 타올랐다. 고통보다는 고통의 기억이, 패배보다는 패배의 기억이, 사랑보다는 사랑의 기억이 사람을 더욱 미치게 한다는 걸 능초영은 잘 알고 있었다.

그리고 능초영은 기다리고 있었다. 그녀를 미치게 만들었던 그자가 나타나기를… 기다리는 것 외에 지금 그녀가 할 수 있는 일은 아무것도 없었다.

능초영에게 매질을 하던 백리향의 흰 손은 지금 주운의 가슴팍으로 사라져 보이지 않았다. 그녀는 능초영을 보고 처음에는 깜짝 놀랐으나 곧 평정을 되찾았다. 삼천교에서 그녀를 매질하면서 느끼던 희열을 또한 번 느끼고 싶었다.

"저 계집은 사로잡아서 제게 주세요. 해보고 싶은 게 있어요."

백리향의 말에 주운은 연신 고개를 끄덕거렸다.

"흐흐, 여부가 있겠소. 부인 말이라면 내 뭐든지 들어주리다. 부인의 오라비도 곧 장보방의 부방주가 될 것이오."

"다른 자들은……."

백리향의 시선이 좌중을 훑었다.

이 배에는 백 명이 넘는 장보방 사람들이 있었고 도비류까지 있었다. 두려울 것은 아무것도 없었다.

능초영을 잡아 도비류의 발 아래서 매질할 생각을 하니 벌써부터 가슴이 뛰고 손이 근질거렸다.

"방주님을 농락한 죄 죽어 마땅하니 어서 죽이세요."

"흐흐, 그렇지? 내 부인이 그렇게 말할 줄 알았소. 나도 그럴 생각이었소."

하나 능초영은 이 모든 것과 상관없이 오직 한곳만을 주시하고 있었다. 바로 선실에서 나오는 단 한 사람을 보기 위한 것이었다.

그러나 선실에서 비틀거리며 올라오는 사람을 보는 순간 입술이 덜덜 떨려왔다. 늘어진 검은 머리, 허리에 찬 술병, 공허한 눈빛, 그녀의 기억 속에 있는 모습과 완벽하게 일치하는 그 사내. 어떻게 잊을 수가 있을까.

"도……."

능초영과 눈이 마주쳤지만 무심하게 스쳐 지나는 그자는 바로 도비류였다. 백리향이 나타나는 순간부터 그가 나타나길 기다렸던 능초영이었지만 막상 그를 직접 보게 되자 아련함이 먼저 찾아드는 것을 어쩔 수 없었다.

도비류에게는 능초영에 대한 기억이 없었다. 능초영뿐만이 아니라

도영을 제외하고는 모든 것을 깨끗이 잊어버렸다. 기억이 없다는 것은 돌아갈 곳이 없다는 말과 같았다. 그러니 앞으로 갈 수밖에 없다. 가끔은 뒤돌아보고 싶지만 그럴 수 없다. 그것이 기억을 잃은 자들이 가야 하는 길이었다.

도비류는 여전히 그녀를 몰라보았다. 그렇지만 능초영의 생각은 달랐다.

몰라볼 리가 없다. 어째서 그가 자신을 몰라볼 수 있단 말인가? 자신은 도비류가 죽어 한 줌의 재로 변한다 하더라도 그를 알아볼 수 있거늘.

능초영은 그를 보는 순간 그에 대한 자신의 마음이 변하지 않았다는 것을 알고 절망했다. 왜 그런 일을 겪었는데도 변하지 않을까? 어째서 그에게 이토록 집착하게 되는 것일까? 그를 만나고 그리워한 시간이 그리 긴 것도 아니었다. 만일 애정이 시간에 비례한다면 그를 보는 순간 검을 날렸어야 했다.

부친인 능운겸과 보낸 시간의 길이는 도비류와 보낸 시간의 길이보다 백 배는 많을 터였다. 저자는 살부의 원수, 바로 그녀를 지옥으로 빠뜨린 장본인이었다.

그러나 능초영은 움직일 수 없었다. 백리향의 싸늘한 눈빛을 거부할 수도, 도비류의 무심한 눈빛을 원망할 수도 없었다. 단지 애타게 바라고 있을 뿐이었다. 그가 자신의 이름을 불러주기를.

그녀를 구원한 것은 바로 유천복이었다.

"능 소저, 도 형님이오."

기쁜 듯한 유천복의 목소리가 그녀를 돌아오게 했던 것이다. 머리를 따라가지 못하던 몸에 비로소 피가 돌기 시작했다.

백리향과 도비류가 짐승처럼 뒤엉켜 있던 방문 앞에서 개처럼 매를 맞던 기억이 떠올랐다. 가슴은 그를 그리워하고 있는지 모르나 머리는 아니었다. 잊지 않고 있었던 것은 그에 대한 정만이 아니었다. 지독한 증오, 원한, 배신감, 모멸, 치욕…… 모든 것들이 남아 있었다.

"죽일 놈!"

능초영의 이 사이로 비집고 나온 것은 단 한 마디였다. 도비류를 만나게 되면 퍼부어주려 했던 많은 말들을 그 한마디로 대신하였다. 저곳에 있는 사내는 그녀가 사랑했던 사람이 아니었다. 사랑을 배신하고 아버지를 죽인 철천지원수였다.

능초영은 일말의 망설임도 없이 도비류에게 달려갔다. 유천복이 말릴 틈도 없었다.

유천복은 도비류에게 조심하라고 말하고 싶었으나 그럴 수 없었다. 도비류가 능운겸을 죽인 것은 변함없는 사실이고 능초영과 도비류가 한 하늘을 이고 살 수 없는 사이가 된 것 또한 되돌릴 수 없는 일이었다.

능초영이 도비류에게 덤벼드는 것과 동시에 장보방도들이 우르르 몰려왔다.

유천복은 가장 앞서 다가오는 세 명의 사내에게 탁자를 들어 던지며 능초영과 도비류 곁으로 가려 했다.

두 사람 중 누구도 다치는 것을 원치 않았다. 능초영의 채찍이 도비류의 삼초검에 얽혀드는 것이 보였다. 그리고 장보방도들이 뛰어왔다.

마음이 급해지자 손발이 먼저 움직였다. 유천복은 무단검을 꺼낼 여유도 없이 손발을 놀렸다. 흰 빛이 번쩍 할 때마다 장보방도들이 갈대처럼 쓰러졌다.

독갈은 능초영의 명을 듣기 위해 멍청히 서 있는 홍묘아가 걱정되어 유천복을 도울 수가 없었다.

"정말 적응 안 된다니까."

그는 이 틈에 홍묘아를 데리고 일단 도망갈 작정이었다.

"홍묘아, 어서 가자."

손을 잡아 이끌었으나 홍묘아는 묵묵부답, 마치 배와 한 몸이라도 된 것처럼 움직이지 않았다.

"이런 쌍! 그래, 끝내 같이 죽자는 말이지!"

독갈은 원래 무기를 잘 쓰지 않았지만 지금은 어쩔 수 없었다. 유천복에 비하면 발끝에도 미치지 못하는 실력이지만 누구도 따르지 못하는 빠른 신법에는 장보방도들도 속수무책이었다.

그는 동에 번쩍 서에 번쩍 하며 묵검을 휘둘러 자연스럽게 유천복이 나갈 길을 터주게 되었다.

"유 공자! 어쩔 셈이오?"

독갈이 물었지만 답을 듣지는 못했다. 유천복은 장보방도들을 헤치며 간신히 능초영과 도비류 사이로 다가갈 수 있었다.

"두 분 다 제 말 좀 들어보시라니까요. 능 소저……."

쉭 소리를 내며 능초영의 매련화편이 유천복을 향해 날아들었다. 그는 팔을 뻗어 채찍을 감아 쥐고 힘을 주었다.

"능 소저, 일단 천천히 얘기를 하는 것이……."

"유 공자, 놓아요!"

서슬이 시퍼레진 능초영이 일갈을 내뱉었다. 그 순간 도비류의 삼초검이 매련화편의 중앙 부분을 자르며 지나갔다.

끊어진 채찍은 마치 능초영과 도비류를 조롱하고 있는 것 같았다.

"도비류, 끝내 나를 실망시키는구나!"

능초영은 채찍의 끝에 달린 매화 모양의 암기를 유천복에게 던짐과 동시에 도비류를 향해 연혼장을 펼쳤다.

"도 형님, 조심하세요. 능 소저의 독장에 맞으면……."

소매를 휘둘러 암기를 말아 올리던 유천복은 도비류가 걱정되었다. 능초영의 저 독장에 맞으면 잠시 동안 신지를 잃게 된다. 번개같이 무단검을 빼 들어 연혼장을 쳐 내려갔다. 소리도 없이 도비류를 향하던 연혼장이 무단검과 부딪치자 새하얀 검신에서 화르르 붉고 푸른 두 줄기의 연기가 피어올랐다.

이는 능초영의 연혼장이 지닌 음양현독의 성질 때문이었다.

"능 소저, 제발 내 말 좀 들어봐요!"

유천복은 도비류가 저렇게 된 것이 자신의 탓이라고 생각하였다. 자신이 복령을 가로채어 먹은 탓에 도비류가 끝내 미치고 만 것이다.

어떻게든 능초영에게 그 점을 설명하고 자신의 몸에 있는 피를 다 뽑아내어 도 형님께 먹이면 정신을 차릴 것이라 말하고 싶었던 것이다.

"도 형님도 검을 거두고……."

이번에도 말을 끝맺을 수가 없었다. 푸르스름한 삼초검이 태산 같은 압력으로 유천복의 머리를 짓눌러 오고 있었다.

"일검단악!"

삼초검의 일초식인 일검단악이었다. 유천복은 눈물이 핑 돌았다. 도비류가 삼초검을 전수할 때가 생각났다.

"도 형님, 제발 정신 좀 차리세요."

유천복의 애원에도 불구하고 삼초검은 그를 두 동강 내버릴 것처럼 예리한 기세로 전신을 압박하였다.

"유 공자! 헛된 기대일랑은 버리세요!"

능초영은 유천복이 도비류를 상대하는 동안 다른 방법을 모색하였
다.

연혼장은 이제 한 번밖에 쓸 수 없었다. 그녀는 주운의 품에 앉아 일
련의 사태를 보고 있는 백리향을 쏘아보았다. 도비류가 백리향의 말만
듣는다는 것은 익히 알고 있었다.

그러나 섣불리 그녀에게 다가갔다가는 오히려 장보방주의 손에 당
할 위험이 있었다. 보기엔 저렇게 둔해 보여도 방주 자리에 앉아 있는
걸 보면 예사롭지 않은 인물일 것이다.

"도 형님, 유 아우예요. 저를 몰라보시겠어요?"

유천복은 무단검으로 삼초검의 진로를 막으며 도비류에게 말을 걸
었다. 처음에는 무심한 듯하던 도비류는 번번이 유천복이 자신의 일을
방해하자 화가 나는 듯했다.

"비켜라! 내 앞을 막으면 전부 죽인다."

처음으로 도비류가 입을 열자 유천복은 왈칵 반가운 마음이 들었다.
그 말이 뜻하는 바가 무엇인지 미처 생각하지도 않고 검을 아래로 내
려뜨렸다.

"그래요. 형님, 저 유천복이에요."

무방비 상태로 다가드는 유천복은 순간적으로 도비류가 멈칫하는
것을 보았다. 아니, 보았다고 생각했다. 그러나 그것은 착각이었다. 삼
초검이 수평으로 원을 그리며 유천복의 허리를 두 동강 내려고 달려들
었기 때문이다.

"이검절수!"

너무나도 빠른 검법에 유천복은 미처 피하지도 못할 상황이었다. 그

러나 그때 공교롭게도 코를 드르렁거리며 자고 있던 무애 대사가 몸을 획 뒤집었다. 그 바람에 배 위에 올려져 있던 구리로 만든 술잔이 핑 소리를 내며 날아가더니 삼초검에 부딪쳤다.

챙!

삼초검은 멈칫하였고 그 틈에 유천복은 일촉즉발의 위기에서 간신히 몸을 빼낼 수 있었다.

"형님! 어쩌다가 이리되신 것입니까?"

유천복의 애원 섞인 말도 도비류에게는 아무 소용이 없는 듯했다. 목표를 잃은 도비류의 눈은 붉게 충혈되었다. 잠시 주위를 돌아보던 그는 주운의 무릎에 앉아 있는 백리향을 보았다. 그리고 조금 떨어진 곳에 서 있는 능초영과 유천복에게로 차례차례 시선을 옮겼다.

짧은 시간, 수면 아래 잠자고 있던 수많은 기억들과 고통의 시간들이 일시에 물 위로 떠오르듯 그의 머리 속을 흔들고 뒤엉켜졌다. 그리고 뭉뚱그려진 기억들을 덮으며 피어오르는 엄청난 살의!

"으아아악!"

마침내 도비류가 괴성을 지르며 갑판 위로 훌쩍 뛰어올랐다. 엄청난 고함 소리에 얼이 빠진 것은 무공이 약한 장보방도들이었다.

그들은 얼얼한 고막에 정신이 팔려 삼초검이 자신들의 팔다리를 끊어버릴 때까지 어떤 반항도 하지 못하였다. 순식간에 세 명의 장보방도들이 비명을 지르며 쓰러졌다.

"저, 저런 미친놈을 봤나! 막아라! 어서 막아랏!"

반쯤 누워 있던 주운이 몸을 일으키며 소리를 질렀다. 그 곁에 있던 백리향의 안색도 새하얗게 변했다.

도비류는 이상해졌다. 얼마 전 장보방에서 온 자들을 죽인 후부터였다.

그녀는 돌연 도비류가 자신마저도 죽여 버릴지도 모른다는 두려움에 휩싸였다.

"부인의 오라비가 어찌 저런단 말이오?"

아직도 사태 파악을 못한 주운이 물었다.

"저자는, 저자는 제 오라비가 아니에요."

"오라버니가 아니라고?"

주운의 실 같은 눈이 약간 움직였다. 그는 더 이상 웃고 있지 않았다.

"부인은 오라비와 함께 수옥을 찾으러 북해로 가야 한다지 않았소?"

그 말로 인해 사람들은 백리향이 어떻게 해서 장보방의 여섯 번째 첩으로 들어가게 되었는지 알았다. 수옥을 함께 찾자고 주운을 설득한 것이 분명했다.

"그 말은 맞지만, 저자는… 오라비가 아니라 저를 납치한 거예요!"

주운의 미간이 좁아졌다. 백리향은 도비류와 자신이 아무런 사이도 아니라는 것을 증명하려고 하지 않아도 될 말까지 하고 말았다.

"저자는 사실 저 여자와 한패예요. 저들이 장보방 사람들을 죽이고 저를 협박했어요. 제 말을 믿어주세요!"

백리향은 양손으로 주운의 얼굴을 감싸 억지로 돌리려 하였다. 자신의 눈을 보기만 하면 섭혼술에 걸릴 테고 그러면 주도권을 쥐는 쪽은 자신이었다. 그러나 그녀의 생각과 달리 주운은 그녀의 가녀린 손목을 거칠게 움켜쥐더니 바닥으로 팽개쳐 버렸다.

엄청난 힘에 의해 백리향은 와장창 소리와 함께 상 위로 쓰러지고 말았다. 일련의 사태에 주위는 잠시 조용해졌다.

주운의 얼굴에는 경멸의 빛이 드러나 있었다.

"네년이 나를 우롱하려 드는 게냐?"

"바, 방주, 어째서 제 말을 믿지 못하십니까?"

백리향은 눈물을 뿌리며 주운의 발 아래 엎드려 흐느꼈다.

"너희 두 연놈들이 이옥을 살해한 줄 내 진즉에 알고 있었다! 그러나 수옥을 얻기 위해 덮어두려 하였건만 더 이상은 참을 수가 없구나!"

백리향은 입술을 깨물었다. 장보방주가 다 알고 있었다면 차라리 잘 된 일이었다. 도비류에게 배 안의 사람들을 모두 죽이라 하고 둘이서 북해로 가 수옥을 찾는 편이 나을 것이다.

"호호, 그렇다면 얘기가 쉬워지겠구나. 돼지 같은 놈, 대가리에 똥만 들은 줄 알았더니 제법이었군."

주운은 머리에서 김이 펄펄 날 만큼 화가 났다.

"이런 쳐 죽일 년! 뭣들 하느냐! 어서 저 연놈들을 잡지 않고."

방주의 말에 장보방 사람들은 다시 험악한 기세를 드러내며 포위망을 좁혀왔다.

"누가 할 소리! 물고기 밥이 되는 것은 바로 네놈들이다! 오라버니, 이들을 모두 죽여 버리세요!"

주운이 길길이 날뛰는 틈을 타 백리향은 도비류의 곁으로 나는 듯이 다가섰다. 조금 전만 해도 주운에게 도비류를 죽이라고 하던 그녀였다. 상황이 불리해지자 손바닥 뒤집듯 태도가 돌변한 백리향의 모습에 사람들은 혀를 내둘렀다.

"단 한 놈도 놓치지 마라!"

주운은 이를 갈며 수하들에게 명령을 내렸다. 한 걸음도 뗄 수 없을 것 같은 육중한 몸이 일어서자 배 위에는 커다란 그림자가 드리워졌다.

그는 거치적거리는 수하들을 밀치며 코뿔소처럼 돌진하였다.

"저리 비켜라! 저 두 연놈은 내가 직접 요절낼 테다!"

이백 근은 족히 나갈 법한 몸이 표범 같은 동작을 펼치는 것은 가히
예술의 경지라고 할 수 있었다.

비록 주운이 중원의 변방인 난주에 틀어박혀 세상 돌아가는 것도 모
르는 것처럼 살고 있지만 그는 산전수전 다 겪은 자였다. 이미 수옥에
대한 소문도 익히 들었던 터였다.

백리향이 찾아와 수옥에 대해 말했을 때 그는 자신에게도 기회가 왔
음을 직감했었다. 그러나 오늘 주운은 잠시 동안 가졌던 헛된 망상에
대한 대가를 톡톡히 치러야 했다. 죽음이란 놈은 동전의 양면과도 같
아 언제나 삶의 뒤편에서 기회를 엿보고 있는 법이었다. 순식간에 주
운은 검조차 제대로 휘둘러 보지 못하고 삼초검 아래 불귀의 객이 되
고 말았다.

철썩같이 믿었던 방주마저 일 합을 버티지 못하자 장보방 사람들은
사색이 되었다. 그러나 수적으로는 이쪽이 훨씬 많았다. 장보방의 부
방주들은 방주의 원수를 갚겠다고 앞으로 나서려 하였다. 공석이 되어
버린 방주 자리를 차지하기 위해서는 물불을 가리지 않을 심산이었던
것이다.

누가 먼저 달려들 건지 부방주들이 서로 눈치만 보고 있는 가운데
도비류의 삼초검은 더욱 현란하게 움직였다.

"앞을 가로막는 자… 죽인다."

도비류의 나직한 말에 백리향은 움찔하였다. 요즘 들어 도비류는 수
시로 저 말을 내뱉었다. 그걸 증명하는 것은 어렵지 않았다.

그는 뒤에 선 백리향에게는 눈길도 주지 않았다. 썩은 나무토막이

잘려 나가듯 도비류를 막아선 자들은 하나같이 허리가 잘려 바닥을 뒹굴었다.

"도 형님……."

유천복은 할 말을 잃었다. 그가 망설이는 사이 십여 명의 사람들이 다시 갑판 위를 피로 물들였다.

"유 공자, 이래도 그를 형님이라고 부르겠어요?"

싸늘한 능초영의 말이었다.

그녀가 말하지 않아도 유천복은 알고 있었다. 도비류는 변했다. 예전에 그가 알던 도비류는 이미 죽었다. 그걸 확인하기 위해 사람이 더 죽을 필요는 없는 것이다.

"형님, 용서하세요."

유천복이 울먹거리며 무단검을 들어 가슴 앞에 세웠다. 팔뚝만했던 무단검은 여환무단신공이 주입되자 기이이잉 하는 소리를 내며 눈 깜짝할 사이에 유천복의 키만큼 길어졌다. 길어진 무단검은 마치 황하에 빠뜨렸다 꺼낸 것처럼 누르스름한 빛이었다.

도비류도 보고 있지만은 않았다. 신들린 듯이 춤을 추는 삼초검과 무단검이 부딪치자 검푸른 불꽃이 사방으로 튀었다. 두 사람은 같은 초식을 쓰고 있었다.

유천복은 일검단악에는 일검단악으로, 이검절수는 이검절수로 응수하고 있었다. 그것이 도비류에 대한 예의라고 생각한 것이다.

잇따른 공격이 번번이 막히자 도비류는 더욱 광분하였다. 가슴 깊은 곳에서 치밀어 오르는 살기는 이 세상 사람들을 다 죽인다 하더라도 풀어질 것 같지 않았다.

두 사람이 검을 겨루는 사이 능초영이 생각한 바를 이미 행동으로 옮기고 있었다. 도비류의 뒤에서 방심하고 있던 백리향에게로 몸을 날린 것이다.

백리향은 서슬이 퍼래서 달려드는 능초영을 피하기엔 역부족이었다. 겹겹이 몸을 둘러싼 신부복은 오히려 그녀가 도망치는 것을 방해하였다. 몇 초를 겨루기도 전에 백리향은 능초영의 손에 잡히고 말았다.

"잡았다!"

얼음처럼 차가운 능초영의 목소리에 백리향은 섬뜩한 기분이 들었다. 채찍으로 능초영을 휘갈기며 희열을 느끼던 그녀였다. 자신의 하얀 몸에 뱀처럼 채찍이 감겨드는 환상이 떠올랐다.

"안 돼."

백리향은 저도 모르게 중얼거렸다. 능초영의 독기 서린 표정은 그녀의 상상에 불을 끼얹었다.

때리지 마…….

능초영은 그렇게 말했었다. 벌레처럼 바닥을 기며 때리지 말라고 빌었지. 자신이 그녀의 발 아래 엎드려 때리지 말라고 사정하는 모습은 죽음보다 더 큰 고통이었다. 능초영의 알몸은 그와 얽혀 있었다.

도비류! 그가 있었다. 그를 생각하자 정신이 들었다.

"오라버니, 어서 이년을 죽이고 날 구해줘요!"

백리향은 소리를 빽 질렀다.

"도비류, 어서 오너라."

능초영은 도비류가 백리향을 구하러 달려오는 그 순간을 노릴 작정이었다. 소매 속에 한 손을 숨기고 언제든지 연혼장을 발출할 만반의 준비를 하고 있었다.

도비류가 뒤를 돌아다보았다.

"오라버니……."

백리향은 도비류가 달려올 것이라 기대하였다. 그러나 그는 움직이지 않았다. 그녀는 이상한 생각이 들었다.

도비류의 충혈된 눈동자에는 아무런 감정도 담겨 있지 않았다. 그녀는 도비류의 저런 눈빛을 전에도 본 적이 있었다. 능초영을 보던 그의 눈빛, 무심하고 차가우며 어떤 감정도 담겨져 있지 않은 스쳐 지나는 듯한 눈빛이었다. 그것은 그가 자신을 잊어버렸다는 뜻이었다.

"그럴 리가 없어."

백리향은 중얼거렸다. 도비류는 자신을 잊어서는 안 되었다. 자신이 그를 버릴 수는 있어도 그가 자신을 버리게 둘 수는 없었다.

"당신은 날 버릴 수 없어!"

그녀는 무시무시한 힘으로 능초영의 손을 뿌리쳤다. 순간적으로 놀란 능초영이 잡을 틈도 없이 도비류를 향해 몸을 날렸다.

"당신은 그럴 수 없어! 세상 남자들이 전부 날 버려도 당신만은 그러면 안 돼! 당신은 날 사랑하잖아!"

악을 쓰는 백리향의 목소리는 차라리 절규에 가까웠다.

도비류는 붉은 한 무리의 나비 떼가 자신을 향해 날아오는 것을 보았다. 전에 본 듯도 하고 처음 보는 것 같기도 한 모습이었다.

백리향은 도비류가 자신을 향해 두 팔을 벌리자 안심한 듯 환하게 웃었다.

"그는 아직 나를 사랑해."

달빛처럼 푸른 검날이 눈앞을 스쳐 지나는 순간 백리향은 똑똑히 들을 수 있었다.

"누구든 막는 자는 벤다."

촤아악!

뜨거운 피가 도비류의 얼굴로 화악 끼얹어졌다.

매화 향기…

그리운 얼굴이 떠올랐다. 누구지?

달콤한… 피 냄새…

미칠 듯이 온몸을 파고드는 뜨거운 열기!

"매화… 도영… 나비……."

도비류는 세 단어를 몇 번이나 되풀이하였다.

그는 눈을 감고 숨을 깊게 들이켰다. 폐부 깊숙이 따스하고 붉은 피가 차 올랐다. 도비류는 그것이 나비라고 생각했다. 매화 무늬를 가진 붉은 나비! 잡을 수 없었던 나비를 잡는 것은 매혹적인 일이었다. 그러나 가까이에서 본 나비는 아름답지 않았다. 날개를 떼어내면 남는 징그러운 주름과 털로 가득한 몸뚱이가 나비의 본모습이었다. 자신이 좋아했던 것은 이미 찢겨 나간 매화 무늬의 날개만이 아니었을까?

어쨌든 나비는 죽었다.

그리고 나비는 많았다.

신부의 머리에 꽂혀 있던 붉은 꽃은 사람들의 머리 위로 산산이 부서져 흩날렸다. 강물처럼 흐르던 붉은 피는 신부의 몸을, 붉은 꽃잎을 야금야금 먹으며 사람들의 발 밑을 적셔갔다.

"저럴 수가!"

삼초검이 백리향을 향해 휘둘러지는 것을 보고 가장 놀란 사람은 능초영이었다. 싸늘한 시체가 되어 누워 있는 백리향을 보자 저도 모르게 연민의 정이 느껴졌다.

"참으로 허망하구나. 내 네년의 살점을 하나하나 저며내어 소금을 뿌려 먹어도 이 원한을 갚지 못할 거라 생각하였거늘… 결국엔 네년 스스로 쳐놓은 정해(情海)의 덫에 빠져 죽고 말다니……. 그러게 남자를 너무 믿으면 안 돼."

능초영은 입술에서 피가 나도록 깨물었다. 백리향의 피를 뒤집어쓴 도비류는 멈추지 않고 그대로 유천복을 향해 돌진해 갔다.

"유 공자, 저리 비켜요!"

유천복은 능초영이 제 몸을 돌보지 않고 도비류에게 쏘아져 들어가는 것을 보고 기겁하여 도비류를 막으려 하였다. 그러나 거리는 멀고 시간은 없었다. 이러다간 능초영마저 삼초검 아래 스러지는 것이 아닌가 두려웠다.

"더 이상은 안 돼! 더 이상 도 형님이 죄를 짓게 할 수는 없어!"

유천복은 목청이 터져라 소리치며 검을 쥔 손을 주욱 내밀었다. 무단검은 푸른 빛을 뿜더니 눈 깜짝할 사이에 두 배나 길어졌다.

길어진 검신은 그대로 도비류의 왼쪽 가슴을 관통하였다. 보던 사람들은 유천복의 희한한 검에 놀랐지만 도비류가 가슴을 관통당하고도 아무렇지 않은 것을 보고 더욱 놀랐다.

"나비……."

도비류는 또다시 날아드는 나비를 보았다. 나비들은 잡아도 잡아도 그를 향하여 덤벼드는 끔찍한 기억과도 같았다. 그리고 그 기억의 끝에는……?

붉은 나비의 날개 속에서 하얀 손이 뻗어 나왔다. 삼초검이 미친 듯이 춤을 추었다. 검에 이르는 곳마다 푸른 검강이 작렬하며 모든 것을 조각으로 부숴 버렸다. 그러나 흰 손은 여전히 도비류의 가슴을 노리고 따라왔다.

겁없이 파고드는 흰 손은 붉어졌다가 다시 파랗게 변하며 눈 속을 어지럽혔다. 아차 하는 순간 흰 손이 그의 가슴에 닿는 듯했다. 둔탁한 통증과 함께 강렬한 향기가 머리 속으로 전해져 들어왔다.

이것은 붉은색의 향기, 그녀의 향기다.

누구?

도영!

도비류는 능초영의 연혼장을 가슴에 맞는 순간 망각의 늪에서 벗어났다. 그리고 그것은 또 다른 망각의 시작이었다.

그의 눈에 피투성이가 되어 쓰러져 있는 도영의 모습이 보였다.

"멈춰랏!"

능초영이 소리쳤다. 연혼장이 그를 자신에게 돌아오게 할 것이다.

그러나 도비류는 멈추지 않았다. 뱃전을 등지고 있던 그의 몸은 연혼장을 맞는 순간 그대로 뒤로 떨어져 내렸다. 바로 곁에 있던 백리향의 시신을 안고 강물로 뛰어든 것이다.

"도영, 이젠 같이 있자."

강물은 시리도록 차가웠으나 뼛골은 물론이고 머리 속까지 하얗게 씻어 내렸다.

능초영과 유천복이 뱃전으로 달려갔으나 도비류의 모습은 이미 강물 속으로 자취를 감춘 뒤였다.

여름이 지나고 날씨가 선선해지면 중원의 상인들은 비단과 차, 도자기 등을 싣고 서역으로 가는 긴 여정에 나선다. 경조부에서 출발하여 난주(蘭州), 양주(陽州), 감주(甘州), 숙주(肅州)를 지나 사주(沙州)를 넘어가는 것이다. 모피, 도자기, 옥과 비단 등을 싣고 서역으로 가서는 진주, 약재나 향료 등을 싣고 다시 중원으로 돌아오는 것이다.

상인들이 서역으로 가기만 한 것은 아니었다. 유장추는 북쪽의 오래된 마역로(馬驛路)를 통해 비단과 말을 거래하였다. 마역로는 사막과 초원 지대를 지나 북국(北國)으로 가는 길을 말한다.

마역로는 사막이 시작되는 곳, 바로 은천에서부터 시

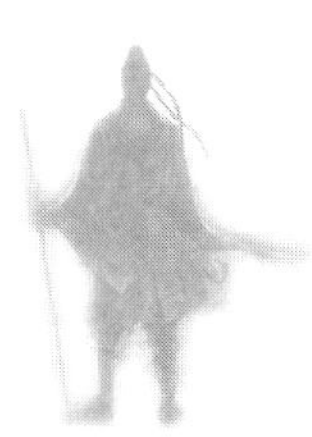

작되었다. 은천을 벗어나면 눈에 보이는 곳은 전부 메마르고 황량한 황무지였다.

은천에서 북국으로 가기 위해서는 반드시 알아두어야 할 사람이 있는데, 그들이 바로 타호(駝戶)이다. 타호는 낙타바리꾼을 뜻하는데 상인이라면 반드시 좋은 타호를 만나는 것이 거래의 성공보다도 중요하였다. 타호란 바로 목숨과 직결되기 때문이다. 상인들은 대부분 단골로 거래하는 타호가 있기 마련이었다. 유천복이 유장추를 따라 한 번이라도 장삿길에 나섰더라면 그 같은 일을 잘 알았을 것이다. 하지만 유천복은 모든 것이 처음이었다.

"왕 노대 말로는 부건(副件)이라는 자를 찾으라고 했어요."

알아보니 부건이라는 자는 아직 돌아오지 않았다고 했다. 그가 돌아오려면 아직도 한 달은 더 기다려야 한다는 것이다. 일행은 다른 타호를 찾아보기로 하였다.

유천복은 이럴 때 지둔술을 사용한다면 얼마나 좋을까 생각했다. 하지만 땅속의 길이 어디로 이어져 있는지 알 도리가 없었다. 그건 땅을 몽땅 뒤집어엎지 않고는 불가능한 일이었다. 유천복은 자신이 알 수 있지 않을까 생각하였지만 땅속으로 흐르는 물소리 때문에 소용이 없었다. 게다가 이 많은 사람들을 데리고 땅속으로 갈 수도 없는 노릇이었다.

"팽 소저 한 명 정도라면 어떻게 해보겠는데……."

유천복은 지둔술로 아미산에서 곤명까지 하룻밤 사이에 왕복한 것을 떠올렸다.

은천에 도착하자마자 팽소연과 봉호문도들이 그들을 맞았다. 유천복 등이 싸우는 동안 장보방의 배가 잠시 다른 물길로 새는 바람에 그들이 먼저 도착한 것이었다.

팽소연을 달래느라 한나절을 보낸 유천복은 해가 어스름해진 후에야 밖으로 나왔다. 팽소연의 성화에 능초영과 따로 가겠노라 말한 뒤였다. 능초영은 굳이 동행하지 않아도 유천복만 따라가면 될 거라고 생각하였는지 별다른 말을 하지 않았다.

은천의 낙타 시장은 어찌나 시끄러운지 서로 소리를 지르지 않으면 대화가 통하지 않을 정도였다. 거기다 타호마다 부르는 값이 달라 어느 것이 옳은 가격인지 알 수 없었다. 유천복은 자신이 장사꾼의 아들인만큼 손해를 보지 않는 것이 아버지를 기쁘게 하는 길이라고 생각했다.

언젠가 물건을 사며 요령을 알려주던 유장추의 모습이 생각났다.

"천복아, 잘 듣거라. 장사꾼의 즐거움은 흥정하는 데 있는 거란다. 그러니까 저자가 열 냥을 말하면 두 냥을 주겠다고 하거라. 그러면 그는 일곱 냥만 달라고 할 것이다. 세 냥을 주겠다고 하면 다섯 냥으로 내려가겠지. 그러면 넌 이 세 냥을 계속 고집하면 되는 거야. 저자가 울상을 짓고 늙은 노모와 처자식이 모두 굶어 죽을 거라고 말하며 양보를 하면 그 물건을 사도 돼. 하지만 알아두어야 할 것은 그 물건은 원래 한 냥짜리라는 거지."

하지만 닳고 닳은 상인들만을 상대한 타호들은 유천복의 머리꼭대기까지 올라가 있었다. 게다가 낙타들의 상태도 좋아 보이지 않았다.

오포(五包)는 은천에서 가장 훌륭한 타호가 되는 것이 꿈이었다. 그러나 아직 그에게는 열 마리의 낙타가 가진 전부였다. 이곳에서 훌륭한 타호가 되려면 오십 마리 이상의 낙타는 길러야 한다. 그는 앞으로 열심히 일하면 서른 이전에는 오십 마리 이상의 낙타를 기를 수 있을 거라고 생각했다.

사막을 오가는 사람들에게 낙타는 동물이 아니라 가족이고 친구였다. 오포 또한 낙타 등에서 태어나고 자랐다.

그는 아직 혼인하지 않았고 사막을 오가느라 변변한 여자 친구 한 명 사귀지 못한 총각이었다. 그래서 낙타를 사러 온 능초영을 보았을 때 오포는 난생처음으로 가슴이 설레이는 것을 느꼈다. 그는 태어나서 그렇게 예쁜 여자는 본 적이 없었다.

은천에는 여자가 많았다. 그녀들은 모두 은천을 오가는 상인들의 애인이거나 애인이 되기 위해 안달이 난 소녀들이 대부분이었다. 어릴 때부터 상인들의 노리갯감이 되기 위해 치장하는 또래의 여자들에게 오포는 그다지 좋은 신랑감이 아니었다.

오포는 여자들보다 낙타가 더 좋았다.

그러나 그의 그런 생각도 능초영을 보는 순간 기억의 저편으로 사라지고 말았다. 낙타 시장에서 낙타를 고르는 그녀와 눈이 마주치는 순간, 오포는 신에게 부디 그녀가 자신의 낙타를 사게 해달라고 빌고 또 빌었다. 오포의 눈에는 앞서 걸어오는 유천복과 팽소연은 보이지도 않았다.

마침내 능초영이 오포의 앞에 섰다.

가까이에서 보자 그녀의 모습은 정말이지 하늘에서 금방 내려온 선녀처럼 아름다웠다.

"난 낙타를 탈 필요가 없다니까. 개코거지가 있는데 무슨 걱정이냐?"

이자오의 어깨 위에서 졸고 있던 무애 대사가 말했다.

"쿵쿵. 이놈아, 사막을 건너려면 낙타를 타지 않으면 안 된다고 너도 같이 듣지 않았느냐? 쿵쿵."

"그래? 언제? 난 못 들었는데?"

심드렁한 무애 대사의 말에 이자오의 얼굴이 시뻘게졌다.

"쿵쿵. 이런 쳐 죽일 땡중 놈, 어디 두고 보자. 쿵쿵."

이자오는 할 수만 있다면 무애 대사를 저 낙타들의 먹이로 주고 싶었다.

"좀 조용히 있지 못하겠어요?"

빽 하니 소리를 지른 것은 팽소연이었다. 그녀는 두 노인네가 장보방의 배를 올라타는 바람에 늦어졌다는 얘기를 들은 뒤부터 도끼눈을 뜨고 두 노인을 구박하였다.

누구보다 팽소연을 무서워하는 무애 대사는 이내 찔끔해서 입을 다물었고 이자오도 덩달아 다른 쪽을 보며 궁시렁대었다.

"쿵쿵, 어린 년의 성깔이 저토록 더러우니 유가 놈 앞길이 걱정이다, 걱정이야. 쿵쿵."

그 말을 못 들을 리 없는 팽소연이었다.

"개코 할아버지는 말 노릇이나 제대로 하세요! 지금 남 걱정 해주게 생겼어요? 땡중 할아버지를 태우고 사막을 건너다 죽어버려도 난 눈 하나 깜짝 안 할 거예요."

"쿵쿵. 저, 저런 쳐 죽일 년. 쿵."

이자오는 아예 상종을 안 하겠다는 듯이 휙 돌아섰다.

"아이쿠, 이놈의 말이 주인 잡네, 주인 잡아. 헐헐."

그 바람에 떨어질 뻔한 무애 대사가 엄살을 떨었다.

"이 낙타들로 대막(大漠)을 건널 수 있소?"

오포에게 말을 건넨 것은 유천복이었다.

"그, 그럼요."

"우리는 대막을 건너 북해로 가고자 하는데……."

"그거라면 걱정 마세요. 이미 수십 번도 더 왔다 갔다 한 길이니까요."

가슴을 탕탕 두드리는 오포의 얼굴은 자신감으로 가득 차 있었다.

"호호, 정말이에요?"

오포의 과장된 모습에 능초영이 웃음을 터뜨렸다. 오포는 지금까지 낙타의 방울 소리보다 더 좋은 소리는 없다고 생각해 왔다. 그러나 능초영의 웃음소리를 듣는 순간 수천 개의 낙타 방울들이 동시에 울려 퍼지는 듯한 그 소리가 세상에서 가장 아름다운 것 같았다.

"아깝네요. 유 공자님께서 먼저 그 낙타를 골랐으니 우리는 다른 낙타를 골라야겠지요?"

아쉽다는 듯한 능초영의 말에 기절초풍한 것은 다름 아닌 오포였다.

"아니, 저, 저는 소저에게 낙타를 판 것인데요?"

그는 유천복과 능초영을 번갈아 보았다.

"호호, 그 낙타를 산 것은 여기 공자님이세요. 저는 일행이 아니랍니다!"

능초영은 팽소연에게 들으라는 듯이 큰 소리로 말했다. 오포의 얼굴은 더욱 시뻘게졌다.

"아닙니다, 아닙니다. 저는 소저에게만 낙타를 팔 것입니다. 이 공자님은 제 낙타를 탈 수 없습니다."

난처해진 것은 유천복이었다.

"무슨 이런 사람이 다 있어요? 우리가 먼저 낙타를 사겠다고 했으니 우리한테 파는 것이 당연하죠."

팽소연이 안색을 붉히며 오포에게 말했으나 소용이 없었다.

"저는 이 소저가 아니면 절대로 낙타를 팔지 않겠어요."

오포는 속으로 깡마른 청서(靑鼠)처럼 생긴 소저가 성질도 사납다고 속으로 욕을 퍼부었다. 거기에 비하면 앞의 여자는 햇살처럼 부드럽고 여신처럼 따스한 미소를 짓고 있지 않은가.

이왕 사막을 건너려면 이런 여자와 함께 건너는 것이 백 번 천 번 좋을 것이다. 오포가 대꾸조차 하지 않자 팽소연은 수옥봉을 치켜들어 오포를 때리려 하였다.

"이런 사기꾼 같으니! 보나마나 돈을 더 내라고 하는 수작이지? 내 너 같은 놈들 때문에 한두 번 고생을 한 것이 아니다! 어디, 맛 좀 봐라!"

"어구구, 이 소저 좀 말려주세요! 제가 뭘 잘못했다는 거예요!"

낙타 주변을 뱅글뱅글 도는 오포를 따라 팽소연도 몇 바퀴를 돌고 나자 머리가 어찔하였다.

"팽 소저, 그만 하시오. 낙타를 누구에게 팔든 주인 맘 아니오."

유천복의 말에 팽소연은 씩씩거리며 간신히 멈추어 섰다.

"문주님은 왜 맨날 저만 잘못했다고 그러는 거죠?"

두 눈 가득 눈물이 그렁그렁한 팽소연을 보자 유천복은 가슴이 덜컹 내려앉았다.

어쩔 줄 모르는 그를 보며 능초영은 실소하였다.

'팽 소저도 여간내기가 아니구나. 사람들은 눈이 마음의 창이라 하지만 여자들의 눈은 종종 남자들을 속이기 위해 사용되는 것이지. 지

금도 눈물 몇 방울에 유 공자를 단숨에 휘어잡는구나.'

능초영의 말대로 유천복은 안절부절못하여 팽소연이 잘못하지 않았다고 여러 번 말해 주어야 했다. 그는 팽소연이 마음에 맺힌 것이 많아 저토록 화를 잘 내는 것이라 생각했다. 유장주와 함께 삼천교를 찾아갔던 것도, 마림에 잡혀갔던 것도 전부 그를 위해서였다.

유천복은 앞으로 절대 팽소연을 슬프게 하지 않을 것이라 다짐했다. 유천복이 달래주자 팽소연은 기분이 많이 나아진 모양이었다.

"근데 이걸 어쩌지요? 건강한 낙타는 이미 다 팔렸다고 합니다."

아무리 돈을 많이 준다 한들 없는 낙타를 구할 수는 없었다. 더구나 다른 좋은 낙타들은 이미 팔려 나갔고 남은 것은 보기에도 병이 들어 있는 듯한 낙타들뿐이었다.

유천복은 아버지로부터 사막의 여행을 좌우하는 것은 낙타라고 들었다. 건강한 낙타만 있으면 이미 그 여행은 반은 성공한 것이라고 했다.

더구나 낙타바리꾼은 훌륭한 사막의 안내자였다. 남아 있는 낙타가 이것밖에 없다는 것은 낙타바리꾼도 이들밖에 없다는 말이었다.

두 번 세 번 생각하여도 능초영과 함께 사막을 건너는 수밖에 없을 것 같았다.

팽총 등 육신단주들이 간신히 팽소연을 설득하였다. 한때의 소동이 지나 이제 출발하는 일만 남아 있었다.

다행인 것은 지금이 여름이 아니라는 점이었다. 낙타는 더운 것을 싫어하기 때문에 사막이 불덩이처럼 달궈지는 한여름에는 움직이지 않았다.

오포와 그의 친구 두 사람이 십여 마리의 낙타를 끌고 돌아왔다.

초! 초! 하는 주인의 고함 소리를 듣자 키가 일 장이나 되는 낙타는 온순하게 모래 위에 무릎을 접고 앉았다.

이번만큼은 무애 대사도 어쩔 수 없었다. 이자오의 등에 올라탄 채 사막을 지날 수는 없는 노릇이었기에 두 노인네는 한 마리의 낙타 등에 사이좋게 앉을 수밖에 없었다.

모처럼 쉬게 된 이자오와는 달리 무애 대사는 낙타 등이 울퉁불퉁하다며 불평을 늘어놓았다.

짐꾼들은 짐을 낙타에 실었다.

일행은 오포가 시키는 대로 안장을 낙타 등에 얹고 단단히 붙들어 맨 다음 저마다의 짐들을 안장 위에 올려놓았다.

낙타는 묵묵히 자신의 몸 위로 더해지는 무게를 참아내고 있었다. 오포는 손바닥으로 낙타의 부드러운 털을 쓰다듬어 주었다.

"이번에도 부탁한다."

주인의 말에 대답이라도 하듯 낙타는 머리를 흔들었다.

"오포라고 했나요?"

오포는 능초영이 말을 걸어오자 꿈인가 생시인가 하여 귀까지 빨갛게 물이 들었다. 꿈속의 선녀 같은 능초영이 직접 말을 걸어온 것이다. 그는 더듬더듬거리며 더러운 옷자락을 손가락에 뱅뱅 감아 돌렸다.

"뭐, 시, 시키실 일이라도?"

"이건 꼭 자라처럼 생겼네요."

능초영은 낙타 등에 실린 짐 중에서 타원형으로 생긴 물건을 가리켰다. 그것은 한쪽에 주둥이가 있고 사방에는 네 개의 끈을 매는 고리가 있어 꼭 자라처럼 보였다.

오포는 잽싸게 낙타에게 다가가 한참 동안 올렸던 짐들을 다시 다

풀었다. 모래 위에 하나하나 늘어놓더니 능초영에게 설명하기 시작했다.

"이건 수별자(水鼈子)라고 불러요. 주전자지요. 사막을 건너는 사람들에게 물은 생명과도 같거든요. 여기 이 수통에서 물을 받아요."

오포는 능초영에게 수별자보다 훨씬 큰 원반 모양의 수통을 보여주었다. 수통은 아주 오래된 듯 더러워 보였다. 능초영은 잠시 인상을 찡그렸다. 저 안에 있는 물을 과연 먹어도 될 것인가 고민이 되었다.

수통 덮개에는 물을 부어넣는 구멍이 있고 통 아래에도 마개를 꼭 끼워 넣는 주둥이가 하나 있었다. 길을 걷다가 물을 사용할 일이 생기게 되면 이 주둥이를 잡아당겨 물이 나오게 하는 것이다.

"사람과 낙타가 모두 이 물을 먹나요?"

능초영은 물의 양이 생각보다 적어 보이자 걱정스럽게 말했다.

"아니에요. 이건 모두 사람이 먹을 거예요."

"그럼 낙타는?"

오포는 능초영이 계속해서 자신의 일에 관심을 가지자 뛸 듯이 기뻐하였다.

"낙타에게는 떠나기 직전에 한 번만 물을 마시게 하면 돼요. 물을 너무 많이 먹이면 발바닥이 연해져서 오래 걸을 수 없기 때문에 열흘 정도는 물을 주지 않지요."

"그럼 이 물은 사람만 먹는군요."

능초영은 또 한 번 같은 말을 되풀이하였다. 오포는 마치 꿈을 꾸는 듯한 표정으로 말했다.

"사막을 건너는 사람들에게 물은 생명수지요. 사막은 신과 악마 두 얼굴을 가지고 있어서 세상에서 가장 아름다운 모습을 보여줄 때도 있지만 반대로 지옥불에 떨어진 듯이 느껴질 때도 있지요. 사막은 모든 인간을 시험해요. 내딛는 걸음마다 시험에 빠뜨리고 방심하는 자에게는 죽음을 안겨주지요. 아무리 먼 길을 걸어왔다 해도 절대로 쉬면 안 돼요. 바람이 불 때마다 모습이 변하는 변덕스러운 사막이지만 이것만은 변하지 않는 사실이죠."

오포의 말에 대답이라도 하듯 거센 모래바람이 다가와 모래를 뿌리며 지나갔다.

"자, 이제 출발하지요."

다들 기대와 설렘으로 낙타 등에 올라탔다. 특히 팽소연은 환호성을 지르며 기뻐하였다.

그런데 출발하자마자 오포와 그의 동료는 낙타들을 몰고 사막이 아닌 마을 안쪽으로 향했다.

"킁킁. 어딜 가는 게냐? 킁킁."

이자오는 낙타의 혹 위에 올라앉은 기분이 그리 나쁘지 않은 듯 기분 좋은 목소리였다. 그러나 무애 대사는 이자오의 등보다 편하지 않았는지 자꾸만 몸을 이리저리 움직여 하마터면 낙타에서 떨어질 뻔하였다.

"어딜 가는지 개코거지가 알아 무엇 하게?"

"킁킁. 혹시 사막에 땡중 놈을 잡아먹는 괴물이 없나 물어보려 그러지. 킁킁."

이자오와 무애 대사가 다시 옥신각신하였다.

마을 중앙에는 커다란 화로가 있었다. 이 더운 곳에서 불까지 지피고 있으니 그 주변에는 엄청난 열기로 인해 모든 것이 흔들리는 것처럼 보였다.

일행들은 오포가 커다란 화로 사이로 낙타를 몰고 가는 것을 보자 의아해하였다.

"아니, 이제 보니 이놈이 우리를 태워 죽일 작정이었구나."

무애 대사가 기겁을 하여 낙타 등에서 내려오려 하였다.

"하하. 어르신, 아닙니다. 이건 사막으로 출발하기 전에 하는 의식이에요. 이곳에서는 사막으로 나가기 전에 이 두 개의 불덩이 사이를 지나야만 안전하게 돌아올 수 있다고 믿고 있지요. 이 불의 신은 재앙을 막아준답니다."

화로 속의 불은 그리 높게 타오르지 않았다. 그렇지 않다면 어찌 낙타가 화로 사이를 지나갈 수 있을까.

그러나 유천복 일행이 불구덩이 사이로 들어갔을 때였다. 갑자기 화로에서 커다란 불이 숏구치기 시작했다.

"까아악! 이게 뭐예요!"

팽소연이 지레 겁을 먹고 소리쳤다. 능초영도 소리만 지르지 않을 뿐이지 다를 바 없었다. 세 명의 여자 중에서 아무렇지도 않게 있는 것은 홍묘아뿐이었다.

맹렬한 기세로 뿜어져 나오는 불덩이는 삽시간에 높은 벽을 만들었다. 유천복 일행은 꼼짝없이 불 속에 갇히는 신세가 되고 말았다.

"쿵쿵. 이게 대막을 건너기 전에 행하는 의식이란 말야. 쿵쿵. 제길, 사막을 건너기도 전에 타 죽고 말겠다. 쿵쿵."

"내 말이 그 말이다. 대막이 뜨거우니 미리 뜨거운 맛 좀 보라는 겐가."

"쿵쿵. 정말 젠장할 의식이로군. 불의 신이 낙타를 먼저 잡아먹었다가 사막에 토해내는 게 아니냐? 쿵쿵."

이자오와 무애 대사는 놀라서 우왕좌왕하는 낙타 등에서 일문일답을 하였다.

유천복은 솟구치는 불덩이가 일행을 빙 둘러싸는 것을 보고 이마를 찌푸렸다. 이제는 놀라운 일들을 하도 많이 겪은 탓에 어지간한 일에는 놀라지도 않는 그였다. 확실히 사람은 고생을 해봐야 한다는 말이 정확하였다.

"또 무슨 일이 벌어지려는 건지……."

그는 나직하게 한마디를 했을 뿐이다. 그의 예상은 틀리지 않았다.

사방으로 백여 장 둘레에 높이만도 삼 장이 넘는 불덩이 속에서 사람이 걸어나왔다.

"아니, 어떻게 저럴 수가!"

능초영과 독같이 동시에 소리쳤다.

오포와 그의 동료는 낙타들이 동요하지 않도록 안간힘을 쓰고 있었다. 그들도 처음 당하는 사태에 정신이 없었다.

십여 년 동안 이런 일은 한 번도 없었다.

불덩이 속에서 나온 사람 중 앞에 있는 자는 붉은 머리카락과 대추처럼 붉은 얼굴을 하고 붉은 두루마기를 걸쳐 그야말로 불덩이가 걸어나오는 것과도 같았다.

그자의 팔에는 하얀 쥐가 앉아 있었는데, 그 쥐의 눈동자는 붉은 구슬처럼 새빨갰다. 흰쥐는 불을 보자마자 찍찍거리더니 기쁜 듯이 화로 속으로 뛰어들었다. 사람들은 그 흰쥐가 마치 목욕을 하듯이 불덩이 속에서 몸을 뒹굴고 나오는 것을 보고 경악하였다.

불 속에서 나온 쥐는 검게 그슬린 흔적이 전혀 없었고 오히려 털이 더 새하얗고 윤기가 반지르르 흐르는 것이 보기에도 불 속에 들어가기 전보다 더 생기있어 보였다.

"저것은 화완포(火浣布)로군요."

유천복은 역시 팽소연이라고 생각했다. 세상에 신기한 일치고 그녀가 모르는 것은 아무것도 없었다. 유천복은 조모에게 옛날이야기를 들려달라고 조르는 손주처럼 재촉하였다.

"화완포가 대체 무엇이오?"

"불에도 타지 않고 오히려 불로 더러움을 지우는 천이 바로 화완포지요."

모처럼 자신의 능력을 발휘할 기회가 생기자 팽소연은 활짝 웃었다.

"신이경(神異經)에 다음과 같은 내용이 있어요. 멀리 남쪽 바다 저편에 화산이 있는데, 그곳에는 불에도 타지 않고 거센 폭풍우에도 썩지 않는 나무인 '부진지목(不盡之木)'이 살아요. 그 아래 화산에는 쥐가 한 마리 사는데, 무게가 오백 근(斤)이나 되고 털의 길이는 한 자 반이나 되는데 비단처럼 섬세하고 아름다워요. 그 털은 불 속에 있을 때는 붉은색이고 밖에 나와 있을 때는 흰색이에요. 그런데 이 쥐는 물에 약해서 물을 뿌리면 곧 죽는 습성이 있어요. 그래서 그곳 사람들은 이 쥐를 잡을 때 물을 뿌려 잡아서는 그 털로 천을 만드는 데 이 천이 바로 화완포예요."

유천복이 감탄한 듯이 자신을 쳐다보자 팽소연은 수줍은 듯 팽총 뒤로 살짝 숨었다. 그녀가 황산을 내려올 때는 천방지축 말괄량이 티를 벗지 못했으나 세월이 흐르자 어느덧 저도 모르게 수줍음을 느끼게 되었던 것이다.

"쿵쿵. 망할 년! 아는 것이 많으니 식탐도 많겠구나. 쿵쿵."

이자오가 아까의 복수를 하려는 듯이 말했다. 그러다 문득 어떤 생각이 들었는지 낙타 위에서 발딱 일어섰다.

"쿵쿵. 그렇다면 저 쥐새끼가 바로 그 화완포인지 뭔지 그거란 말이냐? 쿵쿵."

"개코거지야, 귓구멍이 막혔냐? 지금껏 저 애가 한 말이 그거잖냐?"

무애 대사가 이자오를 도로 끌어 앉혔다.

"쿵쿵. 땡중아! 그럼 저건 세상에 둘도 없는 보물인데 어찌 내가 태평할 수 있단 말이냐? 쿵."

"태평하지 않으면 어쩔 테냐?"

그 말에 이자오는 그만 멍해졌다.

"쿵쿵… 훔쳐서 팔면…… 쿵."

"어디다 팔게?"

"쿵쿵. 젠장, 어디다 팔지 미리 정하고 잡아야겠군. 쿵쿵. 어이, 도둑놈아! 네가 살 테냐? 쿵쿵."

독갈은 자신이 도둑인지 이자오가 도둑인지 당최 헷갈렸다.

"작은 계집이 화완포를 알다니 견식이 제법이다."

드디어 불덩어리의 사내가 입을 열었다. 그가 말을 할 때마다 입에서 시뻘건 불꽃이 날름거리는 것 같았다.

유천복은 그 목소리를 듣자마자 그가 바로 팽소연을 구할 때 옆에 서 있던 기둥이라는 것을 알았다.

"당신들은 바로……?"

사내는 놀라는 유천복은 쳐다보지도 않고 팽소연에게 물었다.

"계집아! 너는 그럼 이것의 이름도 아느냐?"

팽소연이 낙타에서 폴짝 뛰어내렸다. 그녀는 손가락으로 흰쥐를 가리켰다.

"호호, 당연하죠. 십주기(十州記)에 보면 또 남해 가운데 있는 염주(炎州)의 화림산(火林山)에는 화광수(火光獸)라는 쥐를 닮은 동물에게서도 화완포를 얻을 수 있다고 나와 있는걸요."

"과연 알고 있었구나."

불덩어리의 사내가 큰 소리로 웃자 다시 활활 타오르는 불덩어리가 입에서 한 자나 뻗쳐 나왔다.

"너 계집은 분명 유천복이라는 놈의 마누라렷다!"

팽소연은 그 말을 듣자 이 불덩어리 사내가 마음에 쏙 들었다.

"호호, 아직은 아니지만……."

그녀는 두 손을 마주 잡고 기대하는 듯이 유천복을 쳐다보았다. 자신은 부인했으나 유천복이 뭐라고 말해 주길 기다리는 것이다.

"내가 유천복인 것은 맞습니다만……."

그러나 둔하기로 치면 천하에서 둘째 갈 리 없는 유천복이었다. 팽소연의 기대를 저버리고 머뭇거리며 걸어나왔다.

"맞다, 맞아. 바로 거기 숨어 있었구나. 네놈 때문에 우리 팔령들이 얼마나 고생했는지 아느냐?"

불덩어리의 사내는 유천복을 보더니 콧김을 풍풍 뿜어내었다.

이자는 바로 여섯 번째 기둥에 들어 있는 자로 마림의 육령인 화광수(火光獸)였다. 유천복과 팽소연이 무단검까지 훔쳐 달아나자 일령을 제외한 그들 칠령은 림주에게 혹독한 벌을 받아야 했고, 다시 일령과 팔령주로부터 있는 대로 꾸지람을 들었던 것이다. 그래서 유천복을 만나기만 하면 머리부터 아작아작 씹어 먹고 말겠다고 다짐하였다. 그러나 팽소연을 볼 때는 어쩐지 친근한 눈빛이었다.

"킬킬, 자고로 어미가 되려면 똑똑해야 하는 법이지. 킬킬."

화광수는 불을 자유자재로 부리는 술법을 터득한 자였다.

유천복 일행이 어리둥절해 있는 사이 또다시 하늘에서 한 사람이 뚝 떨어져 내렸다.

새로 나타난 사람은 원숭이처럼 생긴 외모에 눈썹이 아주 길어 땅에까지 늘어졌다. 또 한 손에는 우산처럼 생긴 풀을 한 포기 들고, 다른 손에는 풀을 엮어 만든 지팡이를 들고 있었다. 이자는 칠령인 풍리수(風犁獸)라는 자였다.

"우리 둘을 다 보내다니, 팔령주가 놈을 너무 과대평가한 것이 아닌가?"

풍리수가 채찍 같은 양팔로 땅을 휘휘 쓸며 말했다.

"아무렴 어떠냐? 킬킬. 답답한 기둥 속에 있는 것보다야 백 번 낫지."

화광수가 대답했다. 화광수는 아직도 수줍은 척하고 있는 팽소연을 보았다.

"계집, 이자의 이름도 알아맞힐 수 있느냐?"

팽소연은 슬쩍 고개를 들어 풍리수를 마주 보려 하였다. 그런데 풍리수는 팽소연이 자신을 보자 고개를 푹 떨어뜨렸다.

"알고말고요. 서방에 있는 풍리라는 짐승은 원숭이를 닮았는데 눈썹이 긴 것이 특징이지요. 이 동물은 부끄러움이 많아 사람을 만나면 고개를 숙이고 들지 못한다고 하더니 정말 그렇군요."

팽소연이 다시 놀리듯이 풍리수를 쳐다보자 풍리수는 그만 안절부절못하는 듯하더니 모습이 희미해지며 사라져 버리고 말았다.

"팽 소저, 이자가 어디로 갔소?"

유천복은 자신의 눈에도 보이지 않자 주위를 두리번거렸다.

"문주님, 풍리수에게는 두 가지 무기가 있는데 바로 예형초(翳形草)와 풍리장(風犂杖)이라는 지팡이가 그거예요. 모습을 감추는 예형초보다는 풍리장이 더 무섭지요. 이 지팡이로 가리키면 살아 있는 것은 무엇이든 그 자리에서 굳고 말아요."

팽소연은 막히는 기색도 없이 줄줄이 말하였다. 사람들은 팽소연의 이야기가 신기하였으나 믿기 어려웠다. 그렇지만 방금 전 사라진 자는 그녀가 말한 것과 꼭 같은 모습을 하고 있었다.

"그럼 예형초를 이용해 숨은 것이오?"

유천복이 궁금한 듯이 물었다.

"네, 틀림없어요. 그런데 저는 이자들이 어떻게 그 동물들의 힘을 손에 넣었는지는 알 수 없어요. 혹시 그 동물들이 오래 살아 둔갑을 한 것이 아닐까요?"

화광수와 풍리수는 팽소연이 너무 똑똑하다고 생각했다. 그녀의 말대로 두 사람은 술법으로 화광수와 풍리수의 재주를 갖게 되었기 때문이다.

"맞추긴 잘 맞추었다만 막기도 잘하는지 어디 보자."

갑자기 허공에서 들려온 소리에 다들 놀라 펄쩍 뛰는데, 이자오만이 낙타 위에서 손뼉을 쳤다.

"쿵쿵. 싸움이다, 싸움. 땡중아, 내기를 하는 것이 어떠냐? 쿵쿵. 누가 이길지 내기를 하자. 쿵쿵."

"싫다."

무애 대사가 일언지하에 거절하였다.

"쿵쿵. 땡중 놈이 자신이 없는 게로구나. 그럼 그렇지, 네놈이 어쩌다 한 번 날 이긴 거 갖고 평생을 써먹을 작정인 게야. 쿵쿵. 그렇지 않고서야 이런 구경거리를 놓고 내기를 하지 않을 리가 있느냐. 킁킁."

이자오의 도발에 무애 대사는 코를 씰룩거리며 말했다.

"이놈아, 이번에도 내가 이길 것이 분명한데 무슨 내기를 하느냐."

"킁킁. 내가 보기엔 저 두 명의 괴상한 자들이 이길 것 같은데. 킁킁."

무애 대사는 사실 어느 쪽이 이길지 알 수 없었다. 자신과 이자오가 도와주면 유천복이 이길 것이 분명하지만 내기를 걸면 도와줄 수가 없게 된다.

그럼 저 두 명의 괴상한 자들이 이길 것이 뻔하지 않은가! 화광수니 풍리장이니 하는 것들은 듣기만 해도 무시무시했다.

"내가 먼저 골라야겠다. 난 저 두 놈에게 걸었다!"

이자오는 속으로 만세를 불렀다. 자신이 땡중 몰래 도와준다면 유천복이 어찌 저 두 놈을 이기지 못하랴. 더구나 그가 아는 유천복은 괴물 전문이 아니던가. 무애 대사는 자신의 꾐에 빠져 그걸 깜빡한 것이 틀림없다.

자고로 괴상하게 나타나는 놈치고 강한 놈 없다는 게 이자오의 평소 지론이었다.

"킁킁. 아깝구나, 아까워. 이번에도 내가 지게 생겼군. 킁킁. 그러나 만일 내가 이기면 그전의 내기는 없던 것으로 해야 한다. 킁킁."

무애 대사는 가만히 있었으면 북해에 갈 때까지 이자오를 말처럼 부릴 수 있다는 것을 잊어버리고 그만 내기를 승낙하고 말았다.

"킁킁. 들었지? 어서 싸워보거라."

이자오는 턱짓으로 유천복을 불렀다.

"에? 또 나예요?"

"괴상한 놈들은 원래 네 전문이잖아."

무애 대사마저도 이자오를 두둔하였다.

화광수와 풍리수는 웃고 있다가 그 말을 듣자 얼굴이 붉어졌다. 팽소연으로 인해 잠시 나아졌던 기분이 다시 급속도로 냉각되었다.

"더 이상은 듣고 있지 못하겠구나. 내 저 두 늙은 것들부터 버릇을 단단히 고쳐야겠다!"

풍리수가 들고 있던 지팡이를 들어 두 사람을 가리키며 소리쳤다.

"부동(不動)!"

간단한 말이었다. 그러나 풍리수의 그 말이 떨어지자마자 이자오와 무애 대사는 마치 밧줄에 꽁꽁 묶인 듯이 움직일 수 없게 되었다. 두 노인네뿐만이 아니라 능초영과 홍묘아, 독갈과 낙타바리꾼들도 죄다 땅으로 곤두박질치는 신세가 되고 말았다. 팽소연의 말대로였다.

팽소연은 자신이 낙타를 타고 있지 않아 다행이라고 생각했다. 낙타에서 떨어지는 것보다는 그냥 넘어지는 것이 훨씬 덜 아팠다.

"그러게 내가 뭐랬어요. 다들 내 말을 믿지 않았지요?"

"쿵쿵. 아이구, 이게 어떻게 된 일이냐? 쿵쿵."

"글쎄 말이다. 혈도를 짚인 것 같지도 않은데… 저놈이 괴상한 술법을 부리는 놈이로구나."

움직이지 못하는 것은 유천복도 마찬가지였다. 그는 팽소연 옆에 쓰러진 채 하늘을 보며 말했다.

"아니, 저런 재주를 가진 자를 저보고 어쩌란 말씀이십니까?"

화광수와 풍리수는 싸우고 말고 할 것도 없이 일거에 모두를 제압하자 미친 듯이 웃음을 터뜨렸다.

"킬킬, 너무 쉽구나, 쉬워! 이런 걸 두고 누워서 떡 먹기라 하는 거지."

"이놈들을 잡은 건 난데 떡은 왜 네가 먹냐?"

풍리수가 억울한 듯이 말하자 화광수가 획 돌아보았다.

"둘이 같이 왔으니 둘이 같이 잡은 것이지, 어째서 너 혼자 잡았다고 우기는 거지?"

유천복은 두 괴물이 무애 대사와 이자오랑 비슷하다고 생각했다.

"어쨌거나 이놈들을 끌고 가자."

화광수가 불똥을 뚝뚝 떨어뜨리며 다가오자 열기가 확 느껴졌다.

"쿵쿵. 앗! 뜨거워라. 이 불덩어리 놈아! 이왕이면 저 땡중 놈을 먼저 잡아가거라! 쿵쿵."

이자오가 고래고래 소리를 지르자 무애 대사도 지지 않으려는 듯이 소리를 질렀다.

"이런 고얀 놈, 개코 네놈은 친구도 아니다!"

풍리수의 나무줄기 같은 팔이 휘리릭 뻗어 나가 화광수를 붙잡았다.

"이놈들을 끌고 가는 건 나다, 내가 잡았으니까."

"둘이 같이 잡은 거다."

화광수와 풍리수가 서로 우겼다.

"쿵쿵. 땡중, 이 나쁜 놈아. 이곳까지 업혀온 주제에 친구란 말이 나오냐? 쿵쿵."

"내기는 내기지."

이자오와 무애 대사도 변함없었다.

"팽 소저, 이 술법을 푸는 방법은 모르나요?"

말을 건넨 것은 능초영이었다. 팽소연은 흥 콧방귀를 뀌었다. 팽소연이 대답이 없자 이번에는 독갈이 물었다.

"팽 소저, 알고 있으면 말해 주시오. 다리가 꼬여 답답해 죽겠다오."

떨어지면서 다리가 꼬인 독갈은 시간이 흐르자 다리에 쥐가 나기 시작했다.

"나도 몰라요. 책에는 그렇게밖에 안 써 있었다구요."

팽소연은 마침내 울상을 지으며 말했다.

"끄응! 독 형, 왜 내게는 안 물어보시오?"

옆으로 누워 마치 팔베개를 하고 있는 것처럼 보이는 유천복이 말했다. 독갈은 목이 움직이지 않자 눈동자를 힘껏 옆으로 굴려 유천복을 보았다. 유천복은 팔로 다리를 긁고 있었다.

"유 공자는 움직일 수 있소?"

독갈의 소리는 모두에게 들릴 정도로 컸다.

그 순간 화광수와 풍리수가 싸움을 멈추고 이쪽을 돌아보았다. 그들의 눈에도 벌떡 일어나 앉는 유천복의 모습이 들어왔다.

"꼭 누워 있어야 하는 게 아니라면 저는 앉아 있고 싶은데요."

유천복은 허락해 달라는 듯 풍리수에게 말했다.

"칠령, 보았냐? 넌 저놈을 잡은 게 아니다."

화광수가 거만하게 말했다. 풍리수는 어그적거리며 유천복의 앞으로 나왔다.

"부동!"

그는 조금 큰 소리로 외쳤다. 그러나 유천복은 아무 이상도 없었다. 이는 물론 유천복이 익힌 여환무단신공 때문이었다. 여환무단신공을 대성하면 주변의 자연 경물을 마치 제 몸인 양 사용할 수 있을 뿐더러 그 자신도 지나는 바람이나 공기와 같아져 어떤 술법이나 주문도 통하지 않게 되었다. 하지만 이런 것을 유천복 본인도 모르는데 다른 사람들이 알 수 있을 리가 없었다.

"풍가야, 지금 뭐 한 거냐?"

풍리수는 얼굴이 벌게졌다. 화광수 앞에서 큰 소리를 탕탕 친 것이 부끄러웠다.

"이런, 뭐가 잘못된 거야. 부동! 부동! 부동!"

그러나 그가 아무리 부동을 외쳐도 유천복은 아무렇지도 않게 잘만 움직였다. 그는 뒤에서 풍리수가 떠들거나 말거나 굳어버린 사람들을 모두 일으켜 편안한 자세로 바꿔주었다. 독갈이 눈물나게 고마워한 것은 말할 것도 없었다.

"문주님, 이왕이면 저희도 움직일 수 있게 해주세요."

팽소연이 애원했다.

"미안하오, 팽 소저. 나도 어째서 나만 움직일 수 있는지 모른다오. 그냥 움직이고 싶다라고 생각하니 그대로 된 것뿐이오."

유천복은 미안한 표정이었다. 머리부터 거꾸로 처박힌 이자오를 번쩍 들었을 때였다.

"쿵쿵, 재미없다. 땡중, 언제까지 그러고 있을 거냐? 쿵쿵."

돌덩어리처럼 꼼짝도 않고 있던 이자오가 입을 나불거렸다.

"견비 어르신, 어떻게 해드릴까요?"

유천복이 모처럼 공손하게 말했다.

"쿵쿵. 가만있어 보거라. 땡중과 얘기를 좀 한 뒤에 알려주마."

한쪽에서는 풍리수가 화광수의 비난에 쩔쩔매고 있었다.

"그놈 정말 재미가 없다. 괴물 같은 자가 '부동' 그랬으면 잠깐이라도 움직이지 못하는 척해야 저놈이 뻐길 거 아냐."

역시 엎어져서 꼼짝 못하고 있는 무애 대사가 말했다.

"쿵쿵. 내 말이 그 말이다. 쿵쿵. 재미없다."

"하지만 개코거지야, 우리가 저 풍가의 놀이를 같이하기로 한 이상 저놈이 뭔가 풀어주는 주문을 외워야 움직일 수 있는 것이 아니냐? 우리가 여기서 그냥 움직이면 놀이가 아니잖아. 그럼 우린 저 어린 놈 하고 똑같이 재미없는 놈이 돼버리고 말 거 아니냐?"

"쿵쿵. 그런가?"

이자오는 한 발을 움직이려다 무애 대사의 말을 듣자 다시 꼼짝도 하지 않았다.

유천복도 방해하지 않으려는 듯 이자오를 다시 바닥에 내려놓았다. 다른 사람들이 저마다 동시에 소리를 질렀다.

"저 괴물들이 또 와요!"

화광수가 불덩어리를 내뿜으며 다가오고 있었던 것이다. 유천복은 차라리 움직이지 못하는 척할 걸 그랬다고 속으로 생각했다.

능초영은 낙타에서 떨어져 온몸이 욱신거렸다. 능초영은 혹시 자신도 움직일 수 있지 않을까 하여 이리저리 몸을 돌려보려 하였으나 역시 꼼짝도 하지 않았다. 그런데 두 노인이 움직일 수 있다는 말을 듣자 얼른 소리쳤다.

"저희도 풀어주세요!"

"쿵쿵. 싫다. 우리가 왜 그래야 하냐? 쿵쿵."

이자오는 가자미눈을 하고 능초영을 보았다.

"그런데 개코거지야, 이러고 있으려니 모래가 눈으로 들어가 따갑기 그지없구나. 이왕이면 낙타 등에 올라가 계속하는 것이 어떻겠냐?"

무애 대사가 눈을 끔뻑거리며 말했다. 이자오도 지금 막 그 말을 하려던 참이었다. 이자오가 먼저 발딱 일어서 옷에 묻은 흙을 툭툭

털더니 낙타 위로 올라갔다. 무애 대사도 느릿느릿 낙타 위로 올라갔다.

낙타바리꾼들은 처음부터 끝까지 이곳에 있었으나 한마디도 하지 못하고 있었다. 오포는 왜 자신들은 말할 수도 움직일 수도 없는데 저들은 말하고 움직이는지 도무지 알 수가 없었다.

독갈의 눈은 기묘하게 목이 꺾인 자세로 넘어져 있는 홍묘아를 보고 있었다. 도문에서는 불 같은 성미를 지닌 그녀였는데 지금은 나무 인형만도 못한 신세가 되다니 어이가 없었다.

화광수와 풍리수는 유천복만을 상대할 생각이었는데 두 노인이 발딱 일어서는 것을 보자 주저하는 눈치였다.

"역시 그랬군. 저 노인네들이 고수였어."

화광수는 쥐가 찍찍거리는 듯한 목소리를 내었다.

"맞아, 이놈을 도와준 것이 틀림없어."

두 괴물은 아까 다투던 것도 잊은 채 이자오와 무애 대사에게 욕을 하였다.

이자오와 무애 대사는 다시 낙타 등에 냉큼 올라타서는 이쪽을 물끄러미 보고만 있었다.

"우리는 절대로 싸움에 끼어들지 않을 테니 걱정 말라구."

"쿵쿵. 정말이라네. 그러니 마음껏 싸워보라구. 쿵쿵."

화광수와 풍리수는 서로의 얼굴을 마주 보았다. 이제 보니 이들은 같은 편이 아닌 모양이었다.

"시간을 너무 오래 끌었다."

화광수가 이글거리는 화염덩어리를 뿜어내었다.

"다른 놈들이 알면 우리를 비웃을 거야."

풍리수는 지팡이를 휘두르며 공격해 들어갔다.

유천복은 가볍게 몸을 날려 공격을 모두 피해내었다.

"쿵쿵. 이제 보니 저 괴상한 놈들도 입만 살아 나불거리는 놈들이었군. 쿵쿵."

이자오의 비웃음에 화가 난 것은 마림의 두 영주가 아니라 무애 대사였다. 그는 마림에서 온 자들이 생각보다 약한 듯해 보이자 이자오에게 질까 봐 애가 탔다.

"아니, 그래, 두 놈이 한 놈을 당해내지 못할 걸 뭐 하러 길을 막아선 게냐?"

무애 대사의 힐난에 두 괴물은 분기탱천하였다.

"저런, 지옥에 떨어질 늙은이를 보았나!"

"잔재주도 그걸로 끝이다."

화광수와 풍리수는 서로를 쳐다보았다. 풍리수가 지팡이를 날리자 화광수가 불을 뿜었다. 지팡이는 삽시간에 불 채찍으로 변하였다.

불 채찍이 날아드는 곳마다 화염이 이글거렸다. 땅바닥에 쓰러진 사람들은 머리 위로 불 채찍이 휙휙 날아다니자 간담이 서늘해졌다. 그러나 두 노인만은 정신이 다른 곳에 팔려 있었다.

"그깟 불장난으로 어디 저놈을 잡을 수 있겠느냐?"

무애 대사는 안타까운 듯이 발을 동동 굴렀다.

"대사님, 지금 누구 편을 드시는 거예요."

유천복이 날아드는 불 채찍을 피해 이리저리 움직이며 말했다. 이자오와 무애 대사는 속이 타 들어갔다.

"쿵쿵. 이놈아! 좀 잘 해보거라. 그깟 쥐새끼 두 마리를 상대로 그렇게 쩔쩔매고 있다니, 젊은 놈이 왜 그리 힘을 못 쓰느냐? 쿵쿵."

무애 대사는 화광수와 풍리수를 향해 손가락질을 했다.

"나이를 헛 처먹었군 그래. 저런 애송이 하나를 어쩌지 못하다니. 헐헐."

그러는 동안에도 이자오는 말없이 유천복을 도와줄 기회를 엿보고 있었다.

수박만한 불덩어리들이 유천복을 향해 날아들었다. 불꽃이 곁에 이르자 무단검의 흰 빛이 강해지더니 불꽃을 날름 집어삼켰다. 무단검은 점점 새빨갛게 변해갔다.

유천복은 무단검과 자신이 일체를 이루어가는 것을 느꼈다. 무단검이 흥분할수록 자신도 점차로 흥분되어 갔다.

화광수는 자신이 쏘아낸 불덩어리들을 유천복의 검이 다시 되돌려 쏘자 화가 머리끝까지 치밀었다.

그는 화광수를 내려놓고 중얼중얼 주문을 외웠다. 손바닥만했던 화광수는 금방 코끼리처럼 거대해져서 유천복에게 돌진해 갔다.

"으악! 문주님, 조심하세요!"

그러나 유천복은 불을 뿜어내는 화광수의 다리를 번쩍 들어 풍리수에게 던져 버렸다.

찌지직.

고막을 찢을 듯한 소리가 들리더니 두 괴물은 한 덩어리가 되어 굴러갔다. 그러나 곧 더욱 커다란 불덩어리로 변해 공격해왔다.

"유 공자님, 낙타 등에 물통이 있어요!"

능초영은 문득 오포의 이야기를 떠올리곤 외쳤다. 팽소연은 자신보다 능초영이 유천복에게 도움을 준 것을 알고 입술을 깨물었다.

'나도 뭔가 생각해 내야 하는데…….'

유천복은 뒤로 재주를 넘어 낙타의 물통을 빼어 들고는 화광수를 향해 뿌렸다. 무단검을 타고 뻗치는 물줄기는 어느새 화광수의 거대한 모습을 덮어버렸다.

화광수는 물이 닿자 괴로운 듯이 소리를 지르더니 점점 작아지며 사라져 버리고 그 자리에는 하얀 천만 남아 있었다. 불의 벽이 사라지자 남아 있던 풍리수가 예형초를 흔들어 모습을 감추었다.

휘리릭— 휘리릭—

모습은 보이지 않았으나 채찍 소리는 귓전을 울렸고 바닥에서는 모래가 튀어 올랐다. 유천복은 보이지 않는 풍리수가 뻗어내는 채찍을 피하느라 이리저리 뛰어야 했다. 그때 우연히 풍리수가 내뻗은 채찍 끝이 팽소연의 발끝에 살짝 닿았다. 그러자 굳어 있던 팽소연의 몸이 움직였다.

"옳지! 저 채찍으로 후려쳐야 몸이 움직이는구나."

유천복은 계속 보이지 않는 풍리수를 상대하기 위해 이리 뛰고 저리 뛰었다. 팽소연은 가만가만 움직여 모피에 모래를 가득 담았다.

"문주님, 눈을 감으세요!"

순간, 팽소연이 소리치며 머리 위로 모래를 뿌리자 모래바람이 일며 예형초가 제구실을 못하게 되어버리고 말았다.

풍리수의 모습은 드러났으나 공교롭게도 아직 움직이지 못하던 사람들은 고스란히 모래를 뒤집어써야 했다.

팽소연은 모래를 홀딱 뒤집어써 몰골이 말이 아니게 되어버린 능초영을 보며 속으로 키득 웃었다.

모습이 보이게 되자 풍리수는 당황하였다. 유천복은 채찍의 끝을 움켜쥐고 그를 머리 위로 빙빙 돌려 하늘로 높이 날려 보냈다.

"두고 보자! 우리 팔령들을 우습게 본 대가를 치르게 해주겠다!"

풍리수의 목소리가 멀리서 들려왔다.

유천복은 채찍으로 사람들을 후려쳐 술법을 풀어주었다. 다들 한숨 돌렸지만 유독 울상을 짓고 있는 한 사람이 있었으니 그는 바로 무애 대사였다. 무애 대사의 옆에서는 이자오가 웃통을 벗어 위로 돌리며 기쁨에 겨워 춤을 추고 있었다.

 수지비여시

誰止非與是

누가 있어
옳고 그름을 가리겠는가

유천복은 낙타 혹 위에서 끊임없이 앞뒤로 흔들리며
딩당, 딩당, 울리는 낙타 방울 소리를 듣노라니 비몽사
몽간에 몰려드는 졸음을 참을 수가 없었다.

일행 모두는 출발한 지 반 시진도 되지 않아 일제히
졸기 시작했다. 그러나 타호인 오포와 팽소연만은 예외
였다. 워낙 호기심이 많은 팽소연은 생전 처음 타보는
낙타가 신기하기만 했다.

오포는 팽소연과 싸운 뒤로 그녀만 보면 슬슬 피하고
말도 붙이지 않았다. 그러나 상냥한 능초영은 두 번 다
시 오포에게는 눈길조차 주지 않고 귀찮은 팽소연만 오
포 뒤를 졸졸 따라다니는 것이 아닌가. 처음에는 귀찮
아하였으나 그도 팽소연이 낙타를 좋아하는 듯 보이자

차츰 그녀를 좋게 보기 시작했다.

"와아! 무슨 방울이 이렇게 커요?"

팽소연은 낙타 방울이 소의 목에 매다는 작은 방울처럼 보기 좋게 생겼을 것이라고 생각했다. 그러나 낙타 방울은 타원형의 대접처럼 크고, 높이가 한 자는 족히 되어 보이는 것이 쇠로 만든 납작한 통과 다르지 않았다. 게다가 목에 매다는 것이 아니라 나무 막대에 매달아 제일 뒤의 낙타 안장 위에 꽂아두는 것이었다.

낙타의 느린 걸음에 맞추어 방울추가 방울을 두드리는 소리는 크고 낭랑하게 울려 퍼졌다.

"낙타 방울은 낙타를 잃어버리지 않도록 해주지요."

팽소연이 낙타 방울에서 시선을 떼지 못하자 오포가 웃으며 말해 주었다.

"낙타를 왜 잃어버리는데요?"

"낙타는 겁이 많아서 도중에 토끼라도 만나면 놀라서 도망가려고 한답니다. 가다가 방울 소리가 들리지 않으면 낙타가 도망을 간 것이니 찾으러 가야 하지요."

오포의 설명에 팽소연이 고개를 끄덕거렸다.

"쿵쿵, 고년 때문에 잠도 못 자겠구나. 궁금한 게 그렇게 많은 걸 보니 먹고 싶은 것도 많겠구나. 쿵쿵."

체구가 왜소해 낙타 위에 거의 누워 있다시피 하던 이자오가 코를 쿵쿵거렸다. 이자오는 내기에서 이겨 더 이상 무애 대사를 업지 않아도 되었다. 원래 중원으로 돌아가려던 그였으나 내기에서 이기자 마음이 변했다. 팽소연이 이자오의 변심을 놀려대자,

"쿵쿵. 공짜로 북국까지 갔다 오는 기회가 자주 있다더냐? 쿵쿵."

이러고 말았다. 그러나 지금은 그 결정을 후회하고 있었다. 낙타를 타는 것은 제법 재미가 있으나 더위만은 도저히 참을 수 없었던 것이다.

"상관하지 말고 주무시던 잠이나 계속 주무세요."

지금도 팽소연이 발끈하자 뭐라 한마디 하려다가 그만두고 이내 코를 골았다. 만사가 귀찮은 모양이었다.

유천복 일행은 물과 목초지가 있는 곳에 이르러 잠시 휴식을 취하기로 하였다. 겨우 사십 리 길을 왔을 뿐인데도 다들 지친 기색이 역력하였다.

아무리 무공의 고수라도 자연 앞에서는 무력한 존재에 불과한 것이다. 사람들은 끝없이 펼쳐진 모래언덕에 벌써부터 기가 질려 있었다. 가뜩이나 체구가 큰 견위강과 무애 대사는 오뉴월 삼복 더위에 늘어진 개처럼 보였다.

"이대로 닷새는 더 가야 합니다."

오포는 짐과 안장을 내린 뒤 낙타를 개울가의 풀밭에 풀어놓았다. 낙타들은 물을 마시거나 풀을 뜯어 먹으며 한가로이 쉬었다. 사람들은 오포의 말에 다들 죽었다는 표정이었다.

"이럴 줄 알았으면 따라오지 않는 건데……."

무애 대사가 손으로 부채를 만들어 부치며 말했다.

"쿵쿵. 내 말이 그 말이다. 우리 이쯤에서 돌아가는 것이 어떠냐? 쿵쿵."

이자오는 자신의 생각도 그와 같은지라 옳다구나 여겼다. 사실 두 노인네가 유천복을 따라다닐 만한 이유가 없었다. 팽소연이 무사히 돌아왔으니 두 노인의 내기도 무효가 된 것이다.

그러나 무애 대사는 이자오의 말에 대꾸도 안 한 채 눈을 감아버렸다.

"쿵쿵. 이 땡중 놈아, 왜 대답을 안 하느냐? 쿵쿵."

"가려면 너 혼자 가거라. 누가 말린다더냐?"

이자오의 말에 무애 대사는 생각이 바뀐 모양이었다.

"쿵쿵. 싫다. 네놈이 먼저 가면 나도 간다. 쿵쿵."

"아, 네놈이나 가라니까."

무애 대사는 더 이상 말하기 싫다는 듯 몸을 반대쪽으로 돌려 누웠다.

"그러지 말고 제발 두 분 다 여기서 가주시면 저희도 더 바랄 것이 없다구요."

듣다 못한 팽소연이 또다시 참견을 했다.

"쿵쿵, 이년아! 가든지 말든지 그건 우리가 결정할 일이지 어째서 네년이 오라 가라냐? 쿵쿵."

이자오는 팽소연에게 냅다 소리치더니 자리에 벌러덩 누워버렸다.

밤이 되자 사람들은 발끝까지 내려오는 모피 옷을 휘감고 잠을 청했다. 모피로 된 옷은 낮이나 밤이나 아주 유용하였다.

한낮의 사막은 그야말로 불덩이라고 할 수 있었다. 이때는 모피 옷을 뒤집어 입어 안쪽의 두터운 융모가 빛을 반사하도록 하고 밤에는 융모가 몸에 닿도록 입어 밤 추위와 모래의 습기를 막는 것이다.

다음날 아침, 팽소연은 오포가 아침이 되어도 떠날 기색이 없는 것을 보고 물었다.

"왜 아침에 출발하지 않고 저녁에 떠나나요?"

"낙타들은 더위를 싫어하지요. 한낮의 사막은 그야말로 불덩이처럼 끓어오르기 때문에 사람도 동물도 건너갈 수 없어요. 게다가 낙타들은 아침저녁의 신선할 때 나는 풀을 먹여야 하거든요. 열기가 식은 풀을 먹어야 병에 걸리지 않으니까요."

오포는 계속해서 해가 서쪽에 걸리면 출발하여 달이 중천에 오르면 멈춘다고 일러주었다.

사막의 날씨는 여인의 마음과도 같다고 한다. 사람들은 다음날이 되자 그 이유를 알게 되었다. 조금 전까지도 맑던 날씨가 갑자기 큰 바람이 일며 순식간에 모래먼지로 뒤덮이더니 동서남북을 분간할 수 없게 온 천지가 캄캄해졌다.

오포는 급히 낙타를 둥그렇게 엎드리게 한 다음 사람들을 낙타 사이에 웅크리고 앉게 하였다. 엄청난 모래바람에 기가 질린 팽소연과 능초영은 그동안 사이가 나빴던 것도 잊은 채 서로를 꼭 끌어안고 바들바들 떨어댔다.

팽소연은 모래바람이 너무 심해 낙타가 모두 날아가거나 죽지 않을까 걱정이 되었다. 그러나 오포가 낙타는 눈에 긴 속눈썹이 나 있어 모래먼지를 막을 수 있고, 콧구멍도 자유자재로 벌어졌다 오므려졌다 하여 모래먼지가 들어갈 수 없다고 일러주자 안심하였다.

그날 이후로 팽소연과 능초영은 언니 동생 하며 친근한 사이가 되어 유천복의 마음을 흐뭇하게 하였다.

그렇게 이틀을 가니 너른 초원이 나타났다. 사막 사이에 있는 작은 오아시스라고 오포가 알려주었다. 팽소연과 이자오는 환성을 지르며 낙타에서 내려 펄쩍펄쩍 뛰었다. 봉호문 사람들은 웃으며 두 사람이 똑같다고 소곤거렸다.

그날 밤은 모래 위에서 잠을 청하지 않아도 되었다. 버석거리는 모래 위가 아니라 보드라운 풀밭이어서인지 사람들은 누가 먼저라 할 것도 없이 잠이 들었다.

별이 쏟아질 것처럼 총총한 사막의 밤은 아름다웠다. 팽소연은 별을 세다가 누군가 일어서는 기척을 느꼈다. 오포가 낙타 한 마리를 이끌고 살금살금 걸어가고 있었다.

"어디 가요?"

팽소연이 냉큼 따라 일어섰다.

"쉿! 다들 깨겠어요. 사막의 신께 앞으로도 무사하게 해주십사 빌러 가는 거예요."

"나도 같이 가요. 능 언니, 같이 갈래요?"

팽소연이 능초영을 흔들었다. 능초영은 대답없이 손만 휘휘 내저었다. 그녀는 어려서부터 집 안에서만 자란 터라 거친 사막 여행이 힘에 부쳤다. 그동안은 악으로 버텨왔으나 장보방의 배에서 도비류의 일이 있은 후부터는 눈에 띄게 말수가 적어졌다. 어쩐지 삶의 의욕을 잃은 사람처럼 보였다. 누가 말을 해도 허깨비처럼 허허 웃기만 할 뿐이었다.

"문주님, 같이 가지 않을래요?"

팽소연은 유천복을 억지로 깨웠다. 유천복은 막 잠이 들려다 팽소연의 재촉에 못 이겨 눈을 감은 채 그녀가 잡아끄는 대로 걸어갔다.

세 사람은 한참을 걸었다.

"얼마나 더 가야 해요? 너무 멀리 온 거 아니에요?"

팽소연이 불안한 듯 말했다. 뒤를 돌아보았지만 낙타의 머리끝만 희미하게 보일 뿐이었다. 유천복은 걸으면서도 졸고 있어 별반 말이 없었다.

"이제 다 왔어요. 저기예요."

오포가 가리키는 곳에는 작은 돌탑이 하나 있었다. 차곡차곡 돌을 쌓아 만든 탑 위에는 붉은 깃발이 하나 걸려 있었다. 오포는 낙타 고삐를 쥐고 돌탑을 한 바퀴 돌았다. 그리고 맨 꼭대기에 돌을 하나 얹고 잠시 기도를 하였다.

"이곳은 사막을 지나는 사람들이 길을 잃지 않도록 해주는 표시예요. 그리고 이곳에 우물이 있다고 알려주는 것이지요. 사막을 지나다 보면 물이 있는 곳에는 이런 돌탑들이 꼭 있지요. 혹시 모래바람이 불어 우물이 사라진다 해도 돌탑과 깃발의 흔적을 발견하면 그 근처에는 반드시 물이 있다고 봐도 좋아요. 오랜 세월 동안 이곳에서 살아온 사람들의 방식이죠."

오포가 싱긋 웃었다. 팽소연도 오포가 하는 대로 돌탑을 돌고 난 후 꼭대기에 돌을 얹었다. 그러더니 유천복도 똑같이 하라고 성화를 부렸다. 두 사람은 나란히 서서 손을 잡고 소원을 빌기로 하였다.

팽소연은 한쪽 눈을 살짝 떠서 유천복의 옆얼굴을 바라보았다. 달빛 아래 드러난 옆모습은 너무도 아름다워 그녀는 가슴이 두근두근거렸다. 많은 일들이 있었지만 유천복에 대한 팽소연의 마음은 언제나 한결같았다.

'부디 이번 여행이 끝나면 문주님과 혼례를 올릴 수 있도록 해주세요.'

그녀는 세 번이나 같은 소원을 빌었다. 그녀는 유천복은 무슨 소원을 빌었을까 궁금했다. 혹시 같은 소원을 빈 것이 아닐까 생각하자 달콤한 기분이 들었다. 그러나 유천복은 엉뚱한 것을 빌고 있었다.

'가는 동안 팽 소저가 제발 깨우지 않기를 바랍니다.'

유천복은 몇 번이나 하품을 하며 돌아가자고 말하고 싶었지만 초롱

초롱한 팽소연의 눈을 보니 차마 그럴 수 없었다.

오포가 돌탑 여기저기를 손보고 있을 동안 두 사람은 초원에 앉아 하늘에 가득한 별을 보았다. 팽소연은 유천복의 어깨에 살며시 머리를 기대었다.

'아! 이대로 시간이 영원히 멈추었음 좋겠어. 문주님도 같은 생각이실까?'

오포가 부르는 소리가 들려왔다.

"이제 그만 돌아가요."

팽소연은 조금 더 있고 싶었지만 유천복은 오포의 말이 떨어지자마자 벌떡 일어섰다. 그 바람에 머리를 기대고 있던 팽소연은 하마터면 얼굴을 땅에 처박을 뻔하였다.

유천복은 투덜거리는 팽소연의 목소리가 무척 크다고 느꼈다.

그러다 문득 팽소연이 말을 하지 않는데도 소리가 계속 들려오는 것을 깨달았다.

"이건 말발굽 소리로구나."

안력을 돋워 보니 멀리서 한 떼의 인마가 질풍처럼 내달리는 것이 보였다.

"저기 말들은 무엇이오?"

오포에게 말이 지나간다고 알려주자 그의 얼굴이 어두워졌다.

"비적들이에요. 이쪽으로 오는 것이 아니어야 하는데……."

오포는 황급히 낙타 방울을 잡아 소리가 나지 않도록 하였다. 낙타는 주인의 마음을 아는지 살금살금 움직여 구릉 뒤로 몸을 감추었다. 유천복과 팽소연도 낙타 뒤를 따라갔다.

얼마 후 이십여 필의 말이 쏜살같이 초원을 가로질러 가는 것이 보였다. 오포는 그들이 멈추지 않고 지나가자 가슴을 쓸어 내렸다.

"다행히도 그냥 지나갔군요. 저들은 매우 흉악한 자들입니다. 이 근처를 지나는 상인들의 짐을 노리지요. 잡혔다가는 몸에 지닌 재물들을 모두 빼앗기고 목숨까지 잃게 될지도 몰라요. 여자들을 잡아 멀리 서역에 내다 판다더군요."

오포가 소곤거렸다.

"저런 나쁜 놈들. 문주님, 저자들을 그냥 두실 거예요?"

팽소연이 눈썹을 찡그리며 말했다. 유천복은 졸음이 가득한 눈으로 팽소연을 보았다.

"그럼 어쩌자는 것이오?"

"당연히 저런 자들은 혼을 내야지요. 가요."

팽소연이 몸을 일으키며 말 탄 자들을 따라가려는 듯이 나서자 오포와 유천복이 동시에 다시 주저앉혔다.

"헉! 팽 소저, 어찌 그러시오?"

"들켰다간 정말 큰일 나요."

두 사내는 비적들이 지나갈 때까지 팽소연을 조용히 시키느라 안간힘을 써야 했다.

한참이 지나고 말발굽 소리가 사라졌다. 팽소연은 씩씩거리고 일어섰으나 이미 비적의 흔적은 보이지 않았다.

"흥! 내 문주님을 다시 보았어요. 비적들이 불쌍한 상인들을 괴롭히는데 도와주지는 못할망정 몸을 숨기다니요. 문주님께서도 상인이 아니셨던가요?"

팽소연이 냉랭하게 말하며 먼저 일행이 있는 쪽으로 걸어갔다. 유천복은 그만 머쓱해져서 오포와 함께 뒤를 따랐다.

"아버님께서 말씀하시길 다툼을 피하는 상인이야말로 이익을 남기
는 자라고 하셨소."

딴에는 변명이라고 하는 말이었으나 이미 앞으로 가버린 팽소연에
게는 들리지 않았다.

"문주님, 어서 와보세요!"

앞서 간 팽소연이 갑자기 소리를 질렀다. 유천복은 팽소연의 소리가
너무 커서 지나간 비적들이 다시 오지 않을까 은근히 걱정이 되었다.

그러나 팽소연이 있는 곳에 이르자 심각한 상황이 그를 기다리고 있
었다. 자고 있어야 할 사람들은 물론이고 십여 마리의 낙타들까지 모
두 흔적도 없이 사라진 것이다.

"아니, 다들 어디로 갔지?"

유천복은 졸음이 확 달아나는 것을 느꼈다.

"아까 그 비적들한테 잡혀 간 것이 틀림없어요! 내 낙타들도 잡아갔
을 거예요!"

오포는 사람들보다 낙타들이 더 걱정되는지 발을 동동 굴렀다.

"말도 안 되오. 그자들은 이쪽으로 오지도 않았소."

유천복은 인마가 지나간 방향을 눈으로 따라가며 말했다.

"그건 그렇지만… 그럼 모두 어디로 갔다는 말이에요? 혹시 다른 비
적들이 왔다 간 것이 아닐까요?"

팽소연이 고개를 갸웃거렸다. 유천복도 이상하기는 마찬가지였다.
이곳에서 무슨 일이 벌어졌던 것일까?

"대체 어떻게 된 일일까?"

한바탕 싸움이 벌어졌다면 그 흔적이 남아 있는 것이 당연한 일이
다. 그러나 주변에는 아무런 흔적도 없어 마치 누군가 낙타와 사람들

을 손으로 번쩍 집어 들어 다른 곳으로 옮겨놓은 것만 같았다.

"혹시 다른 곳으로 온 거 아니에요?"

팽소연이 묻자 오포는 고개를 가로저었다.

"그럴 리 없어요. 이곳을 한두 번 지난 것도 아니고 내 집보다도 잘 아는걸요. 여기 화덕 자국도 그대로잖아요."

오포의 말대로 불을 피운 흔적은 남아 있었다. 그러나 그것뿐이었다. 불을 피웠던 흔적 말고는 사람들의 발자국이나 낙타의 발자국 등은 찾아볼 수가 없었다.

"여기 풀들도 이상해요. 분명 우리가 앉아 있던 자리인데 풀이 눌려 있던 자리가 없어요."

팽소연이 초원의 풀들을 살펴보며 말했다. 초원의 풀들은 짓밟힌 자국 하나 없었다.

"대체 어떻게 된 일일까?"

유천복은 그 말밖에 할 수가 없었다. 그 많은 사람들이 동시에 하늘로 올라갔거나 땅으로 사라지지 않은 이상 어디로 갔단 말인가?

"아까 그 비적들을 찾아가 봅시다."

유천복이 말했다.

"지금으로서는 그 방법밖에 없는 것 같아요. 보이는 것이라고는 온통 허허벌판뿐이니 분명 그자들이 무슨 수작을 부린 걸 거예요."

팽소연도 말했다.

"헉! 그 비적들을 찾아가자구요?"

오포의 눈이 휘둥그레졌다. 그는 비적들이 얼마나 거칠고 위험한 자들인지 잘 알고 있었다. 사람들이 많다 하더라도 무서운 비적을 상대하기 어려운데 세 사람이 비적을 찾아가 무얼 어쩔 수 있단 말인가? 그들을 찾아갔다간 아마 뼈도 못 추릴 것이 틀림없다.

"어쩔 수 없잖아요. 그자들 말고는 달리 생각할 수 있는 게 없는걸요."

팽소연은 굳은 표정으로 비적들이 사라진 쪽을 쏘아보았다.

오포는 은천으로 돌아가겠다고 하였다. 능초영의 얼굴이 떠올랐다. 하지만 그와 동시에 집에서 자신을 기다리고 있을 노모의 얼굴이 떠올랐다. 위험한 일에는 절대로 끼어들지 않겠다고 한 약속도 생각났다. 오포는 노모의 말이 항상 옳다고 생각하며 지내왔다. 누구에게나 목숨은 하나뿐이기 때문이었다.

"정말 되돌아갈 거예요? 낙타들을 다 잃었잖아요."

팽소연이 섭섭한 듯이 말했다. 그녀는 오포가 낙타들을 얼마나 아끼는지 보았다. 이대로 가면 낙타를 다 잃어버리게 될 것이다. 열 마리의 낙타는 그의 전 재산이었다. 오포가 웃으며 말했다.

"낙타는 다시 마련할 수 있지만 목숨은 하나뿐인걸요. 저는 두 분이 더 걱정입니다. 정말 저와 같이 돌아가지 않으실 겁니까?"

오포는 두 사람을 남겨두고 혼자 돌아가는 것이 미안한 모양이었다.

"그럼 낙타를 찾게 되면 꼭 돌려줄게요."

오포는 두 사람이 잡기라도 할까 봐 뒤도 돌아보지 않고 왔던 길을 되돌아갔다. 마치 팽소연이 부를까 봐 걱정이라도 하는 눈치였다.

"물도 음식도 없는데 저대로 돌려보내도 괜찮을까요?"

유천복은 팽소연이 오포만 걱정한다고 생각했다. 아까 자신에게는 비적들을 따라가지 않는다고 핀잔을 주더니 지금 오포에게는 아무 말도 하지 않고 돌려보내지 않는가? 자신보다도 오포를 더 걱정하는 듯이 보였던 것이다.

"팽 소저는 그새 그자와 정이 많이 들었나 보오?"

팽소연은 무슨 말인지 몰라 유천복을 보았다. 입을 삐죽 내밀고 화가 난 듯 보이는 그를 보자 피식 웃음이 터졌다.

"호호, 문주님은 세상에서 가장 강한 분이시니 문주님만 계시면 저는 아무것도 무섭지 않아요."

팽소연이 애교스럽게 말하며 팔을 감아오자 유천복은 금세 기분이 풀어졌다.

"어서 가봅시다."

두 사람은 말발굽 자국을 따라 초원을 내달렸다. 한참을 달려가자 천막이 여러 채 있는 곳에 이르렀다.

"이곳이 비적들의 거처인가 봐요."

팽소연이 납작 엎드리며 말했다. 천막마다 사람이 가득 모여 있었으나 봉호문 사람들의 모습은 보이질 않았다.

"사람을 하나 잡아 물어봐야겠소."

유천복은 비호처럼 몸을 날렸다. 마침 볼일을 보러 나온 재수없는 비적을 만날 수 있었다. 졸지에 기습을 당한 비적은 바지도 추스르지 못한 채 끌려왔다. 유천복은 손가락을 매 발톱처럼 세워 그자의 목줄기에 박으며 물었다.

"잡아온 자들은 어디 있느냐?"

비적은 숨이 막혀 캑캑거리며 간신히 입을 열었다.

"캑, 여자는 채, 채주의 천막에 있고 다른 자들은 모두 가두었습니다."

비적의 말을 듣자 유천복과 팽소연은 역시 이들의 짓이 틀림없다고 생각했다.

"채주의 천막은?"

비적은 눈짓으로 중앙의 가장 큰 천막을 가리켰다. 유천복은 비적의 뒷덜미를 쳐서 기절시켰다. 팽소연은 그냥 지나치려다 비적의 바지가 아직도 발목에 걸려 있는 것을 보고는 놀란 토끼처럼 뛰어 달아났다.

"어머, 망측해라. 문주님, 같이 가요."

두 사람은 채주의 천막이 있는 쪽으로 다가갔다. 채주의 천막은 다른 천막의 두 배 정도 되었는데, 입구에는 건장한 사내들이 여러 명 창을 들고 서 있었다.

유천복은 채주가 잡아간 여자가 능초영일 것이라 짐작했다. 채주의 취향이 독특하다면 홍묘아일 수도 있겠지만 그럴 확률은 거의 없다고 봐야 할 것이다.

"채주란 자의 무공이 대단한 모양이군요. 능 언니가 꼼짝도 못하고 잡혀 있다니."

팽소연은 유천복에게 장보방의 배에서 도비류를 만난 얘기를 들었다. 그러자 능초영이 아버지도 잃고 연인에게도 배신당해 세상에서 가장 불쌍한 여자라고 생각하였다. 그런데 이제 또 도적놈의 손에 잡혀 치욕을 당하게 생긴 것이다.

"크하하하! 추 아우의 말대로 하니 장사가 절로 되는구나. 이러다 조만간 우리 형제가 중원제일의 부자가 되는 것이나 아닌지 모르겠다."

그때 걸걸한 목소리가 들려왔다. 유천복은 무단검으로 천막의 뒤쪽을 찢고 몰래 안으로 들어갔다. 천막 안은 넓었는데 양 가죽이 여러 장 깔려 있는 곳에 덩치가 커다란 자가 앉아 있었다. 붉은 술이 달린 끝이 뾰족한 모자를 쓰고 자주색의 모피를 걸치고 있었다. 그 곁에는 두 명의 여자가 앉아 술을 따랐다. 맞은편에는 황색 장포를 걸친 사내가 등을 보이고 앉아 있었다.

"이게 다 등(等) 형님 덕분입니다. 형님께서 제 계획을 듣고 도와주시니 형님도 좋고 저도 좋으며 또 저 계집도 곧 좋아할 테지요. 흐흐."

유천복은 사내의 목소리가 어디서 듣던 목소리라고 생각하였다.

그들 옆 천막을 지탱하는 중앙의 기둥에는 젊은 여자가 묶여 있었다.

"이 못된 놈, 비적들과 결탁하여 상인의 도리를 저버리다니. 추만생, 네놈을 내 죽어도 용서하지 않겠다!"

찬바람이 풀풀 날리는 여자의 목소리는 처음 들어보는 소리였다. 유천복과 팽소연은 능초영이 아니라는 것을 알았지만 그 자리를 뜰 수 없었다.

"문주님, 들었어요?"

"팽 소저도 들었소?"

"방금 추만생이라고 했지요?"

팽소연은 유가장에서 보았던 징글징글한 눈빛을 떠올렸다. 추만생이라면 유가장을 집어삼킨 장본인이 아닌가! 삼천교와 손을 잡고 유장추를 납치한 뒤 유가장을 송두리째 뺏어간 인간이었다. 이미 관부에도 손을 써 어디 억울하다고 하소연할 데도 없었다. 유천복의 얼굴 표정도 굳어졌다.

천막 안의 사람들은 갑자기 나타난 유천복과 팽소연의 모습에 크게 놀랐다. 그중에서도 가장 놀란 것은 물론 추만생이었다. 그러나 그는 유천복의 모습은 미처 알아보지 못하고 팽소연만 알아보았다.

그는 유가장에서 팽소연을 놓친 것을 두고두고 아쉬워하였는데 의외의 곳에서 그녀를 만나자 횡재라고 생각하였다.

"아니, 이게 누구시오? 팽 소저 아니오?"

아는 척을 하며 반기는데 그 폼이 마치 헤어졌던 마누라를 반기듯 하는지라 유천복은 일순간 할 말을 잃었다.

"그새 서방을 바꾼 모양이구려."

추만생이 유천복을 힐끔 보았다. 척 보기에도 날아갈 듯 허약한 문사의 모습인지라 별반 염두에 두지 않았다.

"호호. 추만생, 네놈 눈깔은 장식이라더냐? 문주님을 눈앞에 두고도 몰라보다니."

팽소연이 까르륵 웃으며 수옥봉으로 바닥을 탕탕 내려쳤다. 그 말에 추만생이 깜짝 놀라며 유천복을 보았다.

"아니, 그럼 이 허여멀건한 자가 유가장의 유 공자란 말이오?"

유천복이라는 소리를 듣고도 추만생은 안색이 변하지 않았다.

"존장의 일은 내 진즉 들었소. 참으로 안된 일이오."

오히려 유천복에게 다가가 위로를 하려 하였다. 유천복은 귓구멍 콧구멍이 다 막혀 기절할 노릇이었다. 세상에서 뻔뻔하기로 치면 이자보다 더한 자도 없다는 생각이 들었다.

"등 형님, 이분은 유 장주요. 경조부에서 가장 큰 유가장의 장주시라오. 알아두면 도움이 될 것이오."

추만생은 한술 더 떠 채주라는 자에게 유천복을 소개하기까지 했다. 등 채주라는 자는 얼굴에 두둘두둘 혹이 가득 난 자였는데 추만생과 같은 취미를 가진 모양이었다. 유천복은 쳐다도 안 보고 팽소연만 보고 있는 것이 예전의 추만생과 다를 바 없었다.

"호호, 아우는 어찌 이리 아리따운 소저들만 알고 있소. 영웅은 호색이라는데 아우야말로 진정한 영웅이 아니고 무엇이오. 참으로 사내답다 할 수 있소."

채주가 엄지손가락을 치켜 올리자 추만생이 능글맞게 웃었다.

"팽 소저가 절색이긴 하나 꽤 사나우니 형님께서는 조심하십시오. 아무리 새끼 고양이라도 물면 아픈 법이죠."

두 사람이 안하무인으로 나누는 이야기는 도를 넘어섰다. 팽소연은 더 듣고 있다간 속에서 열불이 나 참을 수가 없을 것 같았다.

"문주님! 저놈을 잡아 껍질을 벗긴 뒤 소금을 뿌려 사막에 팽개쳐도 말리지 않으실 거죠?"

눈썹 하나 까딱하지 않고 지독한 말을 술술 내뱉은 팽소연이었다.

"말리다니, 내 저자를 잡아줄 테니 팽 소저 맘대로 하시오."

유천복이 말을 마치자마자 손바닥을 펼쳐 추만생에게 향했다. 그때까지도 빙글거리고 웃던 추만생은 유천복이 손가락을 펼치자마자 무서운 힘이 자신을 끌어당기는 것을 느끼고는 얼굴이 흙빛이 되었다.

"으윽! 채주, 도와주시오!"

등 채주라는 자는 겉으로는 희멀건하게 생긴 유천복이 놀라운 무공을 지녔다는 것을 알자 태도가 백팔십 도 변하였다.

"유 장주는 나이 어린데 이토록 놀라운 무공을 지녔다니 감탄하지 않을 수 없소이다. 나는 저 추가라는 자를 만난 지 얼마 안 되지만 저자가 겉 다르고 속 다른 자라는 걸 이미 알고 있다오. 그러니 나와는 상관없소."

등 채주가 비굴하게 웃으며 말하자 추만생이 이를 갈았다.

"이 못된 등가 놈아! 네가 나랑 형제지연을 맺은 지 십수 년이거늘, 어찌 지금 와서 나를 배신하는 것이냐? 네놈이 그러고도 형제라 할 수 있느냐?"

추만생은 변변히 반항 한번 해보지 못하고 유천복에게 멱살이 잡혀 고래고래 소리를 질렀다.

천막 안에서 비명이 들려오자 밖에 있던 자들이 뛰어 들어왔다. 그러나 등채주의 눈치만 볼 뿐 감히 덤벼들지는 못하였다.

등 채주는 부하들에게 눈짓을 한 후 추만생의 말은 들은 척도 안 하고 몸을 일으켜 유천복과 팽소연을 안쪽으로 모셨다.

"등 채주가 추가와 아무런 관련이 없다고 하시니 그 말을 믿겠소."

유천복은 자신과 원한을 맺은 것은 추만생뿐이었으므로 무고한 사람과 시비를 논할 까닭이 없다고 생각했다. 그러나 팽소연은 달랐다.

"무슨 말도 안 되는 소리예요! 이자가 좋은 사람이라면 어찌 추가와 한 천막에 들어 있으며, 연약한 여자를 잡아두고 있었겠어요. 문주님께서는 정말 이자의 말을 믿는단 말이에요?"

팽소연의 말대로 천막의 중앙에는 여자가 기둥에 묶여 있었다. 갈색 피부에 흑진주 같은 눈동자가 마치 밤하늘의 별처럼 반짝이는 아름다운 여자였다.

그녀는 벌어지는 상황을 이해하기 어려운 듯 잠자코 있었다.

"만일 등 채주가 말한 대로 그자와 아무런 관련이 없다면 저 여자를 어서 풀어주시오."

등 채주는 유천복의 말이 떨어지기가 무섭게 여자를 풀어주고 추만생을 묶었다.

"호호, 대협의 말대로 하는 것이 당연하지요."

여자는 기둥에서 풀려나자마자 옆에 있던 비적이 손에 쥔 칼을 빼앗아 그대로 등 채주에게 돌진했다.

"이 비적 놈아! 내 아버지와 오라버니들을 어떻게 하였느냐?"

등 채주는 여자의 칼을 이리저리 가볍게 피하며 허허 웃었다. 여자의 칼 솜씨는 매서웠으나 등 채주라는 자의 무공도 만만치는 않아 여자는 다시 등 채주의 손에 잡히고 말았다.

"등 채주, 저 여자의 말이 사실이오?"

유천복이 물었다. 등 채주의 얼굴은 일그러졌다.

"다 저놈이 시킨 일입니다. 제가 저자의 꾀임에 넘어가 가두어두었으나 곧 풀어줄 것입니다."

"어찌 된 일인지 말해 주세요."

팽소연이 여자를 부축하여 옆에 앉혔다. 여자는 팽소연의 따스한 말에 그간의 긴장이 풀렸는지 울음을 터뜨렸다.

"저는 귀주(貴州) 하가장(河家莊) 여식인 하미(河美)라고 합니다. 저희가 오랜 준비 끝에 서역과 거래를 트게 되어 이번에 처음 길을 나섰지요. 그런데 중간에 저 추가라는 자가 자신들이 오랫동안 서역과 장사를 하여 가는 길을 잘 알고 있으니 동행하자고 하였습니다. 아버님과 오라버니들은 고마워하면서 같이 길을 나섰는데… 저자가 우리를 비적들에게 넘길지 어찌 알았겠습니까? 저자는 저희를 비적에게 넘겨 물건을 반으로 나누고 자신이 차지한 물건을 서역으로 가져가 장사를 한 뒤 이문을 남겨 이곳으로 돌아오니 밑천 한 푼 안 들이고 큰돈을 버는 것입니다."

하미의 말은 들을수록 기가 막혔다. 유천복은 냉랭한 눈빛으로 추만생을 쏘아보았다.

"네놈의 더러운 짓거리는 어느 곳에서도 멈추지를 않는구나. 도저히 묵과할 수가 없다!"

유천복이 성큼성큼 다가오자 추만생은 몸부림을 쳤다.

유천복이 추만생의 머리를 잡고 힘을 주자 추만생의 몸은 서서히 땅속으로 들어가 결국은 목만 남게 되었다.

"캑캑, 숨을 쉴 수가 없소. 유 공자님, 저 좀 살려주십시오. 정말 숨을 쉴 수가 없단 말이오."

추만생의 얼굴이 푸른빛으로 변하며 금방이라도 숨이 넘어갈 듯이 헐떡거렸다.

유천복은 마음속으로 측은한 생각이 들었다. 그러나 팽소연은 눈 하나 깜짝 하지 않았다. 그녀는 한 손에는 수옥봉을 짚고 한 손은 허리에 대고 등 채주에게 물었다.

"문주님의 신력은 하늘에 닿아 있으니 당신은 절대로 거짓을 고하면 안 될 것이에요."

"여부가 있겠습니까?"

등 채주가 비굴한 웃음을 지어 보였다.

"먼저 잡혀 있는 하가장 사람들을 지금 당장 풀어주세요."

등 채주는 서 있던 수하들에게 눈짓을 하여 하가장 식솔들을 모두 풀어주고 빼앗긴 짐도 돌려주어 하미와 함께 돌려보냈다.

등 채주와 추만생은 속으로는 아까웠으나 지금으로서는 목숨이 달려 있는 일이니 어쩔 수 없었다.

"우리는 한 가지 더 물어볼 것이 있어요."

"뭐든지 말씀만 하십시오."

유천복은 팽소연이 똑똑하니 모든 것을 잘 알아서 하리라 여기고 옆에서 지켜보기만 하였다.

"우린 지금 일행이 사라져서 찾고 있어요. 십여 명 정도 되는데 사람들과 낙타가 한꺼번에 사라졌어요. 당신은 짐작 가는 바가 없나요?"

등 채주는 곰곰이 생각하더니 이윽고 입을 열었다.

"그들은 분명 사막의 모래인형들에게 잡혀갔을 것입니다."

"사막의 모래인형?"

유천복과 팽소연은 서로를 마주 보았다. 사막의 모래인형이라는 것은 난생처음 들어보는 것이었다.

"이 근처는 예전에는 사막이었습니다. 사람들이 물을 끌어다 초지를 만든 것은 불과 몇십 년 전이지요. 이곳이 사막일 때 이곳에 한 노인이 있었는데 딸과 함께 살고 있었답니다. 그런데 어느 날 그 딸이 죽고 나자 정신이 돌아 모래로 딸을 닮은 인형을 만들기 시작했습니다. 모래 폭풍이 심하게 일던 어느 날, 그 노인의 모습이 사라졌지요. 그 뒤로는 종종 그곳을 지나는 사람들이 사라지는 일이 생기곤 했어요. 주로 여자가 있는 일행들이었죠."

등 채주의 말을 들은 유천복과 팽소연은 고개를 끄덕였다.

"능 소저를 납치하기 위해 다른 사람들까지 모두 잡아간 것이군. 그런데 두 노인네까지 잡혀가다니, 어떻게 그런 일이 가능했을까?"

"그건 내가 말해 줄 수 있는데… 대신 날 좀 풀어주게."

추만생이 여전히 헐떡거리며 말하였다. 유천복이 한 손을 들어 추만생의 머리 위에 올려놓고 얍! 하는 기합 소리를 내자 추만생의 몸이 쑤욱 위로 솟아올랐다.

"헉헉! 이제 살았다."

"거짓말이면 이번에는 머리끝까지 땅속에 처박을 거예요."

팽소연이 눈을 치켜뜨며 말했다. 추만생은 몸에 묻은 흙을 떨어내며 무섭다는 듯이 말했다.

"내가 거짓말을 해서 무엇 하겠소. 등 채주가 하가장 사람들을 잡아

올 동안 나는 그걸 숨어서 지켜보고 있었지. 그런데 갑자기 한쪽에서 이상한 소리가 들리는 거야. 그러더니 곧 두 노인이 나타났는데, 생김 새가 괴상하기 이를 데가 없었소."

"어찌 생겼는데요?"

유천복이 참지 못하고 물었다.

"한 노인은 머리에 콩알만한 상투를 여러 개 틀었는데……."

"견비 노인이 틀림없어요!"

팽소연이 손바닥을 딱 쳤다.

"키가 아주 작았고 다른 노인은 몸이 아주 뚱뚱하고 지팡이를 짚고 있었지."

"두 노인네가 맞군요. 그런데 어디로 갔나요?"

"키 작은 노인이 말하길, 내가 네놈보다 더 빠르다. 하니 뚱뚱한 노 인이 그럴 리 없다고 하더군. 그러자 키 작은 노인이 그럼 누가 빠른지 내기를 해서 지는 사람이 이긴 사람을 업어주기로 하자고 하였지. 그 러자 뚱뚱한 노인도 찬성을 하고 두 사람이 동시에 북쪽으로 달려갔는 데 어찌나 바람 같은지 그야말로 신기루 같았소."

추만생의 말을 듣고서야 두 사람은 일이 어찌 된 일인지 알 수 있었 다. 이자오가 그동안 무애 대사를 업고 다닌 것을 복수하기 위해 경공 술로 내기를 건 것이 틀림없었다.

"망할 노인네들, 지금이 어느 때라고 내기를 하는 거야."

팽소연이 분통을 터뜨렸다.

"그러면 두 노인네가 돌아오는 것은 보지 못했단 말이죠?"

"등 채주가 하가장 사람들을 잡았다고 신호를 보내어 난 그 길로 돌 아왔소."

"그때 주변에는 아무도 없었나요?"

"멀리 불빛이 보이긴 하였는데… 아, 낙타들은 보였소."

유천복은 이자오와 무애 대사가 사라지고 나서 그 모래인형을 만드는 노인에게 나머지 사람들이 잡혀간 것이 틀림없다고 생각했다.

"그 모래인형을 만드는 노인을 찾아가려면 어떻게 해야 되죠?"

등 채주와 추만생이 서로 눈치를 보았다.

"찾아가지 않는 것이 좋소. 지금껏 사라진 사람들이 돌아온 적은 한 번도 없었으니까."

등 채주의 말은 거짓이 아닌 것 같았다. 그들은 사막의 모래인형을 만드는 노인을 두려워하는 눈치가 역력하였다. 그러나 그것은 등채주의 교묘한 수였다. 자신이 이렇게 말함으로써 두 사람을 오히려 부추기고 있었던 것이다. 아니나 다를까.

"상관없소."

유천복이 단호히 말했다. 등 채주는 속으로 쾌재를 부른 뒤 수하 하나를 불러 위치를 설명하게 하였다.

한시라도 빨리 유천복과 팽소연을 보내려는 의도였다. 자세한 위치를 아는 사람은 아무도 없었다. 그러나 수하의 말로는 초원이 끝나면 나오는 사막 한가운데라고 하니 가다 보면 만날 수 있을 것이다.

유천복과 팽소연은 그 길로 북쪽으로 내달렸다. 하루 밤낮을 쉬지 않고 달렸으나 사막의 모래인형을 만드는 노인은 찾을 수가 없었다. 날이 저물고 또다시 밤이 되었다. 낮의 살인적인 더위를 겪은 두 사람은 그야말로 녹초가 되었다. 특히 팽소연은 사막의 두 얼굴을 절실하게 깨달아야 했다.

급기야 밤이 되자 팽소연은 열이 불덩어리처럼 오르기 시작했다. 낮에 너무 햇빛을 많이 쏘여 일사병이 난 것이 틀림없었다. 유천복은 당장 어떻게 해야 좋을지 알 수가 없었다. 일단 팽소연을 바위 그늘 아래 눕히고 물을 찾아오기로 하였다.

"팽 소저, 이곳에서 잠시만 기다리면 내가 물을 찾아오겠소."

그런데 유천복이 뒤돌아 한 발을 막 내디디려 할 때였다.

"으악!"

갑자기 팽소연의 비명 소리가 들리는 것이 아닌가. 유천복이 뒤돌아 보니 팽소연이 있던 곳이 소용돌이치며 팽소연의 몸을 빨아들이는 것이 보였다.

"팽 소저, 나를 잡으시오!"

유천복이 팽소연을 끌어 올리려 하였으나 빨아들이는 힘이 얼마나 강한지 소용이 없었다. 두 사람은 삽시간에 사막의 소용돌이 속으로 빠져들어 갔다.

똑! 똑! 똑!

물이 떨어지는 듯한 소리에 먼저 정신을 차린 것은 유천복이었다. 몸을 벌떡 일으키니 팽소연이 옆에 누워 있는 것이 보였다.

"꼭 무룡천에 빠졌을 때 같구나. 사막 아래 이런 곳이 있다니."

두 사람이 빠져든 곳은 거대한 연못이었다. 사막의 모래가 이곳으로 흘러드는 모양이었다. 물길을 따라 모래바닥이 끝도 없이 이어져 있었다.

"으으……."

팽소연이 드디어 정신을 차리자 유천복은 크게 기뻐하였다.

그곳은 거대한 무덤처럼 보이는 곳이었다. 곳곳에 불을 밝힌 등잔에서는 불이 활활 타오르고 두 사람이 떨어진 연못 주위로 미로처럼 얽힌 수로가 있었다. 수로의 밑바닥에는 등잔불에 비친 모래가 마치 금가루처럼 반짝거렸다.

"이곳이 대체 어디지요?"

팽소연은 불안한 표정으로 유천복의 옷자락을 잡은 채 따라왔다. 두 사람이 일렁이는 그림자를 따라 몇 개의 석실을 지나자 이윽고 하나의 석실이 나타났다.

"앗! 저길 봐요. 능 언니예요!"

그러나 팽소연이 가리킨 곳에 있는 것은 진짜 능초영의 모습이 아니었다. 바로 능초영을 닮은 모래인형이었다.

"이곳이 바로 그 노인이 사는 곳이로군요."

팽소연은 실제로 살아 있는 능초영과 똑같이 생긴 모래인형을 보면서 겁이 난다는 듯이 중얼거렸다.

"팽 소저, 그런데 이상하오. 이 모래인형의 가슴이 조금씩 움직이고 있소."

유천복의 말대로였다. 모래인형의 가슴은 마치 사람이 숨을 쉬듯이 조금씩 들썩거렸던 것이다.

"파보세요."

두 사람은 힘을 다해 모래인형을 헤쳐 보았다.

"이 안에 능 언니가 있어요!"

마침내 사람의 손을 발견한 팽소연이 소리쳤다. 그녀의 말이 맞았다. 모래인형 안에 있던 것은 정말 능초영이었다. 그녀는 죽은 것 같지는 않았지만 약에 취했는지 아무리 흔들어도 눈을 뜨지 않았다.

노인은 눈과 귀, 코에 모래가 들어갈 것을 염려하였던지 모래로 능초영의 몸을 덮으면서도 코로는 숨을 쉴 수 있도록 해놓았다.

"능 소저, 정신 차려보시오! 정신 차리시오!"

두 사람이 몸을 흔들어도 능초영은 깨어나지 않았다.

"킬킬, 그 애는 자고 있는 것뿐이니 걱정할 것 없다."

갑자기 들려온 목소리에 두 사람은 놀라서 뒤를 돌아보았다. 그곳에는 말 그대로 해골처럼 보이는 한 노인이 나무로 만든 의자에 앉아 있었다.

"노, 노인장은 누구시오?"

"킬킬. 나 말인가? 난 바로 그 애의 아비 되네."

가죽밖에 없는 얼굴에는 퀭하니 돌출된 눈동자가 희번덕거렸다.

"아버지라뇨. 능 언니는 할아버지의 딸이 아니에요."

"네 말은 틀렸다. 그 애는 바로 내 딸 청아(靑兒)가 틀림없다. 난 잊어버리지 않아. 아무리 시간이 흘렀어도 잊어버리지 않는다."

노인은 능초영을 완전히 딸로 생각하고 있는 모양이었다.

"할아버지 딸은 죽었어요."

팽소연이 등 채주에게 들은 말을 해주자 노인의 얼굴이 씰룩거렸다.

"누가 그런 소리를 하느냐? 청아는 날 버려두고 혼자서는 아무 곳에도 가지 않는다. 그 애는 절대로 날 버려두지 않는단 말이야! 홍, 너희는 거짓말을 했으니 벌을 받아야겠다!"

노인의 나무 의자는 누가 밀어주는 사람도 없는데 빙글 돌아서더니 그대로 석문을 스르르 나가 버렸다.

"앗! 석문이 닫히려고 해요!"

팽소연의 말에 유천복이 보니 노인이 나간 후 석문이 아래로 내려오고 있었다.

황급히 유천복이 달려갔으나 석문은 빠르게 내려와 이미 닫히고 말 았다. 유천복이 밀어보았으나 소용이 없었다.

"이런, 소용없소. 내 힘으로는 도저히 열 수 없소."

예전의 무룡천에서 나올 때 생각만 하고 아무 걱정도 하지 않고 있던 팽소연은 그 소리에 깜짝 놀랐다.

"그럼 우리가 갇혔단 말이에요?"

팽소연은 말도 되지 않는다는 듯이 말했다.

"문주님께서 하실 수 없는 일이 어디 있어요. 말도 안 돼요!"

그녀가 발을 동동 굴렀으나 아무리 애를 써도 문은 열리지 않았다.

두 사람은 능초영부터 정신이 들기를 기다렸다.

얼마가 지나자 능초영이 정신을 차렸다.

"능 언니."

"능 소저."

두 사람은 동시에 뛰어가 자초지종을 물었다. 그러나 능초영도 아는 바가 없다고 하였다. 두 사람과 오포의 모습이 사라지고 이자오와 무애 대사도 어디로 갔는지 알지 못해 사람들이 불안해하였다고 한다. 그런데 그 후 땅이 움직여 이곳으로 모두 들어왔다는 것이다.

"등 채주에게 들은 얘기와 같군."

능초영도 얘기를 듣고는 자신이 모래인형이 될 뻔했다는 사실에 놀라는 눈치였다.

"두 사람이 없으면 큰일 날 뻔했군요."

능초영은 팽소연의 손을 꼭 잡고 두려운 듯이 사방을 둘러보았다. 그녀는 유천복을 따라 북해로 갈 결심을 하였을 때만 하더라도 꼭 수옥을 찾아 도비류에게 복수하고자 하는 마음이 있었다. 그러나 중간에 도비류의 죽음을 목격하고 나자 의지가 상실되어 예전의 능초영으로 돌아가 있었다. 그녀의 마음은 심약하고 두 눈에는 두려움이 가득한 것이 금방이라도 쓰러질 듯 보였다.

"능 언니, 너무 걱정하지 마세요. 문주님께서 반드시 우리를 이곳에서 빠져나갈 수 있도록 해주실 거예요."

"다른 사람들은 어떻게 된 걸까?"

능초영이 중얼거렸다. 그녀는 자신이 없으면 아무것도 하지 못하는 홍묘아가 걱정되었다. 홍묘아는 오직 능초영의 말만 듣기 때문이었다.

"이쪽이라면 나갈 수 있을 것 같소."

유천복은 석실 양쪽에 있는 연못의 아래쪽을 보고 있었다. 과연 그의 말대로 연못 아래에는 쇠문이 있어 밖으로 통하게 되어 있었다. 유천복이 내려가 몇 번 힘을 주어 밀자 쇠문은 쉽게 열렸다.

"능 소저, 기운을 차릴 수 있겠소?"

유천복과 팽 소저의 도움으로 세 사람은 연못의 아래를 통과하여 밖으로 나왔다. 그곳은 좁고 깊은 우물 같은 곳이었는데 위쪽으로 사다리가 놓여 있었다.

유천복이 먼저 올라가 주위를 살피기로 하였다.

"헉! 이것은?!"

유천복의 놀라는 소리에 두 여자는 간이 콩알만해졌다.

"왜 그러세요, 문주님."

"일단 올라오시오."

두 여자는 올라오자마자 유천복이 무엇을 보고 놀랐는지 그 이유를 알게 되었다.

"이것은 인형들이 아닌가요?"

팽소연은 석실 안에 가득한 인형들을 보았다.

그녀의 말대로 석실에는 수백 개나 되는 인형들이 있었는데 하나같이 사람의 모습과 똑같아 살아 움직이는 듯 느껴졌다.

"아앗! 여기 홍묘아 낭자와 독 형이 있소!"

유천복이 기겁하여 소리쳤다. 홍묘아와 독갈뿐만이 아니었다. 석실 안에 있는 수백 개의 인형들 중에는 두 사람뿐만 아니라 봉호문도들까지 있었다.

"설마 이들이 인형이 아니라 정말 사람인 것은 아니겠지요?"

능초영의 말은 다른 두 사람의 생각을 대변한 것이기도 하였다.

"아악!"

능초영은 자신이 모래 속에 누워 있던 것을 떠올렸다. 노인은 시체 위에 다시 채색을 하여 인형을 만들었던 것일까?

"아니에요. 이건 사람이 아니라 밀랍이에요."

인형 가까이 다가가서 본 팽소연이 웃으며 말했다.

"사람하고 똑같긴 하지만 정말 사람은 아니에요. 이것 봐요. 녹아내리잖아요."

팽소연의 말대로 그중 몇 개의 인형들은 밀랍이 녹아 보기에도 흉측한 모습을 하고 있었다.

"킬킬, 내 인형들이 마음에 드는가?"

세 사람은 갑자기 들려온 노인의 목소리에 깜짝 놀라 주위를 돌아보았다. 그러나 노인의 모습은 어디에도 없었다.

"이보오, 노인. 우리를 내보내 주시오!"

유천복이 소리치자 석실 벽이 웅웅 울렸다. 그러자 마치 밀랍 인형들이 우는 듯이 흐느끼는 듯한 소리를 내었다.

"원래 인형들은 혼자서는 갈 수 없는 법이야. 주인이 데려다 주기 전까지는 말이지."

"흥! 누가 겁먹을 줄 알아요. 이것들은 다 밀랍으로 만든 것들이잖아요."

팽소연이 밀랍 인형 하나를 밀어 넘어뜨렸다. 밀랍 인형이 넘어져 깨지며 날카로운 소리를 내었다.

"너, 너, 무슨 짓을 하는 거냐?!"

갑자기 노인의 목소리가 부들부들 떨려왔다. 팽소연은 그제야 노인이 밀랍 인형을 사람보다 더 아낀다는 것을 알았다.

"당장 모습을 드러내지 않으면 이곳의 인형들을 모두 부숴 버릴 거예요!"

처음에는 팽소연이 무엇을 하는지 모르던 유천복과 능초영도 곧 그녀의 의도를 눈치 챘다.

"호호. 문주님, 능 언니, 우리 이 중에서 저 노인이 가장 아끼는 인형이 어떤 것인지 알아맞히기로 해요."

"그거 좋은 생각이오."

팽소연은 사방에 빙 둘러 있는 밀랍 인형들을 돌아보았다. 세 줄로 늘어선 밀랍 인형들 외에도 벽의 사면에 두 개씩 여덟 개의 밀랍 인형들이 있었다. 팽소연은 그 여덟 개의 인형들 얼굴이 비슷한 것을 보고는 그것이 노인의 손녀인 청아일 것이라 여겼다.

"인형들에게 손가락 하나라도 댔다간 너희 세 연놈들을 곱게 죽이지 않을 테다!"

노인의 언성이 한층 높아졌다.

팽소연이 웃으며 다시 인형 하나를 넘어뜨렸다.

"나는 아무래도 저 벽에 있는 인형들인 것 같아요."

팽소연이 가리킨 곳에는 정말 살아 있는 소녀처럼 귀엽고 생기 넘치게 생긴 인형이 있었다.

"안 된다! 그것만은 안 된다!"

갑자기 벽의 한 면이 양쪽으로 갈라지더니 노인이 모습을 드러냈다.

"고이얀 것들, 감히 내 인형들을 이렇게 만들다니……."

노인은 바닥에 깨져 있는 인형들을 보며 혀를 끌끌 찼다. 그러더니 세 사람에게로 천천히 다가왔다.

"난 오십 년 동안 밀랍 인형을 만들었지. 착한 얼굴, 악한 얼굴, 여자, 남자, 늙은이, 어린아이 등등… 누구든 얼굴만 보면 그 사람이 착한지 나쁜지 알 수 있다. 자네는 나쁜 사람이 아니네."

노인은 유천복을 보며 말했다. 노인의 날카로운 눈이 팽소연과 능초영에게로 향했다.

"하지만 저 두 여자는 아니야. 한 년은 교활하고 영악하여 자네의 머리꼭대기로 올라가려 들 것이고, 한 년은 우둔하고 고집만 세어 자네를 골치 아프게 할 것이니 내 그 걱정거리를 미리 없애주려 했던 게야."

천연덕스러운 노인의 말에 기가 막혔던 것은 팽소연과 능초영이었다.

"대체 누가 교활하고 영악한 년이에요?"

팽소연이 따지듯이 물었다.

"동생 말이 맞아! 우둔하고 고집이 세다니. 설마 나를 두고 한 말은 아니겠죠?"

능초영도 언짢은 기색이었다.

"저거 보라고. 계집들은 자고로 속이 바늘귀만큼도 안 되어 사내들에게 근심 걱정 외에는 아무런 도움도 주지 못하지."

노인 역시 한마디도 지지 않았다. 팽소연이 노인의 고집 센 얼굴을 잠시 보다가 알았다는 듯이 손뼉을 딱 쳤다.

"오호라! 이제 보니 교활하고 영악하며 아둔하고 고집이 센 것은 바로 할아버지의 딸인 청아를 두고 한 말이로군요. 분명 따님은 아버지의 고집스런 부분이 싫어 혼자 떠난 것이겠지요. 할아버지는 지금까지도 그걸 용서하지 않은 거예요. 그래서 이곳에서 혼자 지내며 딸을 원망하고 있었겠지요. 하지만 그리운 마음까지 감출 수는 없었어요. 이 밀랍 인형들은 하나같이 애정이 담뿍 담겨 있어요. 이것만 봐도 딸을 얼마나 소중히 여기고 있는지 알 수 있지요."

유천복과 능초영은 팽소연이 너무 비약한다고 생각하였다. 그렇지만 노인의 얼굴이 갑자기 일그러지며 눈물을 뚝뚝 흘리자 어안이 벙벙해졌다.

"그래, 네 말이 맞다. 청아는 나 때문에 떠난 것이다. 그 애는 항상 날 잘 보살피려 하였는데 내가 너무 못되게 굴어 떠나고 말았지. 죽기 전에 단 한 번만이라도 만날 수 있다면……."

〈6권으로 이어집니다〉

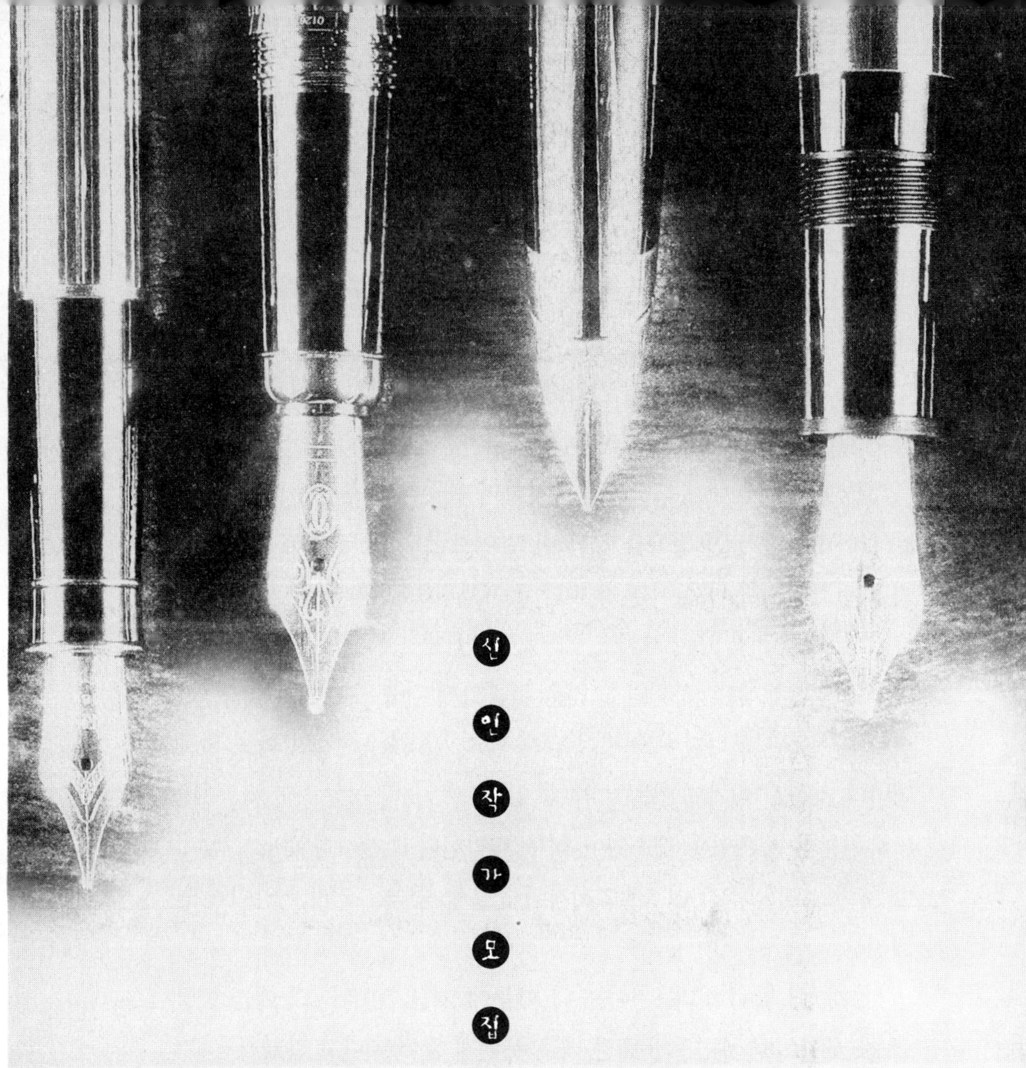

신
인
작
가
모
집